Maximilian Hecker

LOTTEWELT

LOTTEWELT

Maximilian Hecker

Roman

Erste Auflage 2023

Lektora GmbH
Schildern 17–19
33098 Paderborn
Tel.: 05251 6886809
Fax: 05251 6886815
www.lektora.de

Druck: MCP, Marki
Covermotiv: Saeho Kim
Covermontage: Yeliz Çetin, @cayundspaetzle
Lektorat: Lena Wiewel
Layout Inhalt: Lektora GmbH, Denise Bretz
Printed in Poland

ISBN: 978-3-95461-250-5

Inhalt

PROLOG

Schwesterkuss (Teil 1)

Namsan Park, Seoul, Korea, 27. Mai 2018

Dein noch feuchtes Haar, mein Kind, immer noch feucht vom Bad im Ozean aus Schnaps des Nachts zuvor, immer noch feucht vom Spiel mit stillen Feuerwassern, Hand in Hand mit mir, immer noch feucht vom Baden deines wiedererwachten Körpers, vom Untertauchen deines wehen Kopfes noch vor hundertacht Minuten, immer noch feucht vom Fortlaufen der Zeit, die du sonst brauchst, um es zu föhnen und zu bürsten, zu scheiteln und zu raufen, dieses Meer aus schwarzem Engelshaar, diesen dunklen Strom, in den ich ab und an mein wahres Gesicht halte, in dem ich meine erhitzten Wangen kühle und meine zerküssten Lippen zur Ruhe lege.

Dein verschwitzter Rücken, mein Kind, verschwitzt vom Stürmen auf mich zu vorhin, verschwitzt vom Fortlaufen der Zeit, die endlich stillzustehen scheint, verschwitzt vom Rasen querfeldein, verschwitzt vom Rennen über Kreuzungen und hin zu mir, der ich dort stand und auf dich wartete im Spätnachmittagssonnenschein, verschwitzt vom ungelenken Winken, vorhin beim Laufen über Stock und über Stein, als du mich schließlich sahst, verschwitzt vom Sturm, verschwitzt vom Drang, schon bald in meinem Arm zu sein, liebkost zu werden und geworfen hin und her und mich zu überhäufen dann mit Küssen und mit Zweifeln, mit Bangnis und Begehr.

Und nun dein fassungsloser Blick, mein Kind, dein fassungsloser, banger Blick zu mir und, ach! mein fassungsloser Blick zu dir, mein fassungsloser Augenblick, mein fassungsloses Staunen über diesen Schwesterkuss, mein Staunen hier im tiefen, tiefen Wald, mein Staunen über dich und mich, mein Lottekind, mein Staunen über diese fassungslose Stunde der Glückseligkeit, in der die Zeit stillsteht und wir gleich mit, in der wir uns verstricken Schritt für Schritt im Unterholz des andren, verfangen Kuss für Kuss im Netze der Vergangenheit, in seidnen Liebeslebensschicksalsfäden, im Netze der Geschichte, der eignen und des andren.

1. TEIL

1

Der übermütige Königssohn

Wuhan, China, 19. April 2017

Und hier stehe ich nun vor dem Frühstücksbuffet des SSAW Boutique Hotels und warte auf ein Zeichen oder ein Wunder, ja, hier stehe ich nun also in einem dieser mit allerlei Zierrat ausgeschmückten fernöstlichen Speisesäle und zugleich mittendrin in einem dieser mit allerlei Zierrat ausgeschmückten Sätze einer dieser fernöstlichen Liebesgeschichten, ach, so gutgelaunt und gleichermaßen schlecht ernährt, so gerade eben einer Katastrophe entkommen überdies beziehungsweise der Absage der noch vor mir liegenden acht Konzerte, so hoffnungsfroh zudem und nicht zuletzt so dankbar, nun endlich wieder frei atmen und frei singen, frei fallen und frei schwingen zu können, sie also endlich los zu sein, diese scheußliche Bronchitis, diese scheußliche Entzündung der oberen Atemwege und der klaren Gedankengänge, die meine dreizehnte Tournee durchs Land der Mitte doch in jeder Hinsicht zu einer Qual hatte werden lassen, zu einer Expedition ins Schattenreich, zu einer Reise ans Ende des Verstandes, zu einer Irrfahrt also, geprägt von schlaflosen Nächten voller blühender schmutziger Fieberphantasien und Panikattacken, von gleichwohl stets vor Tau und Tag klingelnden Weckern, von mit Ach und Krach bestrittenen, heiser gekeuchten und um jeden Ton ringenden Auftritten vor vollen Konzerthäusern, von zahllosen, wenngleich kleinlauten Besuchen amerikanischer Fast-Food-Ketten anstelle lokaler Restaurants, von selbstmitleidigem Vegetieren allerorts, in Flughafenterminals und in Shuttlebussen, in Hotellobbys und in Backstageräumen, geprägt zuletzt von Krankenhausaufenthalten in Changsha und Xi'an, von stundenlangem Ausharren in überfüllten Notaufnahmen, von Kortisoninhalationen und giftigen Tabletten, von Prednison und Codein, von Ambroxol und Noscapin.

Und hier stehe ich nun also vor dem Frühstücksbuffet des SSAW Boutique Hotels und warte auf ein Zeichen oder ein Wunder oder zumindest eine Verzehrempfehlung, ja, hier stehe ich nun also ganz am Anfang, und nicht bloß fraglicher Liebesgeschichte, und zugleich unmittelbar an der Schwelle eines Lebens aus dem Vollen, eines Lebens in Saus und Braus und in den Tag hinein und von der glücklichen Hand in den weitgeöffneten Mund, ja, hier stehe ich nun also vor dieser herrlichen, doch höchstwahrscheinlich überwürzten Speisenvielfalt mit einem leeren Teller in der glücklichen Hand und einem ratlosen Ausdruck im kantigen Gesicht und diesem stechenden Geruch der von der scharfen Sichuan-Hunan-Küche beeinflussten Hubei-Küche in der etwas zu großen Nase und dieser frohen Hoffnung in der kaum noch rasselnden oder pfeifenden Brust, dieser trügerischen Hoffnung, um doch genau zu sein, und nicht bloß, am Ende *doch* noch etwas Genießbares unter den angebotenen Speisen zu finden, sondern vor allem auf bessere Zeiten und bessere Konzerte, als plötzlich ein bezauberndes Mädchen mit traurigen Eulenaugen und durchsichtigen Nike-Turnschuhen den Raum betritt.

Mein Herz will sogleich sinken, wie stets in einem solchen Eulenaugenblick der Wahrheit, doch bleibt es schon nach kurzer Zeit auf halber Strecke stehen, nach kurzer Betrachtung, um doch genau zu sein, nach kurzer Verklärung, um doch ganz genau zu sein, des hochgewachsenen und schlanken, beinahe als dürr zu bezeichnenden Eulenmädchens, der Eulenfrau vielmehr mit den gläsernen Turnschuhen und dem hellblauen Etuikleid, mit den pechschwarzen, schulterlangen Haaren und den dünnen Ärmchen, mit der hohen Stirn und der etwas zu breiten Nase, mit den dafür umso sanfter geschwungenen Lippen und diesen traurigen, geradezu wehmütigen Eulenaugen, mit dieser Anmut und dieser Würde zudem in ihrem Gang und ihrer Haltung, der Eulenfrau also, die mithin viel zu nobel wirkt und reif, viel zu gütig auch und lauter, viel zu unerreichbar überdies, als dass mir mein auf halber Strecke und also ungefähr auf Höhe des Magens stehengebliebenes und gleichwohl wild hüpfendes Herz nun wie üblich in die Hose rutschen würde.

»Interesting shoes.«

Mein etwas unbeholfener Versuch einer Gesprächseröffnung, nachdem ich mich so nonchalant wie im Feuereifer des Gefechts möglich an die inzwischen mit einer leeren Suppenschale in der Hand am Buffet stehende Eulenfrau herangepirscht habe.

»Oh ... Thank you, sir.«

»You know ... I've never seen anything like it.«

»I know ... It's a special edition ... Nike Air Force Clear or something.«

Ach, und wie reizend sie doch singt, meine Eule, wie aufreizend geradezu, wie heiter auch, wie unerwartet heiter doch im wehmütigen Angesicht des wehmütigen Ausdrucks in ihren Augen.

»Oh ... Are you working in fashion then?«

»Yes ... Yes, I am as a matter of fact ... How did you know?«

Wie ungezwungen überdies, wie unerwartet ungezwungen doch im mürrischen Angesicht des mürrischen Ausdrucks in den Gesichtern der uns beäugenden älteren Herrschaften zu unserer Linken und unserer Rechten.

»Well ... Intuition, I suppose ... Are you a designer?«

»Oh, I wish ... No ... I do marketing for ... well ... for a Chinese fashion brand.«

So als wäre auch *ihr* Herz unlängst gesunken und schon nach kurzer Zeit wild hüpfend auf halber Strecke stehengeblieben.

»Chinese? But how come you speak English so well?«

Nach kurzer Betrachtung, um doch genau zu sein, nach kurzer Verklärung, um doch ganz genau zu sein, des hochgewachsenen und schlanken, beinahe als dürr zu bezeichnenden jungen Mannes.

»Oh … um … I've studied business administration in London for a couple of years.«

Des zumeist melancholischen, an diesem Morgen jedoch ausnahmsweise einmal gutgelaunten Königssohns mit den weißen Turnschuhen und der schwarzblauen, knielangen Strickjacke, mit den aschblonden, nach hinten gegelten Haaren und den schlaksigen Armen, mit dem markanten Kiefer und der etwas zu großen Nase, mit den dafür umso sanfter geschwungenen Lippen und den olivgrünen Augen.

»Wow … Lucky you … Where exactly?«

»Um … Royal Holloway …?«

»Ooh la la … Not bad.«

Da lacht sie, die Eulenfrau, lacht übers ganze Gesicht, lacht so ungehörig vertraulich im fremden Angesicht des fremden Königssohns an ihrer Seite, lacht und füllt ihre Suppenschale mit einer dunkelroten, geradezu furchteinflößenden Flüssigkeit.

»Have you tasted this before?«

»Hulatang? Yeah … once or twice … However, I cannot really handle spicy food, you know?«

»Oh?«

»Yeah … But not all of Wuhan's food is hot … I mean, spicy … Or is it?«

»Hulatang is a recipe from Henan actually … not from Hubei … But I'm not too familiar with Hubei or its cuisine, to be honest … I'm in Wuhan for business only.«

»Oh? Where are you from originally?«

»Shanghai.«

»Shanghai!«

»Jing'an, to be exact.«

»Wow … Real cool.«

Da lacht sie schon wieder, die Eulenfrau, lacht aus vollem Halse, lacht womöglich in der trügerischen Hoffnung, auf diese Weise allmählich die Trauer aus den Augen verlieren zu können, lacht und nimmt eine weitere Suppenschale vom Geschirrstapel und füllt diese bis zum Rand mit einem milchigweißen Reisbrei.

»Okay … Try this … It's Congee … not spicy at all.«
»Oh … Thank you … ahem …«
»Vivien … My name is Vivien … Vivien Li actually.«
Vivien Leigh?!
»Vivien Leigh?!«
»Yes … But spelled L-I, of course … not L-E-I-G-H.«

Kurzentschlossen stelle ich also die aus zarten Händen empfangene Suppenschale auf dem Büfetttisch ab, um der Eulenfrau nun augenblicklich die glückliche Hand reichen zu können, allerdings so kurzentschlossen, dass die randvoll gefüllte Schale unter den Ohs und Ahs der nicht von unserer Seite weichenden älteren Herrschaften überschwappt und ein beträchtlicher Teil des milchigweißen Reisbreis sowohl auf der Tischdecke als auch auf meinem glücklichen rechten Händchen landet.

»Very nice to meet you, Vivien … Oh … um … I'm sorry.«

»It's alright … And you are … the melancholic prince, aren't you?«

Nun bin ich es, der lachen muss.

»Where did you get that expression?«

»Your concert posters all over Wuhan, Maximilian.«

Tja, und hier stehe ich nun also vor Vivien Li oder Scarlett O'Hara oder meinetwegen auch Aschenputtel und warte darauf, dass mir mein wild hüpfendes Herz in die Hose rutscht, ja, hier stehe ich nun also ganz am zauberinnewohnenden Anfang, und nicht bloß fraglicher Liebesgeschichte, und zugleich unmittelbar an der Schwelle eines Lebens aus dem Unheilvollen, eines Lebens am seidenen Faden und auf tönernen Füßen und im Hier und Einst, ja, hier stehe ich nun also vor einer dieser herrlich aussichtslosen, doch höchstwahrscheinlich überstürzten Liebeleien mit einer zarten Hand in der verschmierten Hand und einem verklärten Ausdruck im kantigen Gesicht und diesem bezaubernden Duft der von meiner verunreinigten Vergangenheit beeinflussten verschmierten Gegenwart in der etwas zu großen Nase und dieser heimlichen Hoffnung auf ebendiese Vergangenheit in der kaum noch rasselnden oder pfeifenden Brust.

»Oh no … I've run out of battery.«

Gerade erst haben wir mein Zimmer betreten, noch völlig außer Atem vom überstürzten Aufbruch vorhin, vom fluchtartigen Verlassen der Qintai Concert Hall, vom Stehen- und Liegenlassen von allem und jedem dort, vom Stürzen und Stolpern sodann zurück zum SSAW Boutique Hotel, vom überstürzten Kuss draußen vor der Zimmertür aber vor allen Dingen.

»… Do you have the time for me?«

»Oh … Sure … ahem … It's … a quarter past midnight.«

»Past midnight?!«

»Uh … Yeah … Is that a problem?«

»Are you sure? Really? A quarter past midnight?!«

Vivien mit einem Mal wie vor den Kopf geschlagen.

»Um … Yes … 12:14, to be exact.«

Wie vom Mitternachtsschlag getroffen, um doch genau zu sein.

»Let me see that …«

Oder doch eher: wie wachgeküsst?

»What's the matter, Vivien?«

Oder besser noch: wie überstürzt wachgeküsst?

»… Are you running short of time?«

Doch sie schweigt, die hochgewachsene und schlanke, beinahe als dürr zu bezeichnende Frau, das Mädchen vielmehr mit den gläsernen Turnschuhen und dem hellgrauen Charlestonkleid, mit den pechschwarzen, schulterlangen Haaren und den dünnen Ärmchen, mit der hohen Stirn und der etwas zu breiten Nase, mit den dafür umso sanfter geschwungenen Lippen und diesen traurigen, geradezu wehmütigen Eulenaugen, sie schweigt also und schüttelt bloß ihren Kopf und setzt sich mithin wortlos, dabei immer noch ein wenig atemlos zu mir, der ich inzwischen auf der Kopfseite des beinahe den gesamten Raum ausfüllenden Kingsizebetts Platz genommen habe.

»… Okay … So why would it be a problem that we've passed midnight?«

Steht dann aber sogleich wieder auf, geht zum Sekretär, auf dem sie unlängst ihre Handtasche abgelegt hat, öffnet diese halbherzig, kramt noch halbherziger in dieser herum, doch offenbar, ohne zu finden, was sie sucht, kehrt zurück zum Bett, setzt sich seufzend auf dessen Fußseite und fängt an, die Schnürsenkel ihrer gläsernen Turnschuhe aufzuziehen.

»Because I'm Cinderella?«

»Cinderella? How about … Briar Rose?«

»Okay, no … Because I'm sharing a room with my coworker actually.«

»Your coworker?!«

»Yes … And I told her that I'd be back before midnight.«

»Oh … I see.«

»And also … well … Because there's going to be rumours, you know? I mean, if I don't return in time.«

Ach, und wie reizend es doch zaudert, mein Aschenröschen, wie aufreizend geradezu, wie berechtigt auch, wie unbedingt berechtigt doch im übermütigen Angesicht des übermütigen Königssohns an seiner Seite.

»You're a woman sending a soldier to his death with a beautiful memory.«

Das heißt, des eigentlich doch schwermütigen, in Liebesdingen allerdings tatsächlich zuallermeist übermütigen, wenn nicht sogar überstürzenden und inzwischen sogar aus *Gone With the Wind* zitierenden Königssohns mit den aschblonden, nach hinten gegelten Haaren und den weitgeöffneten Armen, mit dem markanten Kiefer und der etwas zu großen Nase, mit den dafür umso kusswütigeren Lippen und den leuchtenden Augen, mit den schwarzen Stiefeletten und der schwarzen Konzertgarderobe, mit der schwarzen Röhrenjeans also und dem schwarzen Oberhemd, das er just in diesem Moment aufzuknöpfen beginnt.

»What are you doing?!«
»Scarlett … Kiss me.«
»Scarlett?!«
»Kiss me … once.«
Da lacht sie, die Scarlett, lacht wie einst am Frühstücksbuffet, lacht wie einst im Kuckucksnest, um doch genau zu sein, lacht so unerwartet hysterisch im wehmütigen Angesicht des wehmütigen und im Laufe, ja im Sturze der Nacht immer wehmütiger gewordenen Ausdrucks in ihren Augen, lacht und fällt mir um den Hals und bohrt mir ihre zarten Finger in die heißen Wangen.
»You …«
Doch bloß, um sich im nächsten Moment in theatralischer Art und Weise von mir loszureißen und sich zurück auf die kalte Fußseite des Betts zu rollen.
»… You low-down, cowardly, nasty thing, you! They were right! Everybody was right! You aren't a gentleman!«
Aufzustehen sodann, abermals aufzustehen also und abermals zum Sekretär und also zur Handtasche zu gehen und abermals ohne Sinn und Verstand in dieser herumzukramen und sich also abermals mit ganzem halbem Herzen ihrer Zerrissenheit zwischen Lust und Zwang hinzugeben.
»Gee … You know that dialogue by heart?!«
Ihrer Zerrissenheit zwischen Rausch und Routine.
»Of course I do … It's my favourite movie after all.«
Ihrer Zerrissenheit zwischen einer magischen Ballnacht und der üblichen Erbsenzählerei.
»Come back, Vivien … Please!«
Ihrer Zerrissenheit zwischen einem übermütigen und einem alltäglich gewordenen Königssohn.
»… Come back and kiss me … Kiss me … once.«
Ihrer Zerrissenheit zwischen Fremdgehen letztendlich und fremd Davonlaufen.
»Okay, Maximilian … But we cannot sleep together.«

2

Der melancholische Königssohn

Wuhan Tianhe International Airport, Wuhan, China, 20. April 2017

Ich sitze in der Abflughalle des Wuhan Tianhe International Airport und versuche, eine zärtliche Nachricht an Vivien zu schreiben, an Aschenputtel womöglich auch und an Dornröschen, an Scarlett O'Hara sowieso, doch schweift mein verklärter Blick immerzu ab vom Display meines Telefons und meinen ins chinesische WhatsApp-Pendant WeChat eingetippten Schachtelsätzen, um sodann zielsicher durch den Luftraum zu irren und irgendwann, vielleicht beim zweiten oder dritten Aufschauen vom zunächst Fragment bleibenden Liebesbrief, an der himmelhohen Decke des Flughafengebäudes hängenzubleiben, glaube ich, dort oben doch mit einem Mal Viviens Gesicht aufleuchten zu sehen, ihre hohe Stirn und ihre traurigen Eulenaugen, ihre etwas zu breite Nase und ihre Lippen, ja ihre sanft geschwungenen Lippen, an die ich mich alsbald hänge wie an einen seidenen Faden, um fortan sämtliche Schattierungen ihrer Stimme erfassen und jedes einzelne Wort ihres aufreizenden Gesangs verstehen zu können, jedes einzelne Wort ihres zwischen Lust und Zwang, zwischen Rausch und Routine changierenden Lockrufs, der schon bald die Schimären der letzten Nacht ans Firmament des verwunschenen Luftschlosses zu zaubern beginnt, die Trugbilder der Glückseligkeit, die Zerrbilder der Zweisamkeit:

Ihr überdrehter Besuch des Backstagebereichs kurz vor Konzertbeginn, ihr verklärtes Lauschen meinem zwischen Brust- und Kopfstimme, zwischen Übermut und Melancholie changierenden Klageruf, unser überstürzter Kuss vor der Hotelzimmertür, ihr plötzliches Zaudern, ihre gläsernen Turnschuhe auf dem Teppichboden neben dem Bett, ihre dünnen Ärmchen, die sie um meinen Hals, ihre sanft geschwungenen Lippen, die sie um meinen großen weiten Weltschmerz legt, ihr gequältes Lächeln beim Feuerschlucken meines Feuereifers, ihr überstürztes Verschwinden schließlich weit über der abgelaufenen Zeit.

Und hier sitze ich nun also in der Abflughalle des Wuhan Tianhe International Airport und lausche einem aufreizendem Gesang, ja, hier sitze ich nun also in einer dieser verwunschenen Abflughallen wie einst Vivien in einer dieser verwunschenen Konzerthallen und lausche wie einst diese einem aufreizendem Gesang, lausche und verliere mich dabei in überdrehten, verklärten, überstürzten, zaudernden, gläsernen, mithin ständig zu zerbrechen drohenden, dünnen, sanft geschwungenen, gequält lächelnden und mit einem Mal wieder verschwundenen Erinnerungen, lausche und verliere mich zugleich in überdrehten, verklärenden, überstürzenden, ungestümen, offenherzigen, mithin ständig ans Peinliche grenzenden, buchstäblich aufgeblasenen, unsanft wachküssenden, gleichwohl melancholisch konnotierten und mit einem Mal als *Gesendet* angezeigten Schachtelsätzen, lausche und verliere mich mithin im Trugbild einer Liebe, lausche und verliere mich so ganz und gar im Trugbild, Zerrbild, Gaukelbild einer überdrehten, verklärten, überstürzten, ungestümen, gläsernen, mithin ständig zu zerbrechen drohenden, buchstäblich aufgeblasenen, unsanft hin- und herschwingenden, melancholisch stimmenden und mit einem Mal wieder verschwundenen Gaukelliebe, derweil mein Lebensschiff doch ach so kühn an Vivien nun vorbeigleitet, so kühn, so selten kühn, als bliese vielmehr, als dass sie sänge, meine Eule nun, und als würde mir ihr Blasen Wind in die Segel gegeben haben und mich einstweilen von ihr forttreiben.

Ich stehe auf von meiner Bank, immer noch ein wenig betört, immer noch ein wenig bezaubert, immer noch ein wenig bedient vom soeben am Firmament des verwunschenen Luftschlosses Beobachteten, an der buchstäblich erinnerungsschweren Himmelsdecke des Flughafengebäudes, aus der just in diesem Moment die ersten Lautsprecheransagen für den Flug CA8231 nach Guangzhou zu schallen beginnen, springe mit einem Satz über Bord, schwimme mit wenigen Zügen an Land, betrete mit leuchtenden Augen die Lufthafenstadt, spüle auf einer der öffentlichen Toiletten das Salzwasser von Händen und Gesicht, trockne unterm Händetrockner mein verklebtes Haar und hänge mir schließlich meine vorm Sprung ins kalte Wasser im Rucksack verstaute schwarzblaue, knielange Strickjacke über, meine Yves-Saint-Laurent-Verkleidung, die mir sodann beim Umherstolzieren auf festem Linoleumboden wie das Gewand eines Adligen um die wackeligen Beine baumelt, die mir Halt verleihen soll und Gesicht, Bewusstsein und Besinnung, die mir Wert geben soll und Orientierung, Kontur schließlich und Farbe beim Wandeln auf und ab, beim zielsicheren Umherirren in einer dieser verwunschenen fernöstlichen Lufthafenstädte, in einer dieser unheimatlichen Weihestätten meiner periodischen Herkunftsflucht, in einer dieser exotischen Kultstätten meines erlauchten, weltmännischen, bewegten, glamourösen, großen, weiten Vagabundenlebens, in einem dieser Verbannungsorte letztendlich, in die es mich auf meinen episodischen Fluchten vor der Kleinheit doch immer wieder zu verschlagen scheint.

Mein Leben als melancholischer Königssohn, so mein Spitzname in China, als elegisches Idol in den Ländern der aufgehenden Sonnen, mein zielsicheres Umherirren in den Megacitys, den Konzerthallen, den Flughafenstädten und den Nachtclubs meiner großen weiten schönen Scheinwelt, mein Lustwandeln durch mondäne Hotelzimmer, durch Schlafzimmer schwarzhaariger Sirenen, meine schaurigschönen Versuche, asiatische Frauen zu lieben, die skurrilen Kapriolen meines nach schwarzen Sternen greifenden Liebeslebens: All das zwar erlaucht und weltmännisch, bewegt zudem und glamourös, bestimmt auch groß und weit, doch nicht auch gleichermaßen grellleuchtender

Ausdruck einer Krisenbewältigung? Einer großen weiten Weltflucht vor der Falschniedrigkeit in ungeahnte Falschhöhen? Einer Selbstflucht vor der hässlichen Wahrheit in den schönen Schein? Vor allem aber: einer Heimatflucht vor der verunreinigten Vergangenheit in die verzweifelte Suche nach der verlorenen Kinderzeit in den Armen einer so Nahen und doch so Fernen? Einer verzweifelten Suche nach einem unheilvollen Kapitel meiner Geschichte also, das von der Geburt meiner kleinen behinderten Schwester Liselotte handelt? Von einer unheilvollen Nacht im Herbst 1979, als eine Hebamme Warnsignale eines pränatalen Nabelschnurrisses übersah? Von den darauffolgenden dreizehn Monaten, während derer das zum Leben wiedererweckte Sternenkind von meinen aufopferungsvollen, jedoch völlig überforderten Eltern zuhause gepflegt wurde? Und von einer während jener dreizehn Monate mir so Nahen und doch so Fernen?

Liselotte, Lotte, wie wir sie nannten, die verlorene Tochter, das blinde und stumme Mädchen, die Schwester, die ich eigentlich gar nicht hatte, die in den Sternenkinderhimmel Aufgefahrene und von dort oben geistig und körperlich schwerstbehindert wieder Herabgefallene, die spastisch Gelähmte und ans Bett Gefesselte, die über eine Magensonde Ernährte und vollumfänglicher Pflege Bedürftige schließlich, sie war sofort nach ihrer Totgeburt wiederbelebt worden und hatte zunächst auf der Perinatalstation des Klinikums Heidenheim im Inkubator liegen und in diesem unsichtbar und unhörbar um ihr scheußliches, an einem seidenen Faden hängendes, unsere Welt aus den Angeln hebendes, mich und meinen großen Bruder der ungeteilten Aufmerksamkeit unserer Eltern und diese ihrer Lebensgeister beraubendes Leben nach dem klinischen Tod schreien müssen, bevor sie schließlich nach sieben Wochen des Liegens in ihrem gläsernen Sarg in die weitgeöffneten Arme meiner sich hinfort Tag und Nacht für sie aufopfernden Eltern zurückgekehrt war, an den Schauplatz eines verzweifelten Kampfes um Leben und ewiges Leben sozusagen, an den Schauplatz eines ganz und gar idealistischen, doch angesichts der Schwere von Lottes Behinderung letztendlich zum Scheitern verurteilten Versuchs der Wiedergutmachung also, der Wiedergutmachung eines nichtbegangenen Verbrechens wohlgemerkt, einer untatenlosen Versündigung, die in meinen Eltern und alsbald auch in meinem Bruder und mir nichtsdestoweniger das merkwürdige Gefühl einer Schuld hervorgerufen hatte, das merkwürdige Gefühl, unter einem Damoklesschwert zu leben, unter einem ständig herabfallenden, doch stets auf halbem Wege stehenbleibenden Damoklesschwert, das gleichwohl niemals aufhören sollte, über uns zu schweben und zu wachen und auf uns herabzufallen und auf halbem Wege stehenzubleiben, auch nicht nach Lottes allerletztem Schwesterluftkuss, den sie mir eines grellleuchtenden Morgens im Frühling 1985 nach verlorenem Kampf mit einer Lungenentzündung zugeworfen hatte, ihrem allerletzten Atemhauch in mein Kindergesicht, der ich mit herzgebrochenen Unglückstränen in den Äuglein und dieser mit einem Mal für meine kleine behinderte Schwester entfachten großen kranken Liebe im gebrochenen Herzchen an ihrem neonbeleuchteten Kindersterbebettchen gestanden und ihr Wiederauffahren in den Sternenkinderhimmel beobachtet hatte.

Mit einem Schlag, ja mit einem viel zu lange ausgesetzten Herzschlag hatte meine Schwester mich also damals in besagter unheilvoller Nacht aus dem Zentrum der elterlichen Aufmerksamkeit an deren Abgrundrand verdrängt, hatte mir in ihrer Eigenschaft als Mutters Sternenkind den Rang als Mutters Goldkind abgelaufen, hatte mich zu einem zwar mit Glanz und Gloria Empfangenen, jedoch fortan bloß mit Ach und Krach Geduldeten werden lassen und die Mutter selbst zur Traumafrau, zur körperlich so Nahen und geistig doch so Fernen, zur vom Unheil Überforderten und mithin für ihre Söhne zumindest als seelischer Rückhalt kaum noch Verfügbaren … so lange jedenfalls, bis meine Eltern nach besagten dreizehn Monaten den schweren Entschluss gefasst hatten, ihre verlorene Tochter in fremde Obhut zu übergeben, in eine Einrichtung namens

Diakonie Stetten, in ein spezialisiertes Pflegeheim also, um sich hernach auf die Suche nach der verlorenen Identität, nach den verlorenen Lebensgeistern, vor allem aber nach den verlorenen Söhnen machen zu können und um schließlich stille, innerlich allerdings aufgewühlte Zeugen davon zu werden, wie der verlorenere der beiden Söhne unverzüglich aus seiner selbstgewählten Ecke, in die er sich aus Angst vor weiterer Seelenverletzung sicherheitshalber verkrochen hatte, hervorgekommen war, um sich mit Feuereifer auf die endlich wieder verfügbare Mutter zu stürzen, auf die so Nahe und fortan doch viel zu Nahe, und ihr augenblicklich alles zu verzeihen.

Doch wie würde es nun jemandem gelingen, aus solch einem unheilvollen Kapitel seiner Geschichte *nicht* als stetig Hin- und Herschwingender hervorzugehen? *Nicht* als rastloser Pendler zwischen Verdrängung und Wiederholung des Erlittenen? Zwischen Maskierung und Zurschaustellung des Wundmals? Zwischen Herkunftsabwertung und Heimweh? Zwischen Fernostalgie und Rückwärtsgewandtheit? Zwischen Kindheitsverklärung und Vergangenheitsentschleierung? Zwischen Größenwahn und Kleinheitsillusion? Zwischen lustvoller Lüge schließlich und läuternder Wahrheit? Oder aber als gebranntes Kind, das sich mit Feuereifer in flamboyante Liebesabenteuer zu stürzen pflegt, in heiße Affären, an denen es sich so schaurigschön die Fingerchen verbrennen kann? Oder als eingebildeter Ungebetener, der gleichwohl auf allen Hochzeiten gleichzeitig tanzend mit dem Kindskopf gegen die eingebildete Wand des Ungebetenseins anzurennen versucht? Oder eben als melancholischer, da zur Vortäuschung seines Adelsstandes verdammte Königssohn, der doch nichts so fürchtet und zugleich ersehnt wie jenen Tag der Wunder und des Staunens, an dem er sich die Maskerade doch ein für alle Mal vom heuchelmüden Körper reißen wird?

Und hier stehe ich nun also auf festem Linoleumboden und schwanke dennoch hin und her, ja, hier stehe und irre ich nun also zielsicher in einer dieser verwunschenen fernöstlichen Lufthafenstädte umher und lausche der eigenen Geschichte, lausche und verliere mich dabei in verlorenen, wiederbelebten, blinden, stummen, im gläsernen Sarg liegenden, mithin ständig zu entschlafen drohenden, unsichtbar und unhörbar schreienden, spastisch gelähmten, ans Sternenkinderbett gefesselten und mit einem Mal wieder im Sternenkinderhimmel verschwundenen Erinnerungen, lausche und verliere mich mithin im Schreckensbild eines ungelebten Lebens, lausche und verliere mich zugleich im Wunschbild einer ungelebten Liebe, als mich plötzlich eine aufreizende, den Eingang einer WeChat-Nachricht ankündigende Tonkaskade aus meinem Kindheitstrauma reißt und mich wie durch Zauberhand zurück ins Leben an Bord meines zielsicher umhertreibenden Lebensschiffes holt: *Hi Maximilian*, wie es also in der Nachricht heißt, *thank you for your message. Thank you also for your kind invitation to your concert last night. Yes, I would indeed like to see your Shanghai concert as well, but I'm afraid I have a prior commitment that night. However, maybe we should regard this fact as a sign of fate and, as they say, like cobblers stick to our lasts. Safe travels. Sincerely, Vivien.*

3

Der melancholische Froschkönig

Shanghai, China, 29. April 2017

Eine kühle Frühlingsnacht in der Perle des Orients, der Stadt über dem Meer, eine schlecht beleuchtete Gasse unweit des Jinguo-Palasts, eine hochgewachsene und schlanke, beinahe als dürr zu bezeichnende Frau, ein Mädchen vielmehr mit weißen Leinenturnschuhen, löchrigen Jeans und einem viel zu großen, aschgrauen Sweatshirt, ein anfangs noch übermütiger, jedoch im Laufe, ja im Trotte der Nacht melancholisch gewordener Königssohn mit weißen Turnschuhen und einer schwarzblauen, knielangen Strickjacke, ein hoch am Nachthimmel stehender dichotomer Mond schließlich, der voller Mitleid auf die beiden gläsern Liebenden und mithin ständig zu zerbrechen Drohenden herabblickt.

»When will I see you again?«

»Who knows …? Maybe soon … In Copenhagen perhaps … or in Amsterdam.«

»Or … in Berlin?«

Dabei halte ich ihre Wangen mit den Händen umschlossen, berühre sodann ihre sanft geschwungenen Lippen mit den meinen, taste mich vorsichtig mit der Zunge vor und lasse diese alsdann wehmütig, wenn nicht sogar schwermütig in ihrer zerrissenen Herzmundkammer hin- und herschwingen; jedoch die Geküsste, die sanft in meinen schlaksigen Armen, gleichwohl unsanft wie ein Fähnchen im Frühlingswind hin- und herschwingende Geküsste, sie erwidert zwar meinen Kuss, doch kraftlos irgendwie und hilflos, ja zaudernd geradezu, und greift nunmehr mit ebendiesem Zaudern nach meiner ohnehin schon schiefsitzenden Königssohnskrone, nach meinem ohnehin dem

Untergang geweihten Adelsgeschlecht, und sieht mich gerade deshalb trotzen irgendwann, sieht mich aufbegehren und mich stemmen gegen ein längst besiegeltes Schicksal, sieht mich stürmen bald und drängen, sieht mich züngeln vorm Vergängnis noch ein letztes Mal, sieht mich kämpfen und mich wehren, ach, mit Händen und mit Küssen, mit Hängen und mit Würgen gegen dieses zauberhafte Zaudern und zauderhafte Zaubern.

Von wegen kühnes Vorbeigegleite! Von wegen Wind in den Segeln! – war ebendieser immerhin von Vivien selbst gesäte Wind doch unweigerlicherweise mit dem Eintreffen ihrer abgeklärten und von Schicksal und Schustern und Leisten sprechenden WeChat-Nachricht wieder abgeflaut und hatte mich sozusagen in aller Windstille und aller Gefühlsflaute vor dem Sturm und Drang dazu veranlasst, mit dem Motorboot beziehungsweise mit jener WeChat genannten Unglücksmaschine Kurs auf die Insel der Wankelmütigen zu nehmen.

Und doch, genauer gesagt erwartungsgemäß, war sie zunächst ergebnislos, wenn auch keineswegs ereignislos verlaufen, diese motorisierte Irrfahrt, diese ziellose oder vielmehr übers Ziel hinausschießende Werbung also um die Wankelmütige, diese mit einem Mal nicht mehr als Liebesspiel, sondern als Liebesernst empfundene Werbung, diese Wandelei also oder vielmehr Umherirrerei auf Freiersfüßen mittels unzähliger überdrehter, verklärender, überstürzender, ungestümer, offenherziger, mithin ständig ans Peinliche grenzender, dick auftragender, unsanft wachküssender und dennoch stets melancholisch konnotierter WeChat-Nachrichten, diese lautstarke und dennoch stets kleinlaute Bitte also um die zarte Hand der alsdann entweder abgeklärt antwortenden oder verklärt schwärmenden, überstürzt reagierenden oder tagelang schweigenden, verschlossen wirkenden oder plumpvertraulich auftretenden, leibhaftig vor mir im digitalen Raum stehenden und dennoch stets ungreifbar bleibenden Frau, des Mädchens vielmehr mit den pechschwarzen, strahlendweißen Empfindungen und der dünnen Haut, mit der hohen Meinung von mir und der etwas zu niedrigen gleich dazu, mit dem dafür umso sanfteren gelegentlichen Dornröschenschlaf und diesen traurigen, geradezu gutgelaunten Emojis in ihren WeChat-Nachrichten, mit diesen changierenden Stimmen und Stimmungen also, diesen stets zwischen Lust und Zwang, zwischen Rausch und Routine hin- und herschwingenden Gemütsbewegungen, diesen mal erdennahen, mal feuchten, mal luftigen, mal feurigen Gefühlszuständen, diesen mal festen, mal flüssigen, mal gasförmigen, mal plasmaartigen Aggregatzuständen, um doch genau zu sein, die indes keinerlei Rückschluss zugelassen hatten auf den Stoff, aus dem die Changierende geschaffen war, auf ihre Urmaterie sozusagen, und die mich in meinem mal erdennahen, mal feuchten, mal luftigen, mal feurigen Erregungszustand schließlich sogar dazu veranlasst hatten, der daraufhin allerdings weder Erstarrenden noch Dahinschmelzenden noch Verdampfenden noch Entflammenden, allerdings auch nicht Zustimmenden, ein Tête-à-Tête an einem meiner wenigen konzertfreien Reisetage vorzuschlagen, wäre es doch, wie ich in überdrehter, verklärender, überstürzender und so weiter Weise geschrieben hatte, ein Leichtes für mich, von beispielsweise Wuxi oder Suzhou aus mit dem Hochgeschwindigkeitszug nach Shanghai zu fahren.

Und so hatte ich schließlich jener erregenden und zugleich schwindelerregenden Ungreifbarkeit Viviens wegen und zugleich zum Trotz irgendwann, das heißt, am Abend meines Konzerts im Shanghai Centre Theatre, mein zielsicheres Umherirren auf Freiersfüßen aufgegeben, hatte nicht zuletzt aber auch im Lichte meiner baldigen Abreise aus dem Land der ihre Mitte nicht findenden Changierenden sozusagen vor dieser kapituliert, hatte den Motor meines irrfahrenden Bootes beziehungsweise mein Telefon also kurzerhand abgeschaltet, zumindest für die Dauer des Konzerts, allerdings nicht, ohne zuvor noch einen letzten Liebesbrief zu verfassen, eine Art Vermächtnis der Gaukelliebe, wenn man so will, das die beim Lesen dieser meiner letzten Koseworte dann erwartungsgemäß Weichwerdende, ja Dahinschmelzende dazu veranlasst hatte, mir eine herrlich überdrehte und von gutgelaunten Emojis nur so wimmelnde Antwort zu schicken und mich auf diesem Wege zu einer noch am selben Abend stattfindenden Zwanzigerjahreparty in einem Tanzlokal namens Jinguo-Palast einzuladen.

Später in der Nacht dann eine durchgeschüttelte und durchgerührte Taxifahrt quer durchs schwarzbuntglänzende Shanghai, mein Sitzen dabei auf feurigen Kohlen, nachdem ich mir zuvor noch mit geschüttelten und gerührten Getränken aus der Minibar Übermut angetrunken hatte, mein Erstarren sodann und Dahinschmelzen, Verdampfen und Entflammen beim Betreten des Jinguo-Palasts im geröteten Angesicht des dort voller Stolz und voller Ernst Jitterbug tanzenden Mädchens, der Frau vielmehr mit den schwarzglänzenden Mary Janes und dem smaragdgrünen Charlestonkleid, mit den pechschwarzen, im Takte der Musik hin- und herschwingenden Haaren und den dünnen Ärmchen, mit der glänzenden Stirn und der etwas zu breiten Nase, mit den dafür urplötzlich unsanft verzogenen Lippen und diesen urplötzlich aufleuchtenden, geradezu auffunkelnden Eulenaugen, ihr Strahlen also über beide vom Tanzen geröteten Backen beim Erblicken meiner etwas zu großen Nase, meiner dafür umso kusswütigeren Lippen und meiner nicht minder leuchtenden Augen, unser vertrauliches Beieinandersitzen alsdann mit Blick auf die schwingenden, wischenden, sich drehenden Tanzpaare, unser beschwingtes Gespräch dabei über alles Mögliche und vor allem Unmögliche, über eine ins Eulenauge gefasste Europareise im August zum Beispiel und ein mögliches Wiedersehen im Vondelpark, im Nyhavn oder im Quartier Européen, unser dagegen merkwürdig behäbiger, geradezu trottender und ungefähr zwanzig Minuten nach zwölf in besagter schlecht beleuchteter Gasse unweit des Jinguo-Palasts endender Halbmondspaziergang schließlich, nachdem die also neuerlich zur Mitternachtsstunde – und nicht bloß hinsichtlich ihrer Verve und Laune – wie verwandelt Wirkende zuvor noch ihr smaragdgrünes Charlestonkleid und ihre schwarzglänzenden Mary Janes gegen besagte löchrige Jeans, besagtes viel zu großes, aschgraues Sweatshirt und besagte weiße Leinenturnschuhe ausgetauscht hatte, unser Kuss zuletzt, ja, verdammt, dieser kraftlose, hilflose, zaudernde Kuss, der mich doch endgültig von einem Königssohn in einen Froschkönig verwandeln sollte.

4
Himmel, Glück und Wolkenbruch

Rees am Niederrhein, Deutschland, 6. August 2017

Ich sitze in einem Wartehäuschen des Bahnhofs Empel-Rees und versuche, mich auf eine zärtliche Nachricht der Verklärenden zu konzentrieren, der Schwärmenden womöglich auch und der Überdrehten, der Beschwipsten am Ende gar, doch schweift mein einst in der schlecht beleuchteten Gasse unweit des Jinguo-Palasts abhandengekommener Weitblick immerzu ab vom Display meines erschöpften Telefons und von Viviens verklärt vom bevorstehenden Wiedersehen in Amsterdam schwärmenden Ausrufesätzen, um sodann siegessicher durch den Empeler Luftraum zu irren und irgendwann, vielleicht beim zweiten oder dritten Aufschauen von der herrlich überdrehten und die hartumkämpfte Europareise endlich bestätigenden WeChat-Nachricht, am Gewitterhimmelsgewölbe der kleinen Stadt hängenzubleiben, glaube ich, dort oben zwischen den Ambosswolken doch mit einem Mal das Gesicht der mit ein bisschen Glück und Wolkenbruch künftig nie wieder Wankelmütigen, Changierenden, Zaudernden aufleuchten zu sehen, ihre hohe Stirn und ihre traurigen Eulenaugen, ihre etwas zu breite Nase und ihre Lippen, ja ihre sanft geschwungenen Lippen, an die ich mich alsbald hänge wie an einen verlorenen Faden, um fortan sämtliche Schattierungen ihrer verlorengeglaubten Stimme erfassen und jedes einzelne Wort ihres nach jenem kraftlosen, hilflosen, zaudernden Kuss in der schlecht beleuchteten Gasse unweit des Jinguo-Palasts weitaus häufiger abgeklärt als schwärmerisch klingenden Gesangs verstehen zu können, jedes einzelne Wort ihres letzthin immer kraftloser, immer hilfloser, immer zaudernder, vor allem aber immer seltener ausgestoßenen Lockrufs, der schon bald die Schimären der vergangenen drei Monate ans mittlerweile anthrazitgraue Firmament der kleinen Stadt zu zaubern beginnt, die Gaukelbilder des Rausches, die Janusgesichter der Routine, die Erscheinungen schließlich einer durch den Magen gehenden Liebesmüh:

Ihre beschwipsten Sehnsuchtsbekundungen, ihre stets auf diese beschwipsten, ja sanft geschwungenen Lippenbekenntnisse folgenden Sündenbekenntnisse, ihr wochenlanges Schweigen also, sollte eines jener Lippenbekenntnisse einem Liebesbekenntnis zu ähnlich gewesen sein, ihr wochenlanges Thematisieren sodann, jedoch nie Bestätigen der einst im Jinguo-Palast angekündigten Europareise, meine Eigenart wiederum, jeden Zuckerbrotkrumen, den die in ihren Träumen nach Europa Reisende mir im Laufe jener verlorenen Zeit vors melancholische Froschkönigsmaul hielt, als ein volles Mahl zu begreifen und jeden ihrer Peitschenhiebe als Bestätigung meines Lotteweltbilds zu goutieren, der trotzdem irgendwann einsetzende Hunger schließlich nach mehr als bloß diesen Zuckerbrotkrumen, nach längst überfälliger Unzweideutigkeit nämlich, nach der sowohl von der Zweideutigen als auch von mir selbst heimlich gefürchteten Klarheit der Verhältnisse sozusagen, nach Eindeutigkeit also, deren Herbeiführung ich in meinem selbstgewählten Erregungszustand des Ausgeliefertseins jedoch dummerweise ebenjener Zweideutigen überlassen hatte.

Dummerweise also einer Frau, einem Mädchen vielmehr, dem ich einst in überstürzter und leichtsinniger Weise die Deutungshoheit über meinen Wert in die zarten Hände gelegt und es womöglich auf diese Weise seiner Fähigkeit beraubt hatte, sich für oder gegen mich zu entscheiden, einem Mädchen überdies, das augenscheinlich keinerlei Interesse daran hatte, diesen Eiertanz, zu dem es mich sodann mit halbem Herzen und unzarter Hand aufgefordert hatte, irgendwann auch wieder zu beenden, diesen erregenden, wenn auch schwindelerregenden und nicht bloß Schwindel, sondern zusätzlich auch noch Sucht erzeugenden Eiertanz in der Grauzone zwischen Akzeptanz und Ablehnung, zwischen Innigkeit und Gleichgültigkeit, zwischen Sinn natürlich auch und Verstand, ja, Himmel, Arsch und Wolkenbruch, diesen Jitterbug also!, in dessen Verlauf sich das Gefühl des Schwindels und der Erregung und der Abhängigkeit mit jedem auf mich zu getanzten Schritt zwar zu verringern, mit jedem von mir weg getanzten jedoch wieder zu vergrößern schien, und dessen buchstäblich zitternde und nervende und je nach Tanzschritt ausschließlich gütig oder ausschließlich böse erscheinende Führende mich zwar mit sporadischer Nähe bei Tanzlaune zu halten wusste, mich aber andererseits regelmäßig zurück in die Besinnungslosigkeit meiner verlorenen Kinderzeit warf.

Ich stehe auf von meiner Bank, immer noch ein wenig schwindelig, immer noch ein wenig erregt, immer noch ein wenig gefangengenommen vom soeben am Gewitterhimmel Beobachteten, am mittlerweile pechschwarzen Firmament, aus dem just in diesem Moment die ersten dicken Regentropfen zu fallen beginnen, öffne kurzerhand meinen Rucksack, krame aus diesem meine olivgrüne The-North-Face-Jacke hervor, außerdem meine Powerbank, der es allerdings am womöglich im Zug oder am Ende sogar in Berlin vergessenen Ladekabel fehlt, wende mich ein letztes Mal vor dessen Vergängnis meinem Telefon zu und schreibe, bevor sich das Gerät schließlich wie von selbst ausschaltet, eine aufs Notwendigste reduzierte und zuallerletzt noch auf meine vorübergehende telefonische Unerreichbarkeit hinweisende Antwort an die nun nicht mehr bloß in meinen Träumen nach Amsterdam Reisende, an die nun nicht mehr bloß in meinen Vorstellungen greifbar Werdende, an die nunmehr Schritt für Schritt aus dem Vordergrund in den Hintergrund meiner Gedanken Tretende, an die alsbald nur noch schwer Verständliche, an die alsbald nur noch schemenhaft Erkennbare, an die im Moment des Aufleuchtens eines ersten markerschütternden Blitzes schon längst im Lichte der Zukunft Verstummte, an die im Augenblick des Auftauchens eines dunkelblauen Passats auf Höhe des Gasthofs Schepers schon längst im Dunkel der Gegenwart Verschwundene.

Ich verstaue das Telefon und das Ladegerät wieder im Rucksack, werfe mir die Jacke über, ergreife den Henkel meines Rollkoffers, blicke noch einmal gen Himmel und laufe glücklich los, quer über den Bahnhofsparkplatz und geradewegs auf den dunkelblauen Passat zu, quer über das feuchtglänzende Asphaltpflaster und kreuz und quer und querfeldein über Stock und über Stein und geradewegs auf meine Eltern und meinen Bruder zu, die also trotz des inzwischen einem Wolkenbruch gleichenden Gewitterregens aus dem Auto ausgestiegen sind, um mich in ihre weitgeöffneten Arme zu schließen und mir mein Gepäck mitsamt meinem vom Herzen gefallenen Telefon abzunehmen, die sich also trotz meiner Beteuerungen, durchaus allein zurechtzukommen und sogar gerne mit dem Taxi unterwegs zu sein, hierher zum Bahnhof Empel-Rees aufgemacht haben, um mich mit Pauken und Trompeten und Donner und Doria und Herz und helfender Hand zum alljährlichen Familienfest abzuholen, die aber vor allen Dingen gekommen sind, um mir Halt zu verleihen und Gesicht, Bewusstsein und Besinnung, Wert und Orientierung, Kontur schließlich und Farbe beim zielsicheren Umherirren in einem dieser verwunschenen Gärten meiner Kindheit, in einer dieser heimatlichen Weihestätten meiner periodischen Rückkehr aus der Fremde, in einer dieser Kultstätten meines bescheidenen, provinziellen, stillen, reizlosen, kleinen, engen Familienlebens, in einem dieser Zufluchtsorte letztendlich, in die es mich auf meinen episodischen Fluchten vor der Größe doch immer wieder zu verschlagen scheint.

Eine Stunde nach Aufziehen des Gewitters über der kleinen Stadt, ungefähr eine Dreiviertelstunde nach Ableben meines Telefons, ungefähr vierzig Minuten nach meinem glücklichen Regentanz auf dem Empeler Bahnhofsparkplatz und ungefähr zwanzig nach meinem Bezug eines Zimmers im Hotel Rheinpark sitzen wir, das heißt, sämtliche noch lebenden Angehörigen der Familie Dreyer, der Familie meiner Mutter also, dann bei Kaffee und Kuchen beziehungsweise bei Knusper und bei Knäuschen in einem ganz aus Brot, Marmorkuchen und Zucker erbauten Häuschen, einem süßen Millinger Backsteingebäude am Ende der Straßen und der Zeit, das nach dem Tod meiner Großeltern zunächst in den Besitz meiner Tante übergegangen war und später in jenen ihres Sohnes beziehungsweise meines Cousins Philipp, des Ausrichters dieses Fests der Verklärung und des Fastenbrechens, dieses Fests der heiligen Familie und der unschuldig gewordenen Kinder, dieses Fests der verlorenen Liebesmüh und der wiedergefundenen Sinne, dieses Fests der telefonischen Unerreichbarkeit und der episodischen Selbstgenügsamkeit, dieses Fests der Aufhebung der verlorenen Zeit und des Zurückdrehens der gewonnenen, dieses Fests aber auch und vor allem der Blitze und des Donners, der Winde und des Regens, des Regens und des Tanzes und dann mit einem Mal: der Glut und auch des Glanzes.

Erwähnt Philipp doch überraschenderweise Ferdinand Schwartz, den jungen Jazzklavierstudenten aus Nürnberg, diesen jungen Pophimmelstürmer, der einst für fünfzehn ruhmreiche Minuten in ebenjenen Pophimmel, genauer gesagt in den Olymp des Münchener Olympiastadions aufgestiegen war, als Chris Martin ihn nämlich am 6. Juni 2017 zu sich auf die Bühne gerufen hatte, und der dort oben in luftiger Höhe am Klavier sitzend dann aus nächster Nähe hatte mitverfolgen können, wie der Coldplay-Sänger das Lied von den Blutsbrüdern und den reitenden Schwestern gesungen hatte, das Lied von den Freunden bis in den Tod und den himmlischen Wesen, das Lied von den Rohdiamanten und den fließenden Gewässern, das Lied vom Wandel der Winde und vom Fallen des Schnees, das Lied vom dunkelgelben Licht und vom dunklen Schatten der Vergangenheit, das Lied also, mit dem Martin nach seiner Trennung von Gwyneth Paltrow deren sozusagen virtuelle Kraftspende zum Ausdruck hatte bringen wollen, deren ewigwährendes Glühen, deren »Everglow«, das den Sänger noch lange nach der Ehescheidung von der Schauspielerin zu erleuchten und zu wärmen gewusst hatte und das auch *mich* nun zu erleuchten und zu wärmen weiß, mich und alle anderen Dreyers, die alsbald in stiller Andacht über Philipps zischendes und brutzelndes Telefon gebeugt um den Coldplay-Fan herumstehen und stille und andächtige Zeugen davon werden, wie die gemächlich pochenden Schallvibrationen von Chris Martins Gesang und Ferdinand Schwartz' Klavierspiel mein gemächlich pochendes Herz im Gewittersturm erobern und sich irgendwann, vielleicht beim zweiten oder dritten Abspielen des verwackelten Videos, mit diesem Tag der Glut und des Glanzes zu vermengen beginnen.

5

Everglow (Teil 1)

Rheinpromenade Rees, Deutschland, 6. August 2017

Ein warmer Sommerabend an der Reeser Rheinpromenade, ein mittlerweile wieder wolkenloser Himmel, eine zur Hälfte von Everglow beschienene Sitzbank unweit des Rheinufers, eine vierköpfige, beinah als glücklich zu bezeichnende Familie, die nach ihrer Rückkehr vom Fest der Verklärung und des Fastenbrechens und nach einem leichten Abendessen im Hotel Rheinpark zu einem Spaziergang aufgebrochen ist und schon nach wenigen Schritten auf der schwarzgoldglänzenden Sitzbank Platz genommen hat, eine tief am Abendhimmel stehende Ewigglühende schließlich, die voller Güte auf die bedingungslos Liebenden und mithin alleinig mit ihren gemächlich pochenden Herzen Sehenden herabblickt, ein verstörendes Gefühl zuletzt, das einen der bedingungslos Liebenden mit einem Mal beschleicht.

»Glaubt ihr eigentlich, dass Lotte ihr ganzes Leben lang leiden musste?«

»Lotte?«

Das verstörende Gefühl, angekommen zu sein.

»... Wieso fragst du?«

Angekommen zu sein und seinen Kopf endlich ohne Widerstreit in den Schoß seiner Eltern legen zu können.

»Na ja ... Ich habe in letzter Zeit wieder öfter an sie denken müssen ... Und gestern Nacht habe ich sogar von ihr geträumt.«

Angekommen zu sein und sein Gesicht endlich ohne Verzerrung auf der Oberfläche des Vaters Rhein und der Mutter Heimaterde betrachten zu können.

»In ihren letzten Wochen hat sie bestimmt sehr gelitten.«

Angekommen zu sein und seine Augen für die verunreinigte Vergangenheit öffnen zu können, ohne sofort wieder hin- und hergerissen zu sein.

»Und davor?«

Angekommen zu sein und seinen Blick nach vorne richten zu können, ohne von den Gaukelbildern der Angst überwältigt zu werden.

»Davor hat sie doch so oft gelacht … gestrahlt geradezu … Weißt du nicht mehr? Jedes Mal, wenn wir sie in Stetten besucht haben.«

Angekommen zu sein und sein gemächlich pochendes Herz an den Augenblick verlieren zu können, ohne augenblicklich Herzrasen zu bekommen.

»Du hast geträumt von Lotte?«

Angekommen zu sein und dem Fließen des Stroms zuschauen zu können ohne das Verlangen, von diesem erfasst und fortgerissen zu werden.

»Ja … Und in meinem Traum konnte Lotte laufen und sprechen und hatte dieses wunderschöne Engelsgesicht und diese merkwürdig träge Stimme und hat mich immerzu an der Schulter berührt mit ihrer kleinen Hand und mir gut zugeredet … ›Maxi‹, hat sie immer gesagt, ›Maxi, du brauchst keine Angst mehr zu haben … weder vor dem Leben noch vor dem Sterben … und schon gar nicht vor der Liebe.‹«

6
A Walk Across the Rooftops
Dahlwitz-Hoppegarten, Deutschland, 14. August 2017

Ich sitze in der S5 Richtung Strausberg-Nord, die Augen geschlossen, die von großen, schiefergrauen Kopfhörern umschlossenen Ohren hingegen weit geöffnet, die Brust indes erfüllt von der kleinen behinderten Hoffnung, im Industrie- und Gewerbegebiet Dahlwitz-Hoppegarten Linderung von Schwindel, Erregung und Abhängigkeit zu erfahren, und lausche, wie immer eigentlich auf meinen Reisen ans Ende der Straßen und der Zeit, der Stimme meines schottischen Schutzpatrons Paul Buchanan, der gläsernen, mithin ständig zu brechen drohenden, um Wahrheit und um jeden Ton ringenden Stimme des Sängers und zuweilen verlorenen Kopfs von The Blue Nile, lausche und verliere mich dabei in seinen weltverlorenen Erinnerungen an *Tinseltown in the Rain* und an *Two Children*, an *My True Country* und an *Broken Loves*, an *Cars in the Garden* und an *A Walk Across the Rooftops*, lausche und verliere mich zugleich in meinen eigenen weltverlorenen Erinnerungen an Millingen im Regen und an zwei Kinder, ein Goldkind und ein Sternenkind, an wahre Länder und an ständig zu zerbrechen drohende Lieben, an Autos in verwunschenen Garten und an meine zahllosen Gänge über die Dächer Berlin-Mittes.

An meine zahllosen Stadtfluchten also vor dem schönen Schein in die hässliche Wahrheit, an zahllose im Ibis Budget Hennigsdorf im Gewerbegebiet Nord oder im Ibis Budget Hoppegarten im Industrie- und Gewerbegebiet Dahlwitz-Hoppegarten verbrachte Jahreswechsel beispielsweise, an mein Wandeln auf und ab in solcher Neujahrsnacht auf schneeverwehten Pfaden, an mein zielsicheres Umherirren also in einem dieser selbstmitleiderregenden Nichtorte am Rande der Stadt und der Zeit, an meine in der Anonymität eines solchen Nichtnewyorks, Nichtshanghais, Nichtseouls, Nichttokyos, Nichtberlinmittes nicht nur bedeutungslos, sondern wundersamerweise sogar zu Schönheit werdende Hässlichkeit, an das dort zwischen verschneiten Fabriken, Gewerbegebäuden, Möbelhäusern und Baumärkten, zwischen Dantz Rolladenbau, Progas, Riva Stahl, Porta und Hellweg herrschende Schweigen der im Berliner Zentrum überall und jederzeit um mich schwirrenden Dämonen, an die beim Eintippen sechsstelliger Türcodes, beim Duschen in engen Duschkabinen und beim Schlafen auf dünnen Matratzen empfundene Erleichterung von der als Gewicht des Lebens an sich fehlgedeuteten Last, an diese Augenblicke der Wahrheit schließlich auf diesen Winterreisen ins Nirgendwo, an diese Momente des unvermittelten Klarwerdens der Sicht, des Lüftens sämtlicher Schleier vor den Augen, der Befreiung von zuletzt gar nicht mehr als Trübung wahrgenommenen, mitunter sogar als natürlich empfundenen und die verlorene Welt doch stets verzerrt darstellenden Strukturen vor den Netzhäuten.

Von wegen verlorene Liebesmüh! Von wegen nie wieder Wankelmütige, Changierende, Zaudernde! – war Vivien doch, bevor sie sich schließlich in die Unsichtbarkeit und Unhörbarkeit beziehungsweise in die wohlvertraute Ruhe nach dem Gefühlssturm zurückgezogen hatte, zunächst einmal wieder undeutlich geworden, das heißt, nicht bloß vage hinsichtlich der konkreten Details ihrer immerhin mit Pauken und Trompeten und Emojis und Ausrufezeichen angekündigten Europareise, sondern überraschenderweise oder vielmehr erwartbarerweise auch hinsichtlich ihrer Deutung des Charakters unseres Wiedersehens in Amsterdam, unseres Tête-à-Têtes doch eigentlich, aus dem dann aber über Nacht ein Tête-à-Tête-à-Tête-à-Tête geworden war, eine Wiederbegegnung also unter schwarzen Sternen beziehungsweise unter den Augen zweier Cousinen Viviens, die die Frau, das Mädchen vielmehr mit dem womöglich dunklen Geheimnis und der stets dünnen Argumentation, mit der hohen Unzuverlässigkeit und der etwas zu breiten Palette an Empfindungen, mit der dafür umso größeren Familie und diesen traurigen, geradezu erbärmlichen Ausflüchten, die das Mädchen also auf dessen Reise nach Amsterdam, Kopenhagen und Brüssel begleiten würden und den ersehnten Paartanz in der niederländischen Hauptstadt folglich zu einem Horlepiep, einem De Schoenlapper oder gar zu einem Ringeltanz, wenngleich solch einem ohne Anfassen, zu machen drohten.

Und doch war es der Unsichtbaren und Unhörbaren und ihren beiden Unabdingbaren zunächst nicht gelungen, meine gütiggüldene Erinnerung an Rees sozusagen ihrer Glut und ihres Glanzes zu berauben, geschweige denn mein in den ersten Tagen nach dem Dreyerschen Familienfest einstweilen gemächlich pochendes Herz aus dem Takt zu bringen, schon gar nicht aus dem Takt des Liedes von den Blutsbrüdern und den reitenden Schwestern, von den Freunden bis in den Tod und den himmlischen Wesen, von den Rohdiamanten und den fließenden Gewässern, vom Wandel der Winde und vom Fallen des Gewitterregens, vom Abendgold über der Rheinpromenade und vom dunklen Schatten der Vergangenheit … bis ich dann allerdings am Morgen des 14. August, eine Woche also nach meiner glorreichen Rückkehr vom Niederrhein und fünf Tage nach dem letzten Lebenszeichen der in ihren Träumen womöglich schon längst *ohne* mich nach Amsterdam Reisenden, schließlich doch wieder mit den Anzeichen einer Melancholie, mit den Symptomen einer Herzneurose, mit dem Hunger nach Eindeutigkeit und erstmals auch mit dem Durst nach Rache erwacht war.

Und also hatte ich mich aufgemacht, doch nicht etwa, um beispielsweise unter den Dächern eines in Berlin-Mitte gelegenen Tanzlokals eine womöglich nicht minder Wankelmütige, Changierende, Zaudernde, dafür jedoch immerhin Ortsansässige zum Ringeltanz mit Anfassen aufzufordern oder um mich am Telefon mittels eines forschen Nachhakens bei der Unsichtbaren und Unhörbaren kurzerhand aus meinem Schwindelerregungszustand des Ausgeliefertseins zu befreien, sondern um stattdessen mein Heil wie so oft in der kleinen behinderten Schwester der Befreiung, in der Flucht also zu suchen, in der Stadtflucht, um genau zu sein, vor dem schönen Schein in die hässliche Wahrheit, in der Fahnenflucht vor dem Konflikt in eine entmilitarisierte Zufluchtszone, in der Halbweltflucht vor dem Schwindel, vor der Erregung, vor der Abhängigkeit in den Schutz eines Industrie- und Gewerbegebiets, in der Onlineweltflucht schließlich vor dem digitalen Katz-und-Maus-Spiel in die mit dem Abschalten des Telefons verbundene Rachephantasie von einer mit ihren WeChat-Nachrichten mit einem Mal im Nirgendwo landenden Katz-und-Maus-Spielerin.

Ich stehe in der Gartenabteilung der Hoppegartener Hellweg-Filiale und versuche, mich auf das Produktvideo eines Gardena Elektrorasenmähers zu konzentrieren, auf die zentrale Höhenverstellung QuickFit Plus, das CnC-Plus-System und den teleskopierbaren Holm, doch schweift meine sowieso unstete Aufmerksamkeit immerzu ab von den überwiegend in Grasgrün und Anthrazitgrau gehaltenen Videobildern und der überschwänglichen Stimme des Offsprechers, um sodann ziellos durch die Gartenabteilung, ziellos von einem Produktvideo zum nächsten zu wandern, sich jedoch irgendwann, vielleicht ein oder zwei Minuten, nachdem die aus der Hellwegschen Hausanlage leise rieselnde Instrumentalmusik von einem Countrysong unterbrochen worden ist, auf die musikalische Beschallung des Baumarkts zu richten, glaube ich doch, aus den Lautsprecherboxen das Wort »Cinderella« vernommen zu haben, aus dem Mund des Countrysängers doch eigentlich, an dessen Lippen ich mich alsbald hänge wie an einen wiederaufgenommenen Faden, um fortan sämtliche Schattierungen seiner Stimme erfassen und jedes einzelne Wort seines Liedes verstehen zu können, jedes einzelne Wort seines von Hinterhöfen, grünem Gras, New-Age-Pulverkaffeemaschinen, rot-blau-weißen Flaggen, vor allem aber »my own Cinderella« handelnden Liebesliedes, das schon bald meiner eigenen Cinderella Gesicht ans Firmament der verwunschenen Gartenabteilung zu zaubern beginnt, Viviens Gesicht also seinerzeit am zauberinnewohnenden Anfang unserer Liebesgeschichte, Viviens gütiges Gesicht, um genau zu sein, ihre hohe Stirn und ihre trotz ihres herzlichen Lachens über meine unbeholfenen Äußerungen stets traurigen, geradezu wehmütigen Eulenaugen, ihre etwas zu breite Nase und ihre dafür umso sanfter geschwungenen, beim Reden über gläserne Turnschuhe, scharfes Essen und das Royal-Holloway-College kaum zur Ruhe kommenden, geschweige denn völlig regungslos bleibenden Lippen, die Noblesse zuletzt in ihren Zügen, die Güte, wie gesagt.

Tja, und hier stehe ich nun also in der Gartenabteilung der Hoppegartener Hellweg-Filiale und lausche einem weltzugewandten Gesang, ja, hier stehe ich nun also in einer dieser herrlich beruhigend wirkenden Baumarktfilialen am Ende der Straßen und der Zeit und zugleich Auge in Eulenauge mit einer dieser herrlich beruhigend wirkenden, doch höchstwahrscheinlich flüchtigen Erinnerungen an ein gütiges Mädchen, an eine gütige Frau vielmehr, an eine gleichwohl längst schon wieder unsichtbar, längst schon wieder unhörbar, längst schon wieder ungreifbar gewordene, ja, Himmel, Arsch und Kontaktabbruch, längst schon wieder böse gewordene gütige Frau! und lausche Steve Moaklers weltzugewandtem Gesang, lausche und verliere mich dabei in Gaukelbildern der Glückseligkeit, in Zukunftsbildern der Zweisamkeit, in Visionen eines wundervollen Wiedersehens in Amsterdam, in meiner kleinen behinderten Hoffnung auf eine dort zwischen den Backsteinhäusern, Grachten und Coffeeshops auf mich wartende verunreinigte, alsdann buchstäblich wie geleckte und zu guter Letzt bereinigte Vergangenheit.

7

Die Böse und der Wolf

Crowne Plaza Amsterdam South,
Amsterdam, Niederlande, 24. August 2017

Wie kann sie mich jetzt hängenlassen! Wie kann sie mich am ausgestreckten Ärmchen verhungern lassen! Wie kann sie mich bis nach Amsterdam reisen lassen, um mich dann abermals hinzuhalten! Wie kann sie erst mit Ach und Krach und Parenthesen und Fragezeichen ihr Schweigen brechen, für einen Eulenaugenblick sichtbar und hörbar werden, vom Königspalast und vom Van-Gogh-Museum, vom Vondelpark und vom Rijksmuseum schwärmen, um sich dann am Vorabend unseres Wiedersehens abermals in ihre Undeutlichkeit zu flüchten! Wie kann sie von ihrer Sorge um ihre unbedarften Cousinen reden anstatt von ihrer Sehnsucht nach mir! Wie kann sie ihre erste von drei Nächten in Amsterdam Kopf an Kopf an Kopf mit ebendiesen Unbedarften verbringen anstatt Hand in Hand mit mir! Wie kann sie behaupten, sich nicht auf den Ort und den Zeitpunkt unserer Wiederbegegnung abseits schwarzer Sterne und also unter vier Augen festlegen zu können! Wie kann sie es dann auch noch wagen, die allesentscheidende, die auf der Hand liegende, die im Magen rumorende und auf der Zunge brennende Frage: *Do you really want to see me again?!!* seit nunmehr einer Dreiviertelstunde nicht zu beantworten! Wie kann sie mich also, verdammt nochmal! immer noch zum grauenerregenden Tanz in der schon längst nicht mehr grauen, schon längst pechschwarzen, schon längst einer Dunkelkammer, schon längst einem Kerker gleichenden Grauzone auffordern! Mich als längst Sitzengelassenen zum Aufstehen zwingen! Mich als längst Stehengelassenen aufs Parkett zerren! Mich als längst Fallengelassenen über den Boden schleifen! Wie kann sie mir, verdammt nochmal! monatelang ihre Zuckerbrotkrumen hinwerfen und mir jetzt ihren Laib versagen! Mir monatelang mit der Peitsche drohen und jetzt den Gnadenhieb unterlassen! Mir monatelang ihr Verlangen vorsetzen und kurz vor der Fütterung das Weite suchen! Mir monatelang ihre Verweigerung vor die etwas zu große Schnauze halten und mir jetzt die Zurückweisung verweigern! Verdammt, wie kann sie mich wie ein wildes, nach Eindeutigkeit und inzwischen mehr noch als nach Anerkennung nach Ablehnung gierendes Raubtier gefangenhalten und mich von einer Ecke meines fünfundzwanzig Quadratmeter großen Zwingers in die andere hetzen, vom Schreibtisch zum Fenster und vom Fenster wieder zum Schreibtisch, vom Laptop und der KLM-Website zum verlorenen Ausblick übers nächtliche Amsterdam-Zuid und von der verlorenen Perspektive wieder zurück zum Computer! Mich wie einen von allen gütigen Geistern Verlassenen den Vollmond anbellen lassen und in dessen fahlweißem Lichtkegel auf und ab und hin und her tanzen lassen! Mich alle Buchungstanzschritte eines neuen, eines schon morgen früh vor Tau und Tag gehenden Rückfluges nach Berlin zunächst unternehmen lassen und dann den allerletzten Tanzschritt scheuen lassen! Mich erst zur passiven Rache anstiften, zur Betätigung des *Jetzt bezahlen*-Abzugs, zur Befreiung aus meinem Zwinger durch die eigene Klaue, und mich dann im letzten Augenblick der Unwahrheit vor dem Schritt in die Freiheit zurückschrecken lassen!

8

Die Unbekannte und der Ich

Crowne Plaza Amsterdam South,
Amsterdam, Niederlande, 24. August 2017

Ich stehe am Fenster meines Zimmers im Crowne Plaza Amsterdam South, die Augen weit geöffnet, den Mund inzwischen wieder geschlossen, die Brust indes erfüllt von der trügerischen Hoffnung, dass es nun ein für alle Mal vorbei ist mit dem Tanz im Mondlichtkegel, mit dem Tanz um den heißgelaufenen Computer, mit dem Eiertanz aber vor allen Dingen, und versuche immer wieder von Neuem, mich auf das dunkle Geheimnis der Unerreichbaren zu konzentrieren, der Unergründlichen womöglich auch und der Unsichtbaren und Unhörbaren, der Ungreifbaren sowieso, der Unerreichten doch eigentlich und der Unergründeten, der Ungesehenen und Ungehörten, der Unbekannten letzten Endes, doch schweift mein wiedergefundener Weitblick immerzu ab vom Display meines Telefons und von Viviens kleinlaut von ihrem Verlobten in Shanghai, von ihren unerträglich gewordenen Gewissensbissen und von ihrem Ringen um diese schwere Entscheidung der Absage unseres morgigen Treffens sprechenden Schachtelsätzen, um sodann pyrrhussiegessicher über die Dächer des nächtlichen Amsterdam-Zuids zu wandern und irgendwann, vielleicht beim vierten oder fünften Aufschauen von der zerknirschten und ironischerweise zeitgleich mit der KLM-Umbuchungsbestätigung eingetroffenen WeChat-Nachricht, am schwarzsilberglänzenden Sternenzelt der großen Stadt hängenzubleiben, glaube ich, dort oben im strahlenden Mondgesicht doch mit einem Mal mein eigenes Gesicht aufleuchten zu sehen, meine zerfurchte Stirn und meine olivgrünen Augen, meine etwas zu große Nase und meine

Lippen, ja meine vom Lecken aufgesprungenen Lippen, an die ich mich alsbald hänge wie an einen wiedergefundenen Faden, um fortan sämtliche Schattierungen meiner verlorengeglaubten Stimme erfassen und jedes einzelne Wort meines weltzugewandten Gesangs verstehen zu können, jedes einzelne Wort meines bis vor Kurzem noch wie das Quaken eines Froschs oder das Heulen eines Wolfs, in diesen Augenblicken der Wahrheit jedoch wie das Jubeln eines Menschgewordenen klingenden Gesangs, der schon bald die Schimären der Zukunft ans Firmament der großen Stadt zu zaubern beginnt, die Trugbilder der Freiheit, die Zerrbilder der Selbstgenügsamkeit, die Illusionen schließlich einer herrlichen, doch höchstwahrscheinlich überwältigenden, vor allem aber niemals zu zerbrechen drohenden Liebe.

2. TEIL

9

Die große, kranke Stadt

Hotel Kukdo, Seoul, Korea, 25. Mai 2018

Und hier liege ich nun auf meinem Geheiltenlager und warte auf die Ruhe nach dem Beifallssturm, ja, hier liege ich nun also in der Schlafstatt der geheilten Herzen, geduscht und gebürstet, fertig zur noch jungen Nacht, fertig mit den Nervenkriegen, fertig allerdings noch lange nicht mit der großen weiten schönen Wirklichkeitswelt, die ich irgendwo in der Tiefe der wiedergefundenen Zeit, irgendwo in der Tiefe des wiedergefundenen Bewusstseins, irgendwo dort im Nachtlichtreich der wiedergefundenen Erinnerung zu erkennen glaube, doch sie wird ohne mich stattfinden, wenigstens diese Nacht in der großen, kranken Stadt, wenigstens diese Nacht in der Weltstadt mit Herzenslust und Herzensqual, wenigstens diese Nacht also in der vom Han-Fluss in zwei Hälften gebrochenen Stadt der gebrochenen Herzen, in der Halbweltstadt in der Grauzone zwischen Akzeptanz und Ablehnung, zwischen Innigkeit und Gleichgültigkeit, zwischen Sinn und Verstand sowieso, in der Megacity an der Meerenge zwischen Skylla und Charybdis, zwischen Lust und Zwang, zwischen Rausch und Routine, in der grellleuchtenden, scharfkantigen, schrillklingenden, vergiftetriechenden und unentwegt zum Eiertanz auffordernden Metropole namens Seoulteukbyeolsi also, der »besonderen Stadt Seoul«, in der Wiege der K-Popkultur nicht zuletzt und damit unmittelbar an der Quelle Hallyus, der »koreanischen Welle«, dieser unaufhaltsamen und seit nunmehr einem Vierteljahrhundert die ganze Welt heimsuchenden und emporhebenden K-Popularitätswoge.

Und hier liege ich nun also auf meinem Geheiltenlager und warte auf die Ruhe nach dem Beifallssturm, ja, hier liege ich nun also in der Schlafstatt der geheilten Herzen, geschniegelt und gestriegelt, bereitet wie eine geschmückte Braut für ihren Mann, bereitet wie ein Wachtraumtänzer für seinen Sprung vornüber ins Gewisse, bereitet aber vor allen Dingen wie ein Konzertreisender für seinen baldigen Abgang von der Bühne des ewigen elektrischen koreanischen Lebens, und kann neuerlich stiller und verdutzter Zeuge davon werden, wie schwer es der Dunkelheit offenkundig fällt, sich über die große, kranke Stadt zu legen, wie sie regelrecht verhöhnt wird, bekämpft gar von Leuchtreklamen und von Straßenlaternen, von Flutlichtern und von Scheinwerfern, von grellbeleuchteten E-Marts, von neonlichtdurchfluteten CU-Stores und von strahlenden Ministops, von all diesen hier omnipräsenten Mischwarenläden also, deren Versorgung ihrer nachtaktiven Kunden mit Alkohol, Zigaretten, Süßigkeiten, Lunchboxen, Fertigprodukten, Obst und Hygieneartikeln doch bloß eine untergeordnete Rolle spielt, versuchen diese Immergeöffneten und Niedunklen doch vor allen Dingen, in ihrem Immergeöffnetsein und Niedunkelsein Ewigkeit zu suggerieren.

Das ewige elektrische koreanische Leben.

Sie fürchten sich hier vor der Dunkelheit, sie fürchten sich davor, von dieser ertappt, entblößt und verraten zu werden, geschluckt, gefressen sodann oder wieder ausgespieen, sie fürchten sich davor, die Nacht anzunehmen, wie sie ist, lichtlos, wie sie ist, grenzenlos, wie sie ist, rücksichtslos, wie sie ist, unansehnlich zu werden in ihren nachtschattenschwarzen Fängen oder unsichtbar, sie fürchten sich davor, unterm pechschwarzen Sternenzelt zu Erde, Asche und Staub zu zerfallen oder zur Bestie zu mutieren, sie fürchten sich davor, in der Abgrundtiefe der Nacht von ihrem gewundenen Weg abzukommen und in genau den Abgrund zu stürzen, der in ihrer abgründigen Phantasie ohnehin für sie bestimmt ist, sie fürchten sich, und weil sie sich fürchten und weil sie fortwährend Blut und Wasser und Makgeolli und Soju schwitzen bei der Vorstellung einer Nacht ohne Morgen, kämpfen sie mit allen erdenklichen Leuchtmitteln, mit Leuchtstoffröhren und mit Halogenlampen, mit Glühbirnen und mit Nebelkerzen, mit Irrlichtern und mit Zwielichtern, mit Lichtschwertern und mit roten, ihre Kirchen zierenden Neonkreuzen gegen ihre Nyktophobie, gegen ihre panische Angst, eines jüngsten zur Nacht gemachten Tages in der Finsternis liegen und unsichtbar und unhörbar um ihr ewiges elektrisches koreanisches Leben schreien zu müssen.

Doch handelt es sich bei dieser Schattenflucht vor der dunklen Wahrheit in den hellen Schein, dieser Schattenweltflucht vielmehr vor der verunreinigten Vergangenheit in eine strahlende Zukunft nicht vielleicht um eine der mannigfaltigen Ausdrucksformen von Han, jener durch Empfindungen wie Trotz, Bitterkeit und Bedauern, Trauer, Schuld und Hilflosigkeit, Sehnsucht nach Überwindung und Verlangen nach Wiedergutmachung, Hunger nach Eindeutigkeit und Durst nach Rache, aber auch unerschütterlichen Glauben, bedingungslose Liebe und unsterbliche Hoffnung gekennzeichneten und vom japanischen Kunstkritiker Muneyoshi Yanagi einst mit *Schönheit des Kummers* umschriebenen Seelenlage eines Volkes also, dessen fünftausendjährige Geschichte von Invasion und Instabilität geprägt ist? Eines Volkes, das im Zuge von Okkupation und Unterjochung wiederholt das Trauma des Identitätsverlusts zu erleiden hatte? Eines Volkes, das zuletzt Mitte des zwanzigsten Jahrhunderts getrennt und in zwei Hälften gebrochen worden war und seither mit dem Gefühl zu leben gezwungen ist, niemals ganz zu sein? Niemals zu genügen? Eines Volkes, das stetig hin- und herzuschwingen scheint zwischen Verdrängung und Verklärung des Erlittenen, zwischen Maskierung und Kultivierung des Wundmals, zwischen Größenwahn und Kleinheitskorrektur, zwischen verführerischer Lüge und verblümter Wahrheit? Eines Volkes, das gleichwohl seine Einzigartigkeit und seine nationale Einheit im Rahmen eines verbindenden und dadurch tröstenden kollektiven und vor Schönheit strahlenden Kummers zum Ausdruck zu bringen vermag? Einer verbindenden und dadurch tröstenden Kultivierung also des koreanischen Wundmals? Einer verbindenden und dadurch tröstenden Maskierung andererseits ebendieses Wundmals, ebendieses aus der langen koreanischen Leidensgeschichte resultierenden Gefühls von Mangelhaftigkeit, Unvollkommenheit, Minderwertigkeit?

Ebendieses Defekts also, der alsdann überstrahlt und überflutet werden soll von Kunstlichtermeeren? Versteckt unter Make-up und Haute Couture, hinter den glitzernden Kulissen der Skylines und den funkelnden des K-Pop und hinter großartigen Versprechungen und großlauter Rhetorik? Betäubt im Konsumrausch, in der Anhäufung materieller und leiblicher Trophäen sozusagen, in der religiös anmutenden Verehrung vermeintlich undefekter Erlöserfiguren und Berühmtheiten und im libertinen Genuss des spirituösen Nationalgetränks Soju? In sein Gegenteil verkehrt in selbsttransformatorischen Gewaltakten, in der kompromisslosen, mitunter sogar plastisch-chirurgischen Kreation also von Schönheit, Makellosigkeit, Status und Ansehen und kraft ebenso masochistisch anmutender Anstrengungen, in jeglicher Disziplin seine Mitstreiter oder gar alle anderen Länder der Welt zu übertreffen? Transzendiert schließlich in der Melancholie und der Schwelgerei, in der Realitätsflucht vor dem Joch der Notwendigkeit in die Welt der Wunder und des Staunens, im unerschütterlichen Glauben an das eigene Volk, in einer bedingungslosen Vaterlandsliebe und in der unsterblichen Hoffnung auf Erlösung?

Und könnte man nicht sogar die kühne Behauptung wagen, die zum Himmel und zum ewigen Licht emporstrebende und zum Äußersten entschlossene koreanische Musik, Malerei, Fotografie, Literatur und Filmkunst, diese mal melancholisch-schwelgerische, mal hysterisch-exzentrische, stets jedoch schillernde, prächtige, makellose, wenn nicht sogar perfekte und zudem beängstigend erfolgreiche koreanische Unterhaltungskultur also verkörpere so etwas wie die Frucht der koreanischen Krankheit? Den Krankheitsgewinn der koreanischen Grippe? Den Krankheitsgewinn der koreanischen Grippewelle, um doch genau zu sein? Den Lohn also für den verzweifelten Versuch einer äußerlich selbstverliebten und innerlich selbstungewissen Kultur, die entsetzliche Angst vor der dunklen Erinnerung, die entsetzliche Angst vor der dunklen Wahrheit, die entsetzliche Angst also vor der Selbstwertlosigkeit mit allerlei Scheinweltwunderwaffen in Schach zu halten?

Doch hatte ich selbst nicht mit exakt denselben Beschwerden zu kämpfen gehabt? Hatte ich selbst nicht Nacht um Nacht händeringend nach mehr Licht verlangt in den vergangenen zwei Wochen? In den vergangenen zweitausend Jahren? Und hatte ich selbst nicht Tag um Tag händeringend um Vergebung und um Versuchung gebeten? Hatte dagelegen auf meinem Krankenlager, versoffen und verblödet, fertig von durchzechter Nacht, fertig mit den Nerven, fertig allerdings noch lange nicht mit der großen weiten schönen Scheinwelt, und leise vor mich hingeflüstert:

»Müde bin ich, geh' zur Ruh', schließe beide Äuglein vor der koreanischen Krankheit zu, die auch meine Krankheit ist, und Vater, lass die Augen dein über meinem Siechbette sein, und erlöse uns von den bösen Symptomen, die uns befallen haben, von der überschießenden Immunantwort auf die Selbstwertlosigkeitsangst, von dieser Autoimmunerkrankung, die in die Wiege der koreanischen Kultur, in die Wiege meiner Schwester Lotte gelegt worden ist, und vergib uns unsere Schuld und führe uns nicht in Versuchung, sondern führe uns stattdessen in Verlockung, und erlöse mich von der koreanischen Grippe, von der großen Krankheit, die mich doch stets zu befallen scheint in der großen, kranken Stadt.«

In der großen, liebeskranken Stadt doch eigentlich, in der ich mich als Dreampop-Superstar doch stets der Versuchung ausgesetzt gesehen hatte, meinem versuchten und mich versuchenden Gegenüber widerstandslos nahekommen zu können, meinem im wahrsten Sinne des Wortes blendenden und von meinem Glorienschein, genauer gesagt von meiner Scheinglorie wie geblendet wirkenden Bewunderer widerstandslos mein gebrochenes Herz zu schenken, um alsdann im Rahmen einer solchen symbiotischen Amour fou für einen leuchtenden Augenblick teilzuhaben an der Glorie, der Schönheit, der Macht, dem sexuellen und materiellen Reichtum meines Gespielen, vor allem aber, um in dessen leuchtenden Augen einen falschhohen Wert meiner selbst widergespiegelt zu sehen; doch ohne diesen vermeintlichen Wertcoupon je in einer wahrhaftigen Begegnung mit meinem versuchten Versucher einlösen zu können, sodass ich am Ende einer solchen verrückten Amoure stets befremdet, fremdgeblieben, auf mich selbst zurückgeworfen, leerer Hand und voller banger, diebischer Schadenfreude dagestanden hatte, heimgesucht und wieder verlassen, emporgehoben und wieder fallengelassen von allen sich gutstellenden koreanischen Geistern, von allen Magiern und Mäzenen, von allen Superreichen und Superstars, die mir in ihrer Exaltiertheit keine wahre Liebe, keine wahre Freundschaft hatten anbieten können und mich dennoch für einen leuchtenden Augenblick gebraucht hatten, so wie auch ich sie gebraucht hatte, waren wir uns doch gegenseitig voneinander geblendete Blindenführer gewesen, sowohl Anpreiser der eigenen als auch Taxierender des anderen Seele, sowohl verführter Faust als auch verführender Mephistopheles, sowohl betörter Seemann als auch betörende Sirene, sowohl halbsinkender Fischer als auch halbziehender Wassergeist.

Immer wieder während der vergangenen zwei Wochen hatte die koreanische Grippewelle mein Bett im Hotel Kukdo also in ein Krankenlager und mein Zimmer, je nach Erfolg oder Misserfolg meiner zwielichtigen Unternehmungen, in ein mal strahlendes, mal düsteres Krankenzimmer verwandelt, bis ich schließlich eines Morgens in totaler Finsternis und in dem schrecklichen Wissen erwacht war, in der Nacht zuvor eine entscheidende Schlacht verloren zu haben, eine entscheidende Schlacht auf dem Schlachtfeld des ewigen elektrischen koreanischen Lebens wohlgemerkt, und gleichwohl mein Scheingefecht nicht wiederaufgenommen hatte, oder vielmehr: nicht wieder hatte aufnehmen wollen, und sozusagen entgegen meinem Überlebensinstinkt das Lichtanknipsen unterlassen hatte, weshalb ich also völlig wehrlos und somit allem vermeintlich Defekten schutzlos ausgeliefert in dieser vermeintlich totalen Finsternis gelegen und unsichtbar und unhörbar um mein aus den Angeln geratenes Leben geschrien hatte.

Bis mir irgendwann ein Licht ins Auge gefallen war, ein zwar nicht strahlend helles, dafür jedoch stetig, kontinuierlich, ununterbrochen leuchtendes dunkelgelbes Licht, ein Glimmen vielmehr, das geklungen hatte wie ein Lied aus gütiggüldener Vergangenheit, das geschmeckt hatte wie Marmorkuchen und Apfelsaft, das geglänzt hatte wie das Abendgold über der Reeser Rheinpromenade.

Und hier liege ich nun also auf meinem Geheiltenlager und warte auf die Ruhe nach dem Beifallssturm, ja, hier liege ich nun also in der Schlafstatt der geheilten Herzen, gesundet, ohne je wirklich krank gewesen zu sein, befriedet, ohne je wirklich Krieg gegen etwas anderes als Windmühlen geführt zu haben, zuhause angekommen, ohne das fremde Land überhaupt verlassen zu müssen, endlich ganz da und schon längst nicht mehr hier, endlich ganz hier und schon längst nicht mehr ganz da, seit ich mich in der Abgrundtiefe einer Übernächtigkeit an die Rheinpromenade erinnert habe, an gütiggüldene Abendsonnenstrahlen und schwarzgoldglänzende Sitzbänke, an den Vater Rhein und die Mutter Heimaterde, an mein wahres Land und mein wahres Gesicht, und all das hier seither nichts anderes mehr zu sein scheint als ein großer, geheilter Witz, ein großer, geheilter Gässchenwitz geradezu, dem ich sozusagen von der Rheinpromenade aus lausche, mal lauthals lachend, mal schmunzelnd, so wie eben jetzt, beim Gedanken an das Konzert vorhin in der Harmony Hut.

Was für ein angemessen unangemessener Ausklang meiner koreanischen Abschiedstournee! Was für ein würdevolles unwürdiges Ende dieser meiner letzten, wirklich allerletzten Reise in die große, kranke Stadt, dieser selbstfinanzierten, sozusagen handgemachten und weniger aufgrund großen, kranken Interesses an meinem neuen Album *Wretched Love Songs*, sondern vielmehr meiner Dickköpfigkeit und Dünnblütigkeit wegen unternommenen Expedition ins Lichtreich, dieser wie ein Wurmfortsatz an der vor zwei Wochen zu Ende gegangenen Chinatournee hängenden Lust- und Lasterreise kreuz und quer durch die besondere Stadt Seoul, dieser Tag- und Nachtclubtour de Force letztendlich, die doch ursprünglich einmal dazu gedacht gewesen war, den Untergang meines seit nunmehr zwei Jahren stetig schwächer leuchtenden koreanischen Sterns noch ein wenig hinauszuzögern, den Untergang meines Popsternchens, um doch genau zu sein, dem also ausgerechnet in Korea, ausgerechnet also in meinem allerersten Land der aufgehenden Sonne, die Leuchtkraft auszugehen scheint.

Als wäre damals in der Hongdaeer Malison Hall, als meine koreanische Konzertagentur Ghostly Anthem bloß fünfundsiebzig von fünfhundert Konzertkarten hatte verkaufen können, als wäre also damals am 30. April 2016 ein Fluch über meine bis dahin ruhmvolle koreanische Karriere gekommen, ein Fluch, unter dem fortan nicht bloß meine Unternehmungen auf der koreanischen Halbinsel, sondern merkwürdigerweise auch die Mitarbeiter von Ghostly Anthem gestanden hatten, merkwürdigerweise also ausgerechnet jene bis dahin aufgeschlossenen und engagierten Geschäftspartner, die mir während der langjährigen und überaus erfolgreichen Zusammenarbeit neben mehreren Clubkonzerten auch zwei Einsätze als Headliner auf der kleinsten Bühne ihres alljährlichen Seoul Pop Festivals beschert hatten, im Anschluss an das Debakel in der Malison Hall jedoch dazu übergegangen waren, sämtliche meiner E-Mails und Textnachrichten zu ignorieren, einem Laster zu frönen also, bei dem es sich, wie ich im Laufe der verlorenen Zeit lernen sollte, allerdings weniger um die Auswirkungen eines Fluchs gehandelt hatte, sondern vielmehr um die gleichwohl verfluchte, in Korea allerdings selbstverständliche und weitgehend gesellschaftlich akzeptierte Kommunikations-Eigenart Jamsu Tada (wörtlich: »untertauchen«), den unvermittelten Abbruch eines E-Mail- oder Textnachrichten-Dialoges also beziehungsweise die Verweigerung jeglicher Antwort auf eine im digitalen Raum gestellte Frage; ob nun, um auf diese Unart und Weise einem beginnenden oder bestehenden Konflikt aus dem Weg zu gehen, oder aber, um mittels dieses plötzlichen Unsichtbar- und Unhörbarwerdens Enttäuschendes oder gar Ablehnendes vermitteln zu können, ohne das eigene Versagen oder jenes des Gegenübers zur verlorenen Sprache bringen zu müssen.

Was für ein angemessen unangemessener Ausklang meiner koreanischen Abschiedstournee also, was für ein würdevolles unwürdiges Konzertchen vor halbleerem Hause, vor halbleerer Hütte, um doch genau zu sein, vor gerade einmal dreißig Zuschauern, als einer von vielen überdies, als Teilnehmer eines in zirka zwanzig verschiedenen Hongdaeer Venues abgehaltenen Festivals, als nicht einmal undankbarer Teilnehmer im Übrigen, hatten sich meine kühnen Hoffnungen darauf, zusammen mit meinem koreanischen Vertrieb Hanbunny ein Headlinerkonzert und also eine gebührende Record-Release-Party für *Wretched Love Songs* auf die wackeligen Beine stellen und somit die buchstäblich verfluchte koreanische Karriere vor ihrem Vergängnis ein allerletztes Mal glühen sehen zu können, doch binnen kürzester Zeit zerschlagen, weshalb mich die überraschende und erst wenige Wochen vor Beginn der Asienreise eingetroffene Einladung zum Hongday-and-Night-Festival in Seouls hippem Studentenviertel Hongdae, diese Offerte also der Grellleuchtenden, Scharfkantigen, Schrillklingenden, Vergiftetriechenden und unentwegt zum Eiertanz Auffordernden zu einem mit spitzen Lippen geküssten Abschiedskuss, zwar nicht unbedingt Freudentänze hatte aufführen lassen, geschweige denn Eiertänze, dafür aber immerhin Tänze um den bei der Buchung des Hotels Kukdo, des Fluges Peking-Seoul und Seoul-Peking-Berlin und bei allerlei der Bewerbung des Konzerts dienenden Social-Media-Aktivitäten heißlaufenden Computer.

Von der Veranstalterin lediglich mit einer Handvoll Informationen versorgt, der Länge meines im Laufe der Zeit von neunzig Minuten auf eine Dreiviertelstunde geschrumpften Sets beispielsweise oder der Höhe meiner aufgrund schlechter Ticketverkäufe um die Hälfte reduzierten Gage, allerdings seltsamerweise nicht der Adresse der Harmony Hut, die ich mir schließlich auf der ungepflegten Website des Venues selbst hatte heraussuchen müssen, stand ich also am frühen Abend vor einem verlassen wirkenden zweistöckigen Gebäude in einem Gässchen fernab des ewigen elektrischen Hongdaeer Lebensstroms, voller hämischer Vorfreude auf dieses augenscheinlich sang- und klanglos zu enden drohende letzte Kapitel meiner koreanischen Memoiren, dem tags darauf bloß noch deren Epilog in Form eines kleinen Auftritts in einem Plattenladen im Stadtviertel Itaewon folgen sollte, voller Schadenfreude überdies, banger, diebischer Schadenfreude darüber, abermals heimgesucht und wieder verlassen, emporgehoben und wieder fallengelassen worden zu sein, abermals also eine Bestätigung meines Lotteweltbilds erfahren zu haben … das heißt: So bang und so diebisch war sie eigentlich gar nicht, diese Schadenfreude, und anstatt von Schaden schien sie dieses Mal eher vom Wunsch nach dessen Begrenzung geprägt zu sein, und der Lottewelt hatte ich doch schließlich bereits gestern Morgen entsagt, weshalb es nun im Grunde genommen auch kaum noch eine Rolle spielte, ob oder ob ich nicht heimgesucht und wieder verlassen, emporgehoben und wieder fallengelassen worden war, sei es nun von der Veranstalterin des Hongday-and-Night-Festivals oder von allen anderen sich gutstellenden koreanischen Geistern.

Ich rief also kurzerhand die vermeintliche Heimsucherin und Wiederverlasserin, Emporheberin und Wiederfallenlasserin an, die mir jedoch sogleich anbot, innerhalb der nächsten halben Stunde einen ihrer Mitarbeiter zu schicken, dann allerdings zu meiner Verwunderung und Versöhnung höchstpersönlich und unter rührenden Gesten der Entschuldigung in meinem Gässchen auftauchte, dort also, wo die Harmony Hut bis vor Kurzem, bis zu ihrem Umzug nämlich, tatsächlich einmal ihre Gäste empfangen hatte, wie mir die bildhübsche Mittdreißigerin atemlos berichtete, bevor sie mich zu meiner Verwunderung und Verwirrung bei der Hand nahm, zumindest für die ersten paar gemeinsamen Schritte ins Ungewisse und dann jeweils beim Überqueren der Gässchen und der Straßen, um mich auf diese Art und Gehweise kreuz und quer durchs hippe Studentenviertel und auf direktem gewundenen Wege zu einem süßen Backsteingebäude am Ende der Gässchen und der Straßen, vor allem aber am Ende der abgelaufenen Zeit zu führen, in dessen schummriges Kellergeschoss, um doch genau zu sein, in dem uns sodann ein aufgewühlter Tontechniker empfing, ein schlaksiger, langhaariger und überaus sympathisch wirkender junger Mann, der sich zwar als »your biggest fan« vorstellte, leider aber nichts von dem von mir angeforderten Equipment wusste, geschweige denn zu sagen vermochte, woher denn nun die Zeit für einen Soundcheck zu nehmen sei.

Doch seltsam, denn je aussichtsloser die Lage nun also wurde, je aufgewühlter auch der Tontechniker und je verzweifelter die Veranstalterin, desto vergnügter wurde ich, desto entschlossener auch, zur Not auch ohne Soundcheck ein allerletztes Mal vor meinem Vergängnis zu glühen, zur Not auch ohne das angeforderte Equipment und dafür allein mit der Glut, die seit gestern Morgen in mir glomm, und dem Glanz, der mich seither umgab, meiner erlauchten, weltmännischen, bewegten, glamourösen, großen, kränkelnden koreanischen Karriere an diesem schummrigen, bescheidenen, behäbigen, rustikalen, kleinen und heilsversprechenden Ort ein würdevolles unwürdiges Ende zu bereiten.

Und so saß ich also anderthalb Stunden später – anderthalb Stunden, die meinen größten Fan Berge versetzen und Keyboards per Kurier ordern gesehen hatten, anderthalb Stunden, in denen eine zum Sterben schön singende Liedermacherin und ein alternder Dichter die Bühne der Harmony Hut betreten und wieder verlassen hatten – in den vorletzten Atemzügen meiner koreanischen Karriere und sang um mein endliches elektrisches koreanisches Leben, schmetterte meine von der kleinen behinderten Muse geküssten Heimatlieder, rang um Wahrheit und um jeden Ton und verlor mich dabei in grellleuchtenden, scharfkantigen, schrillklingenden, vergiftetriechenden und unentwegt zum Eiertanz auffordernden Erinnerungen an die seit gestern Morgen sanftleuchtende, wohlgeformte, gedämpftklingende, herbsüßduftende und unentwegt zum Wachtraumtanz auffordernde Metropole namens Seoulteukbyeolsi, rang um Wahrheit und um jeden Ton und blickte dabei in den halbleeren Saal, in die strahlenden dreißig Gesichter, in das im Laufe des Abends, das heißt, nach dem Bühnenabgang der Liedermacherin und des alternden Dichters auf die Hälfte geschrumpfte Publikum, in das also, was aus mir, dem melancholischen und seit der Verwendung seines Liedes *I'll Be a Virgin, I'll Be a Mountain* im Korean Drama *The 1st Shop of Coffee Prince* in Korea berühmten Liedermacher geworden war, dem melancholischen und von seinen koreanischen Fans als »Dreampop Superstar« bezeichneten jungen Mann, der also endgültig zu seinen Ursprüngen zurückgekehrt zu sein schien, nach Magdeburg oder nach Fulda, nach Regensburg oder nach Essen, in die Geislinger Rätschenmühle oder in den Aachener Musikbunker, in das Forum Enger oder in die Musikschule Bünde, zurückgekehrt in eine unbeschwerte Zeit, in der er vor einer Handvoll Leuten aufgetreten war, in der er auf schummrigen Kleinkunstbühnen in den ersten Atemzügen seiner jungen Karriere gesessen und um sein gerade erst begonnenes Musikerleben gesungen hatte, in der er Konzertflyer eigenhändig entworfen, ausgeschnitten und verteilt hatte, in der er Demokassetten in seinem Schlafzimmer aufgenommen und Videoclips mit der Super-8-Kamera seines Vaters gedreht hatte, zurückgekehrt auch in eine längst verlorengeglaubte Zeit, die er in diesen Augenblicken der errungenen Wahrheit in den Armen einer mit spitzen Lippen Abschiedsküssenden wiedergefunden zu haben schien.

Und hier liege ich nun also auf meinem Geheiltenlager und warte auf die Ruhe nach dem Beifallssturm, ja, hier liege ich nun also in der Wiege der K-Popkultur, verschaukelt und dennoch vergnügt, bereitet wie eine geschmückte Braut für ihre große Liebe auf den zweiten Blick, bereitet wie ein Wachtraumtänzer für seine Rückkehr auf gewohntes Parkett, bereitet aber vor allen Dingen wie ein Konzertreisender für seine Heimkehr in sein wahres Land, und versuche der allmählich über mich kommenden Ruhe nach dem Beifallsturm zum Trotz, den Kampf Dunkel gegen Hell noch ein wenig länger zu verfolgen, den Kampf der Grenzenlosen und der Rücksichtslosen gegen die Immergeöffnete und die Niedunkle, den Kampf der Abgrundtiefen und der Furchterregenden gegen die Ewige und die Elektrische, den Kampf auch der Finsteren gegen die Strahlende, deren strahlendes Antlitz mir doch schon bald, spätestens aber in drei Tagen, wenn es gilt, in Incheon ein Flugzeug nach Berlin zu besteigen, bloß noch ein müdes Lächeln aufs wahre Gesicht zaubern wird.

10

K-einer von euch

Hotel Kukdo, Seoul, Korea, 20. Mai 2018

Ich sitze an der Quelle, versoffen und verblödet, fertig von durchzechter Nacht, fertig mit dem bereits vierten Stützbier, fertig allerdings noch lange nicht mit der großen weiten schönen Scheinwelt, die ich irgendwo in der Tiefe der versoffenen Zeit, irgendwo in der Tiefe des verblödeten Bewusstseins, irgendwo dort im Schattenreich der Lichttrunkenheit zu erkennen glaube, und versuche der geistigen Umtagung zum Trotz, in grässlichgrellen Erinnerungen an mein jüngstes lichttrunkenes Hotelzimmerbesäufnis in der großen, kranken Stadt zu kramen, an mein jüngstes Begießen eines Katers unter den leuchtenden Augen der Weltstadt mit Herzenslust und Herzenslaster, an meine jüngste Ballnacht ohne Morgen also, damals, am jüngsten Tag nach der Begegnung mit Hoseok Park alias Superhuman, seines Superzeichens K-Pop-Idol, seines Markenzeichens hingegen sich zuerst gutstellender und sich zuletzt totstellender koreanischer Eroberungsgeist, damals also, am 1. August 2016, als ich nicht nur versoffener- und verblödeter-, sondern auch versuchter- und verfallenerweise den verzweifelten Versuch unternommen hatte, die Angst vor der klaren Erinnerung, die Angst vor der dunklen Wahrheit, die Angst vor dem Verlassen- und Fallengelassenwerden, die Angst also davor, nach dem Versiegen der Kunstlichtquellen auf dem Trockenen zu sitzen, mit allerlei Getränken aus der Minibar in Schach zu halten beziehungsweise die jüngste zusammen mit einem Superstar zum Tag gemachte Nacht in den jüngsten Tag hinüberzuretten.

Einem Superstar wohlgemerkt, der augenscheinlich in die Rolle eines Superfans geschlüpft war, als er in einem Interview mit einem amerikanischen Musikblogger von mir geschwärmt und zudem unmissverständlich zum Ausdruck gebracht hatte, sich nichts sehnlicher zu wünschen, als eines Tages auf mich zu treffen und ebendiesen einen Tag dann mit mir zu verbringen, ebendiesen einen zur Hochzeitsnacht gemachten Tag, um doch genau zu sein, der auch schon wenige Monate später angebrochen war und den versuchten und mir verfallenen Superstar mit dem gefallenen Engelsgesicht und den Hummeln im durchtrainierten Hintern in heller Aufregung gesehen hatte, in einer Seelenlage, einer Schieflage vielmehr, die den Schluss nahegelegt hatte, der Superstar und ich hätten die Rollen getauscht: Ich wäre also zum K-Idol geworden, während Park sich in eine Art K-Insect verwandelt hätte, in ein kafkaeskes, dabei allerdings Haute Couture, Lidschatten und Licht tragendes Mängelwesen also, das dann vor lauter Verzückung kaum in der Lage gewesen war, mir in die geblendeten Augen zu sehen, dessen verliebte Blicke mich also immer bloß flüchtig gestreift hatten, dessen Augenlider überdies geflattert und dessen zarte Hände gezittert hatten, während es sich von seiner Entourage meine schmeichelnden Worte hatte übersetzen lassen und ich wiederum denen seiner Gefolgschaft gelauscht hatte, genauer gesagt deren Übersetzungen von Parks großlauter Rhetorik und seinen großartigen Versprechungen, seinen heißen Luftschlössern sozusagen, die doch allesamt von der Flucht vor dem dunklen Dasein als Einzelgänger in eine gemeinsame strahlende Zukunft gehandelt hatten, von meinem baldigen Umzug also vom schäbigen Vier-Sterne-Hotel ins Parksche Luftschloss, vom gemeinsamen Schreiben von Liedern, Gedichten, von Geschichte womöglich sogar, von gemeinsamen Candlelight-Dinners abseits der Entourage und also unter vier geblendeten Augen, von gemeinsamen Spaziergängen auf den gewundenen Wegen des riesengroßen, riesenkranken Parkschen Anwesens, vom gemeinsamen Herumkurven in allerlei Luxuskarossen und nicht zuletzt vom riesengroßen, riesenkranken Spaß, den man bei all diesen zweisamen zwielichtigen Unternehmungen doch zweifelsohne haben würde.

Eine einzige SMS, genauer gesagt eine einzige übers koreanische WhatsApp-Pendant KakaoTalk geschriebene Nachricht hatte Park im Anschluss an die in seinem Gangnamer Privatclub in einem Trinkgelage endende Ballnacht noch beantwortet, dann hatte der Träger von Haute Couture, Lidschatten und Licht das jähe Ende unserer gerade erst begonnenen wunderlichen Freundschaft auch schon eingeläutet, das gemeinsame Schreiben blockiert, die Dinnerkerzen ausgeblasen, den Spaziergang abgeblasen, die Vollbremsung im Ferrari, Lamborghini oder Jaguar, die mich, unangeschnallt, wie ich gewesen war, durch die Windschutzscheibe hatte fliegen lassen, vollzogen, den Kontakt also abrupt abgebrochen und sich vornüber in die Abgrundtiefen des Gelben Meeres gestürzt, bis er Jahre später zwar nicht mit Pauken und Trompeten, geschweige denn mit Glanz und Gloria, dafür allerdings mit Schimpf und Schande aus seinem Jamsu Tada wiederaufgetaucht war und meine Einladung zu meinem Konzert in der Punto-Blu-Gallerie in Seouls Stadtteil Seongsu mit den unmissverständlichen Worten *Shut up* abgelehnt hatte.

Und hier sitze ich nun also an der Quelle, an der Kunstlichtquelle, um doch genau zu sein, an *einer* der Kunstlichtquellen, um doch ganz genau zu sein, ja, hier sitze ich nun also an der Minibar mit einem vollen Stützbier in der ruhigen Hand und einem leeren Ausdruck im unwahren Gesicht, im verlogenen Gesicht, um doch genau zu sein, im verlorenen Gesicht, um doch ganz genau zu sein, und versuche der geistigen Umtagung zum Trotz, eine KakaoTalk-Nachricht an Joseph Carmichael zu verfassen, an meinen ersten wahren Seouler Freund also, an diesen ursprünglich aus den USA stammenden und zu Zeiten unseres Kennenlernens im Jahre 2014 für den Videokünstler Donghae Park arbeitenden Kameramann, an diesen Kummerkasten nicht zuletzt, der nun also von meiner *Disneyland night* zu hören bekommt, von meiner jüngsten zum Tag gemachten Nacht im *amusement park Seoul*, von meiner *booze cruise in this pleasure-seeking city on the brink of the abyss where merry-go-rounds and doors and hearts appear to be wide open at times*, in der einem allerdings auch, wie Werther es einst formuliert hatte und wie ich sogar ins Englische zu übersetzen versuche, *einige verzerrte Originale in den Weg laufen, an denen alles unausstehlich ist, am unerträglichsten ihre Freundschaftsbezeigungen*, als mich plötzlich eine niedliche, den Eingang einer KakaoTalk-Nachricht ankündigende Babystimme aus meinen jüngsten Tagträumen reißt und mich zurück ins acht Stunden zuvor auf die Überholspur geratene ewige elektrische koreanische Leben holt: *It was really good to meet you last night, Maximilian*, wie es also in der Nachricht heißt, *I'd love to introduce you to Hallyucination Media as soon as possible and to discuss collaboration projects with you. Yours, Jonguk.*

Unglaublich! Jonguk Yoon also, der verlorengeglaubte Königssohn des K-Pop, der Leadsänger der Boygroup In Vitro, der als Musiker, aber auch als Modedesigner, Unternehmer und nicht zuletzt als Film- und Korean-Drama-Schauspieler für Furore sorgende Superstar also, der einst als Identifikationsfigur beziehungsweise als männliche Hauptfigur der Scripted-Reality-Show *The Most Beautiful Day of Our Lives* in mein Vagabundenleben getreten war, um dann direkt vor meiner etwas zu großen, am Computerbildschirm plattgedrückten Nase um die zarte Hand des chinesischen Supermodels Su Yang anzuhalten, um die zarte Hand also keiner Geringeren als der von mir einst als »schönste Frau der Welt« bezeichneten weiblichen Hauptfigur meines Scripted-Reality-Songs *To Su Yang, The Opposite House, 3 a.m.*, meiner künstlerischen Verarbeitung also einer ausschließlich in meiner blühenden schmutzigen Phantasie stattfindenden Begegnung mit dem Supermodel in der Pekinger Bar The World of Suzie Wong, in Versform gebracht im November 2012 in der Lobby des Pekinger Luxushotels The Opposite House, in Liedform gebracht einige Monate später in Berlin, und zwar nicht zuletzt, um das Supermodel mit Zimbeln und Trompeten und also auf Biegen und Brechen auf mich aufmerksam zu machen, das, wie sich allerdings herausgestellt hatte, beziehungsweise wie mir Su Yangs Management unmissverständlich mitgeteilt hatte, *super busy* und daher für ein Treffen unter vier geblendeten Augen *unfortunately not* zur Verfügung stehende Supermodel.

Gerade einmal acht Stunden ist es nun also her, dass mein ewiges elektrisches koreanisches Leben auf die Überholspur geraten ist, dass ich also Seite an Seite, Schulter an Schulter und meinetwegen auch Januskopf an Januskopf mit Jonguk Yoon auf der Rückbank seiner Luxuslimousine saß, versucht und verfallen, fix und fertig zur noch jungen Nacht, halbfertig mit dem achten Glas Château Cheval Blanc, halbfertig allerdings noch lange nicht mit der großen weiten Halbwelt, die ich irgendwo hinter den hochgezogenen Mundwinkeln, irgendwo hinter den sanft geschwungenen Lippenbekenntnissen, irgendwo dort im Halbweltreich des Halbweltberühmten zu erkennen glaubte, des Halbweltberüchtigten, um doch genau zu sein, um dann irgendwann im Laufe, ja im Rausche der Fahrt stiller, innerlich allerdings aufgewühlter Zeuge davon zu werden, wie der im Laufe, ja im Sturme der Nacht offenbar übermütig gewordene Superstar ein Telefongespräch mit dem für ihn, den Königssohn des K-Pop, augenscheinlich ebensowenig wie für mich, den melancholischen Königssohn, zur Verfügung stehenden Supermodel führte, ein allen großen, kranken Erwartungen zum Trotz also mitnichten mit Yoons Worten »Su Yang wants to speak to you now« endendes Telefongespräch, und währenddessen voller banger, gebrochener Herzensfreude darüber zu sinnieren, wie schaurig und wie schön, wie großartig und wie krankartig, wie schwindelerregend und wie atemberaubend, wie ironisch aber vor allen Dingen es doch war, dass mich bereits der erstbeste Sturz vornüber ins ewige elektrische koreanische Nachtleben dermaßen tief in ungeahnte Höhen fallen ließ.

Dass mich also bereits die erstbeste zum Tag gemachte Nacht in der großen, kranken Stadt in die weitgeöffneten Arme eines Jonguk Yoon getrieben hatte und dieser mich wiederum in die weitausgestreckten Arme der schönsten Frau der Welt, der kurzangebundendsten Frau der Welt doch vielmehr, deren Kurzangebundenheit aus dem buchstäblichen Weckanruf so etwas wie einen Anruf interruptus gemacht hatte, einen jählings unterbrochenen Akt der Kommunikation also, der den kurz nach dem Auflegen für einige wenige Augenblicke der Wahrheit geradezu melancholisch wirkenden Königssohn des K-Pop den unerreichten Höhepunkt des Abends stattdessen im Bezeigen unerträglicher Freundschaftsbezeigungen suchen ließ, im Schmieden großartiger, krankartiger, dabei stets strahlender Zukunftspläne, in der Erwägung gemeinsamer Kreation von Schönheit, Makellosigkeit, Status und Ansehen also und schließlich sogar in der Anstiftung zu einer vierhändigen Darbietung von *To Su Yang, The Opposite House, 3 a.m.* auf dem Flügel des Hotels Kukdo, die mit Yoons Smartphone zu filmen ein ehrfürchtiger Page zuvor beauftragt worden war.

Doch trotz oder vielleicht sogar *wegen* dieses stürmischen Beginns einer unerträglichen Freundschaft überkamen mich, kaum dass Yoon samt Luxuslimousine und Chauffeur verschwunden war, sich sozusagen in blauen Dunst aufgelöst hatte und mich vor dem Hotel Kukdo in ebendieser blauen Dunstwolke stehend zurückgelassen hatte, auch schon die ersten bangen, wenn nicht sogar diebischen Zweifel, suchten mich die ersten hellen, wenn nicht sogar grässlichgrellen Vorahnungen heim und verließen mich wieder, hoben mich empor und ließen mich wieder fallen, beschlichen und verließen mich also die durchaus berechtigten Sorgen, es könnte sich bei der Begegnung mit dem Superstar wie schon einst bei der Begegnung mit dem Supermodel bloß um die Ausgeburt meiner blühenden schmutzigen Phantasie gehandelt haben oder aber der Königssohn des K-Pop würde sich nun wie bereits sein Partner im Verbrechen, im Verschwinden vielmehr, würde sich nun also wie bereits Hoseok Park in die Abgrundtiefen des Gelben Meeres stürzen, um in diesen auf Nimmerwiedersehen zu verschwinden.

Was mir allerdings noch mehr Sorgen bereitete als die drohende Wiederholung meiner langen koreanischen Leidensgeschichte, das drohende Versiegen beziehungsweise Vertrocknen beziehungsweise Verschwinden also einer gerade erst aufgespürten Kunstlichtquelle, war das drohende Versiegen beziehungsweise Vertrocknen beziehungsweise Verschwinden der Lärm-, Gefahren-, Inspirations- und nicht zuletzt ja auch Literaturquelle, zu der diese wenige Stunden zuvor in der Itaewoner Hybrid Bar still und leise begonnene Nacht doch inzwischen geworden war, diese immerhin noch blutjunge Nacht, das heißt, zumindest in meinen geblendeten und inzwischen blutroten Augen noch blutjunge Nacht, die mich also nach dem Hinunterstürzen eines in einem strahlenden Ministop erworbenen Bieres namens Cass noch einmal losziehen sah, sozusagen mit wehender Alkoholfahne zurückkehren an die Stätten früheren Elends, in den Club Octagon und ins Syndrome, in die D-Bridge Lounge und in die Bar Y1975.

Doch seltsam, denn auch in dieser Nacht, auch also in dieser immerhin erlauchten, halbweltmännischen, bewegten, glamourösen, großen, kranken, vor allem aber stürmischen Nacht, in der ich von der vor Wut über mein anfängliches Zaudern geradezu schäumenden koreanischen Welle eingeholt, erfasst und zurück aufs offene Kunstlichtermeer getragen worden war, in der hinfort das blaue Blut Jonguk Yoons an meinen Händen klebte und mich der blaue Dunst der großen weiten Halbwelt umwehte, auch also in dieser Nacht verscheuchte ich die Frauen, verscheuchte ich als unerkannt bleibender Dreampop-Superstar, verscheuchte ich als Quartalsidentitätsloser, verscheuchte ich als heterogene und also hinsichtlich ihrer einzelnen Bestandteile unterscheidbare Mischung aus Selbstflüchtling und Selbstsuchendem, aus Fernwehleidigem und Heimwehklagendem, aus Größenwahnsinnigem und Kleinheitsillusionisten die eingebildeten Meerjungfrauen mit meiner Sturmfrisur und meinen Eselsohren, mit meinem etwas zu großen Scheinadelsgeschlecht und meinem verlorenen Gesichtsausdruck.

Begonnen hatte diese Expedition ins Lichtreich sechs Tage zuvor, als ich nämlich törichterweise, anstatt den Wehklagerufen aus der Heimat zu folgen und also direkt im Anschluss an die fünfwöchige Chinatournee nach Berlin zurückzukehren, so wie meine Livemusiker, die ihr Flugzeug von Peking nach Berlin wie ein heißes Bad an einem Wintertag bestiegen hatten, als ich also törichterweise, anstatt ebendiesen Wehklagerufen aus der Heimat zu folgen, den Lockrufen aus der Fremde gefolgt war, den Beifallsrufen aus der Harmony Hut, den Balzrufen aus der D-Bridge Lounge, den Narrenrufen aus der Tiefe der versoffenen Zeit, und mich vor lauter Erschöpfung dennoch in der gebeugten Haltung eines nach langer Irrfahrt Heimkehrenden an Bord meiner Korean-Airways-Maschine geschleppt hatte, in der gebeugten Haltung also eines zwar verlorenen, in naher strahlender Zukunft jedoch gewiss wiedergefundenen Sohnes, in der buchstäblich kühlen Haltung zugleich eines zutiefst über die Temperatur *seines* Badewassers Erschrockenen, der dann bereits nach den ersten paar Trippelschritten über den Nylonteppichboden der übervollklimatisierten Boeing 747 sowohl zähneklappernder- als auch zähneknirschenderweise, sowohl kalten Fußes als auch heiß und kalt durchlaufen zu der heißkalten Einsicht gekommen war, dass er allen heißen und kalten, vor allem aber großen und kranken Erwartungen zum Trotz höchstwahrscheinlich weder in naher noch in strahlender Zukunft wiedergefunden sein würde und zu allem Unheil auch noch in sowohl naher als auch in strahlender Zukunft seinen Halt und sein Gesicht verlieren würde, sein Bewusstsein und seine Besinnung, seinen Wert und seine Orientierung, seine Kontur und seine Farbe.

Und so hatte ich mich also über weite Strecken des zweistündigen Fluges von Peking nach Seoul an meinen Armlehnen festgeklammert, hatte mir in regelmäßigen Abständen an die etwas zu große Nase gefasst, war irgendwann eingenickt, hatte nach dem Aufschrecken für ein paar Sekunden nicht gewusst, wer und wo und vor allem warum ich war, hatte mich auf der Toilette übergeben und anschließend im Toilettenspiegel in ein formloses, blasses Gesicht gestarrt, war unter Bauchschmerzen auf meinen Platz zurückgekehrt und hatte dann den Rest des Fluges damit verbracht, meine etwas zu große Nase an der Fensterscheibe plattzudrücken und voller Angst vor meiner strahlenden Zukunft auf meinem Sitz hin- und herzurutschen, voller Hoffnung auf meine grässlichgrelle Vergangenheit, voller Angst davor, von den Geistern meiner langen koreanischen Leidensgeschichte heimgesucht und wieder verlassen zu werden, voller Hoffnung darauf, von ihnen emporgehoben und wieder fallengelassen zu werden, voller Angst davor, all den Spukgestalten und Truggestalten, all den Lichtgestalten und Schattengestalten, all den Wohlgestalten und Schreckensgestalten, all den Fabelgestalten und Doppelgestalten unter die leuchtenden Augen zu treten, voller Hoffnung darauf, ihnen meinen Körper und meine Seele, meine Gestalt und meine Gesinnung, meine Haut und meine Ideale, meine Form und meinen Klang verkaufen zu können, voller Angst davor, nach dem Versiegen, Vertrocknen, Verschwinden all dieser Kunstlichtquellen auf dem Trockenen zu sitzen, voller Hoffnung darauf, in ihren Kunstlichtermeeren den kleinen Ertrinkungstod zu sterben, voller Angst davor, vom Han-Fluss in zwei Hälften gebrochen zu werden, voller Hoffnung darauf, vom Tränenfluss wieder geheilt zu werden, voller Angst davor, in der künstlichen und nervösen Südhälfte der Stadt künstlich und nervös zu werden, voller Hoffnung darauf, in ihrer rustikalen und behäbigen Nordhälfte zu Natürlichkeit und Gelassenheit zurückzufinden.

In ihrer rustikalen und behäbigen Nordhälfte also, die ich bis dahin, zumindest als Rückzugs- und Übernachtungsort, doch stets zugunsten der künstlichen und nervösen Südhälfte gemieden hatte, stets zugunsten also einer jener unterhalb des Han-Flusses liegenden Bezirke wie beispielsweise Gangnam mit seinen Vierteln Sinsa, Cheongdam oder Apgujeong, mit seinen Haute-Cuisine-Restaurants und seinen Künstlercafés, mit seinen Nachtclubs und seinen Bars namens Octagon, Answer, Syndrome, D-Bridge Lounge oder Y1975, mit seinen Konsummeilen der Bourgeoisie, der Apgujeong Rodeo Street, der Cheongdam-dong Fashion Street oder der Garosu-gil, mit seinen schaurigen Schönheits- und Friseursalons, mit seinen Kliniken für schaurige Schönheitschirurgie, mit seinen Corporate Giants der Unterhaltungsindustrie, mit seiner künstlichen und nervösen, hysterischen und exzentrischen, plastischen und chirurgischen, stinkenden und reichen, Haute Couture, Lidschatten und Licht tragenden, zum Himmel emporstrebenden und zum Äußersten entschlossenen Verkörperung also des Klischees der großen, kranken Stadt, mit seiner Versuchung und Verfallung nicht zuletzt und seiner Verführung und Verzauberung, mit seinen Verführern und Verzauberern aber vor allen Dingen: seinen Magiern und seinen Mäzenen, seinen Superreichen und seinen Superstars, die mich in grässlichgreller Vergangenheit doch regelmäßig vornüber in mein Gangnamer Elend zu stürzen gewusst hatten, vornüber in einen Zustand heller Aufregung also, der mich wie ein läufiges Hündchen auf und ab und hin und her hatte springen lassen, immerfort den bunten Bällen hinterher, immerfort den bunten und scheinbar randvoll mit verbotenen Früchten gefüllten, in Wirklichkeit jedoch bloß mit heißer Luft aufgeblasenen Hohl- und Flatterbällen hinterher.

Die Wahl des Hotels Kukdo als Rückzugs- und Übernachtungsort nun, die Wahl also eines Hotels im Viertel Euljiro und damit in der rustikalen und behäbigen Nordhälfte der Stadt der gebrochenen Herzen, hatte dahingegen die Bedeutung eines zaghaften Versuchs einer Flucht vor fraglicher grässlichgreller Vergangenheit, einer Scheinweltflucht also vor dem schaurigschönen Schein in eine schäbigschicke Wahrheit, einer blühenden schmutzigen Phantasieweltflucht vor der hellen Aufregung in eine helle Abregung, einer Kunstweltflucht letztendlich vor der alten Künstlichkeit und Nervosität in eine neue Rustikalität und Behäbigkeit, in eine neue Natürlichkeit und Gelassenheit also, war die Gegend rund um die dreieinhalb Kilometer lange und zwischen der Seoul City Hall und dem Dongdaemun

History & Culture Park verlaufende Avenue namens Eulji-ro doch einerseits bekannt für ihre Armut an Spukgestalten und Truggestalten und anderseits für ihren Reichtum nicht bloß an Menschengestalten wie beispielsweise Joseph Carmichael, seine Frau Mary und seinen Schwager Aaron, die unweit der Eulji-ro ein Café namens City of Refuge betrieben, sondern auch für ihren Reichtum an Geschichte beziehungsweise Vergangenheit, prädigitaler, geradezu goldener Vergangenheit, in der das schäbigschicke Viertel mit seinen Garküchen und seinen Studentencafés, mit seinen Bars und Straßenlokalen namens The Edge, Hotel Soosunhwa oder Manseon Hof, mit seiner Konsummeile der Arbeiterklasse, der Sewoon Shopping Street, mit seinen Fliesen-, Beleuchtungs- und Metallfabriken und mit seinen abgetakelten Ladengeschäften für Lampen, Eisenwaren, Stoffen, Papier, Holz, Haushaltswaren und Kleinelektronik stehengeblieben zu sein schien.

Von wegen neue Rustikalität und Behäbigkeit! Von wegen neue Natürlichkeit und Gelassenheit! – ließ ich doch bereits am nächsten Tag alle guten Vorsätze wieder fallen, meinen freien Fall noch ein wenig hinauszuzögern, meinen unaufhaltsamen Sturz vornüber in die Bewusstlosigkeit, meinen haltlosen Sturz in die Gesichtslosigkeit, meinen besinnungslosen Sturz in die Konturlosigkeit, meinen kopflosen Sturz ins vollendet vollkommen Leere, meinen kopflosen Sturz südwärts aber vor allen Dingen in die alte Künstlichkeit und Nervosität, um bereits beim allerersten Hahnenschrei das Hotel Kukdo mit Hummeln im zugekniffenen Hintern, mit Grillen im verlorenen Kopf, mit dem Gestank der Unfreiheit in der etwas zu großen Nase und mit dem Lächeln eines Verlierers auf den bebenden Lippen in Richtung Gangnam zu verlassen.

Dabei hatte alles doch so verheißungsvoll angefangen: Frühsport im hoteleigenen Fitnesscenter, anschließend ein leckeres

Frühstück, gefolgt von ein paar naseweisen Dialogen der Drei Fragezeichen, die allerdings entgegen ihrer großspurigen Maxime »Wir übernehmen jeden Fall« schon bald Zweifel angemeldet hatten, auch *meinen* freien Fall übernehmen zu können, bis ich dann mit einem Mal wie vom Hahnenschrei geweckt, wie vom Kunstlichtblitz getroffen und nicht zuletzt wie vom Teufel geritten aufgesprungen war, den zaudernden Helden meiner Kindheit den Auftrag kurzerhand wieder entzogen und also die buchstäblich naive Idee wieder verworfen hatte, mir von Kinderhörspielen Ruhe und Gelassenheit vermitteln zu lassen, mich in eine dunkelgraue Röhrenjeans gezwängt und mir meine schwarzblaue Yves-Saint-Laurent-Strickjacke übergeworfen hatte, mir Gel in die Haare geschmiert und einen verlorenen Gesichtsausdruck aufgesetzt hatte, um dergestalt zurechtgemacht beziehungsweise unkenntlich gemacht zur Euljiro 4-ga Station zu jagen und bereits eine Dreiviertelstunde später, nach einer durchgeschüttelten und durchgefrorenen Fahrt in der übervollklimatisierten Seouler U-Bahn, in heller Aufregung über die Apgujeong Rodeo Street, immerfort den eingebildeten Wohlgestalten hinterher, immerfort den eingebildeten Schreckensgestalten hinterher, immerfort den eingebildeten Meerjungfrauen hinterher.

Und so sah ich mich also bereits nach wenigen Sekunden in der Südhälfte der Stadt der gebrochenen Herzen zurückgekehrt in den wohlvertrauten Schatten feuchter Traummädchenblüte, sah mich versucht und verfallen, fertig zur erbärmlichen Liebesnacht, fertig mit den Nerven, fertig allerdings noch lange nicht mit der blühenden schmutzigen Phantasiewelt, die ich irgendwo hinter den blühenden Lippen, irgendwo hinter den herausgestreckten Zungen, irgendwo dort im Schattenreich der feuchten Traummädchen zu erkennen glaubte, sah mich heimgesucht und wieder verlassen, emporgehoben und wieder fallengelassen von Gefühlen der Lust, der Lähmung, des Hochmuts, der Unterlegenheit, des Übermuts, der Scham, der Erlösungssehnsucht und der Versagensangst, sah mich aufgestiegen in ungeahnte Höhen und schwindelerregende Tiefen und mein versuchtes und verfallenes Pendant von dort oben und dort unten betrachten, sah mich in die vollendet vollkommenen Gesichter der Eingebildeten starren, in ihre vollendet vollkommen leeren Augen blicken wie ein Vampir in einen Spiegel, sah mich hadern mit der Unmöglichkeit, mich einer der Eingebildeten nun auch tatsächlich zu nähern, sah mich feilschen, sah mich abwägen, sah mich verstohlen die Fährte einer wahllos Auserwählten aufnehmen, sah mich ringen um Unwahrheit und um jeden Schritt, sah mich schnappen nach heißer Luft und lechzen nach kalten Füßen, sah mich die wahllos Auserwählte schließlich ansprechen und sogleich wieder verscheuchen mit meinem verlorenen Gesichtsausdruck und meiner verlorenen Sprache, sah mich kapitulieren irgendwann und hilflos, haltlos, kraftlos nordwärts schleichen, sah mich, zurückgekehrt in den wohlvertrauten Schatten meiner selbst, am Fenster meines Zimmers stehen und hilflos, haltlos, kraftlos in die Skyline weinen und sie bedrängen mit der Frage immerzu, wie denn um alles in der Halbwelt, Scheinwelt, Lottewelt die Halbzeit, Scheinzeit, Lottezeit verstreichen soll, in Würde allerdings, in Freiheit, in Wahrheit und im Nu.

Doch sie hatte geschwiegen, die Skyline, zunächst zumindest, bis sie dann am nächsten Morgen – ich war gerade dabei, mir vom Kinderhörspiel *Fünf Freunde als Retter in der Not* ein wenig Ruhe und Gelassenheit vermitteln zu lassen –, bis sie also am nächsten Morgen mit der Antwort herausplatzte, einer denkbar einfachen Antwort im Übrigen, fünf denkbar einfachen Antworten doch eigentlich, fünf denkbar einfachen, vor allem aber ehrlichen Antworten, die doch alle aus jeweils bloß einem Wort, einem Vornamen vielmehr bestanden: Hyung nämlich und Sarah, Aaron, Mary und Joseph, meine fünf wahren Seouler Freunde also, meine fünf Retter in der Not, meine fünf Rettungs*inseln* in der Not, die mir nun also Halt verleihen würden und wahres Gesicht, Bewusstsein und Besinnung, wahren Wert und Orientierung, Kontur schließlich und Farbe beim zielsicheren Umhertreiben im Kunstlichtermeer, beim Emporgehoben- und wieder Fallengelassenwerden von der koreanischen Welle, beim Auf- und Abstiegskampf mit den koreanischen Unnaturgewalten.

Und so verließ ich das Hotel Kukdo an diesem Morgen also anstatt mit Hummeln im Hintern mit Schmetterlingsraupen im Bauch, mit deutlich weniger Grillen als noch am Vortag im erhobenen Kopf, mit dem Duft der großen weiten Menschenwelt in der etwas zu großen Nase und mit dem Lächeln eines Landgewinners auf den zwar nicht bebenden, dafür allerdings sanft schwingenden Lippen, um bereits eine Dreiviertelstunde später, nach einer durchgeschüttelten und durchgefrorenen Fahrt mit der U-Bahn und einer kurzen Taxifahrt in einem Cheongdamer Friseursalon auf einem Drehstuhl vor einem bodentiefen Spiegel zu sitzen und stiller und andächtiger Zeuge davon zu werden, wie Hyung Noh, dieser erstaunlich unprätentiös auftretende Starfriseur der Magier und der Mäzene, der Superreichen und der Superstars, dieser liebenswürdige Mittdreißiger mit den gutmütigen Rehaugen und der schulterlangen Löwenmähne, mit dem großen Herzen und der noch viel größeren Liebe für meine Musik, wie dieser Hyung Noh also nicht nur meiner aus der Form geratenen Frisur Kontur und Halt verlieh, sondern auch meiner aus der Form geratenen Seele.

Wie er mir also beim Reden über Gott und die Menschenwelt Ruhe und Gelassenheit vermittelte und beim Reden über seine Liebe zu meiner Musik das Gefühl von Stolz und Dankbarkeit, wie er mir alsdann beim Reden über Gott und die Lottewelt – beziehungsweise über Gott und die Lotte World und damit über jenen gigantischen Vergnügungspark im Bezirk Sincheon, dessen Erbauer Kyukho Shin seinen Mischkonzern Lotte laut Hyung nach der Lotte aus den *Leiden des jungen Werthers* benannt hatte –, wie er mir also beim Reden über Gott und ebendiese Lotte World ein Lächeln aufs verliehene Gesicht zauberte, beim Reden übers Wetter allerdings die eine oder andere Sorgenfalte, sprach der Starfriseur doch von einem laut Wettervorhersage alsbald auf Seoul niedergehenden Monsunregen, von »Noah's Flood«, wie er sich ausdrückte, von einem Sturzregen biblischen Ausmaßes also, der sodann auch tatsächlich, kaum dass ich den Friseursalon verlassen hatte, über die große, kranke Stadt hereinbrach und aus meiner Uber-Fahrt von Cheongdam nach Itaewon und also zur zweiten Rettungsinsel in der Not eine im wahrsten Sinne des Wortes Überfahrt machte und *mich* indes zu einem buchstäblich blinden, genauer gesagt regenblinden, alsbald schwindeligen und gegen Ende der Passage leichenblassen Passagier eines von den Wogen des übers Ufer tretenden Han-Flusses unablässig emporgehobenen und wieder fallengelassenen Wassertaxis, zu einem Seekranken also oder besser noch: Sehkranken, zu einem gewogenen Unausgewogenen aber vor allen Dingen, der sich also auch *nach* dem Verlassen seines unablässig emporgehobenen und wieder fallengelassenen Gefährts und also bei seiner Suche nach der Trattoria Il Porticciolo noch unablässig von den Wogen, und zwar jenen seiner Erregung, emporgehoben und wieder fallengelassen fühlte, bei seiner Suche also nicht bloß nach Stuckverzierungen oder Weinranken an Häuserfronten oder nach Chiantiflaschen auf Fenstervorsprüngen oder nach lateinischen beziehungsweise italienischen Schriftzügen über Eingangstüren oder nach Zuflucht vor dem Regen in einem Hauseingang oder unter der Markise eines Mischwarenladens, sondern auch und insbesondere bei seiner Suche nach einer hilfsbereiten Passantin, die ihm den gewundenen Wasserweg zur Trattoria Il Porticciolo würde beschreiben können, einer hilfsbereiten, opferbereiten, risikobereiten, atemberaubenden, atemlosen, vor dem Unwetter als auch vor ihm flüchtenden, durchs Regenwasser gleitenden, mit ihrer Schwanzflosse und ihrer Henkeltasche um sich schlagenden, kaltfeuchten, heißkalten, feuchtheißen, feuchtkalten Meerjungfrau also, die ihn alsdann in ihr heißkaltes Herz schließen und zu sich in die Abgrundtiefe hinabziehen würde, die ihn den kleinen Ertrinkungstod sterben lassen und ihn solcherweise für all seine Strapazen entschädigen würde.

Doch es war Sarah, die sich schließlich für mich opferte und sich um meinetwillen ins Risiko und ins Unwetter stürzte, die mich auf der Itaewon-ro aufsammelte und mich – anstatt in die Abgrundtiefe – an feuchtes Traumland und also in die Trattoria Il Porticciolo zog, Sarah-Jane Choi, diese fidele junge Frau mit dem spitzbübischen Lächeln, der beeindruckend stilsicheren Garderobe und der beeindruckenden Stellung als Managerin des renommierten Itaewoner Plattenladens Past & Present by Lotte Card; und es war Sarah, die mich im Laufe, ja im Spaziergange unseres Mittagessens für all meine feuchten Traumreisestrapazen entschädigte, für mein Emporgehoben- und wieder Fallengelassenwerden, für meinen Sichtverlust und meinen Gesichtsfarbverlust, für meinen Orientierungsverlust und meinen Realitätsverlust, für meinen Unwettersturz schließlich vornüber in den Schatten klitschnasser Traummädchenblüte … indem sie mir nämlich nicht nur das Geschenk machte, mein inzwischen wieder rosiges Gesicht in ihren schelmischen Augen bestaunen zu können, sondern mir darüber hinaus noch ein besonderes Erinnerungsstück an die besondere Stadt Seoul, ein liebevoll ausgesuchtes Souvenir mit auf den Heimweg gab, ein kleines, aber feines, sowohl angemessenes als auch würdiges »farewell concert after the farewell concert«, wie sie sich ausdrückte, und damit meinen koreanischen Memoiren besagten Epilog, besagten *kleinen Auftritt in einem Plattenladen im Stadtviertel Itaewon* hinzufügte und dir und mir, Lotte, unseren gewundenen Weg in den Namsan Park ebnete.

Zunächst jedoch galt es, den gewundenen und vor allem gefluteten Weg von der Trattoria Il Porticciolo vor zur Itaewon-ro und von dort aus zum Past & Present zu gehen, zu laufen vielmehr, an den Pforten des kubistischen Stahl-Glas-Bauwerks seine Retterin in der Sehnot zu verabschieden und sich schließlich in den nächstbesten Mischwarenladen zu flüchten, in eine sowohl neonlichtdurchflutete als auch von zahlreichen Schutzsuchenden überflutete Filiale eines CU-Stores, bei der es sich, wie ich merkwürdigerweise erst bemerkte, als ich am Tresen stand und das Geld für meinen Einmalregenschirm und mein San Pellegrino zählte, bei der es sich also um genau jene CU-Store-Filiale handelte, in der ich am Tag der Verklärung des Herrn, dem 6. August 2016 also, kurz vor meinem Konzert in der angrenzenden Kultureinrichtung Balpyo mehrere Dosen Cass gekauft hatte, kurz also vor diesem im wahrsten Sinne des Wortes Liveshowdown, diesem in meinen damals sowohl geblendeten als auch geröteten Augen allesentscheidenden Konzert unter schwarzen Sternen und also unter den lidlosen beziehungsweise kummerschönen Augen zweier Mädchen namens Sujin und Kyungmi, deren buchstäblich abwesende Blicke ich, wie ich damals geglaubt hatte, im Zustand der Nüchternheit nicht würde aushalten können.

Sujin Kim, das Mädchen meiner feuchtfröhlichen Träume, der Feuerwassergeist mit den glühenden Pfirsichlikörwangen und den blühenden Pflaumenschnapslippen, die Trägerin von Haute Couture, Lidschatten, Licht und Schatten, die Fille fatale mit den übermäßig ebenmäßigen Gesichtszügen und der unerträglich makellosen Haut, deren übermäßige Ebenmäßigkeit meine Pupillen und mein Herz verengt und deren unerträgliche Makellosigkeit meine Herzensordnung bedroht hatte, Sujin Kim also war mir im Juli 2016 in der feuchten Hitze einer Sommernacht in der Berliner Amano Bar über den Weg allen Fleisches und aller Fleischeslust getorkelt, hatte mir beim Torkelgang zum Tresen ihre gespaltene Zunge herausgestreckt und mich auf ihrem geschlängelten Weg zurück zu ihrer Reisegruppe auf meinen Dreampop und meinen Superstardom angesprochen, hatte mir später, als der dichotome Mond schon längst unter- und ihre zwiegespaltene Reisegruppe schon längst im Berghain verloren gegangen war, als meine Pupillen und mein Herz schon längst vom Budweiser geweitet und meine Herzensordnungssorgen schon längst im Jägermeister ertränkt waren, ein zweites Mal ihre gespaltene Zunge herausgestreckt, hatte sich dazu rittlings auf meinen Schoß gesetzt und meine Kräuterlikörwangen mit ihren Feuerwassergeisterhänden umfasst, hatte ihren Schmollmund weit aufgerissen und mich mit Schleimhaut und Haargel zu verschlingen versucht, während ich, versuchter- und verfallenerweise, fix und fertig zur feuchtheißen Liebesnacht, halbfertig mit dem achten Jägermeistershot, halbfertig allerdings noch lange nicht mit der blühenden schmutzigen Phantasiewelt, die ich irgendwo hinter den blühenden Pflaumenschnapslippen, irgendwo hinter der gespaltenen Zunge, irgendwo dort im Schattenreich des feuchten Traummädchens zu erkennen geglaubt hatte, während ich also in ungeahnte Fallhöhen aufgestiegen war und mein versuchtes und verfallenes Pendant von dort oben betrachtet hatte, wie dieses mit wütenden Küssen und wütendem Trinken einem längst besiegelten Schicksal zu trotzen versucht hatte, wie dieses mit wütenden Küssen und wütendem Trinken das Zerplatzen des feuchten Traumes hinauszuzögern versucht hatte, die Flucht des feuchten Traummädchens aus seinen Armen, die Flucht des Feuerwassergeists aus seinen Adern, ihr Stürzen aus der Amano Bar, sein bestürztes Sitzen auf dem Trockenen, ihren Sturz vornüber in ein Taxi, seinen Sturz vornüber in die Einsamkeit, ihren Sturz vornüber in die Abgrundtiefen des Berliner Nachtlebens, seinen Sturz vornüber in die Abgrundtiefen der Übernächtigkeit, ihr Verschwinden auf Nimmerwiedersehen in der Finsternis des Berghains, sein Verschwinden auf Nimmerwiedersehen in der Finsternis seines vergifteten Herzens.

Kyungmi Choi hatte ich vom ersten Augenblick an bewundert, vom ersten Augenblick an, da ihr schwarzer Bubikopf und ihre etwas zu großen Nase auf meinem Computerbildschirm aufgetaucht waren, vom ersten Augenblick an, da der sanfte Schimmer ihrer etwas zu großen Anmut auf meine Netzhäute gefallen und von diesen über den Sehnerv hinab in mein gemächlich pochendes Herz gewandert war, vom ersten Augenblick an, da sich die Tränen des Kummers oder der Schönheit oder der Schönheit des Kummers in den kummerschönen Augen der Kummerschönheit gesammelt hatten, vom ersten Augenblick an also, da die elysischen Klänge von *Beauty of Sorrow*, dieser zum Sterben schönen Ballade der koreanischen Indiepopstars Seulpeum, meine Ohren, und die ätherischen Bilder der anfangs elegisch lächelnden und später kummervoll schluchzenden Kyungmi Choi, der Protagonistin des Musikvideos jenes kummerschönen Liedes, meine Augen erreicht hatten, meine damals, in jener großen, erkältungskranken Nacht im Mai 2016, als ich mit trockenem Husten und erhöhter Körpertemperatur im Cheongdamer Hotel Riviera vor meinem Laptop gesessen, ins kummerschöne kantige Antlitz Kyungmi Chois gestarrt und mich in trockenen Fieberträumen von einer sanftleuchtenden Zukunft mit ihr verloren hatte, meine damals also zunächst bloß fieberglänzenden, alsbald jedoch tränenglänzenden, später tränennassen und schließlich, als sich das kummerschöne Lied und das kummerschöne Musikvideo seinem kummerschönen Höhepunkt genähert und die Kummerschönheit zu weinen begonnen hatte, tränenblinden Augen.

Aufgewachsen in South Central Los Angeles in den USA und als junge Frau umgesiedelt in die koreanische Heimat ihrer Eltern und Großeltern, um über den Umweg einer Blitzkarriere als Korean-Drama-Darstellerin schließlich zur Maturität, zur Filmschauspielerei, zu gelangen, aufgewachsen dazuhin mit besagtem kummerschönen kantigen Antlitz und besagter etwas zu großen und weder in der Stadt der Engel noch in jener der gebrochenen Herzen ihrer natürlichen Form und Dimension beraubten Nase, hatte die Trägerin von Schlabberpullis, No-Make-up-Look und stiller Würde nicht nur die Aura einer Frühgereiften und Weitgereisten, einer Abgeklärten und Freisinnigen umweht, sondern in gewisser Weise sogar die Aura einer Unbeugsamen, einer Unangepassten geradezu, die Aura also einer mit erhobenem und vor allem unoperiertem Haupt in der etwas zu großen Wahrheit Verbleibenden anstatt in den etwas zu schönen Schein Flüchtenden, die Aura aber gerade deshalb einer reizenden Unaufreizenden, einer bloß scheinbar Unscheinbaren, einer Schlichten und dennoch Ergreifenden, eines halbziehenden Landgeists letztendlich, einer körperlichen und geistigen Antipode also zum schattenwerfenden und lichttragenden Mädchen meiner feuchten Träume, zur schaurigen und also blendenden Schönheit, deren pupillen- und herzverengende Ebenmäßigkeit mir doch stets den Blick hinter ihr feuchtkaltes Äußeres und in ihr heißkaltes Herz erschwert, und deren herzensordnungsgefährdende Makellosigkeit mich doch stets und in noch dringlicherer Weise als sowieso bereits dazu gedrängt hatte, meine Unebenmäßigkeit und Makelhaftigkeit vor ihr zu verstecken.

An diese beiden Liebesgeschichten musste ich nun also denken auf meiner U-Bahnfahrt von Itaewon nach Chungmuro, an diese beiden Liebesgeschichten ohne Liebe beziehungsweise ohne Geschichte wohlgemerkt, und an deren jeweils letztes Kapitel: an Sujin Kims plötzliches Auftauchen also aus ihrem Nimmerwiedersehen wenige Tage vor besagtem Liveshowdown, an ihr Auftauchen sodann am Tag der Verklärung des Herrn im Balpyo, an ihr achtloses Werfen eines übermäßig ebenmäßigen und unerträglich makellosen Schattens auf die gesamte Veranstaltung und an ihr Abtauchen schließlich auf Nimmerwiedersehen noch im Ausklang meines letztgesungenen Tones; oder an die Vermittlungsversuche Hyung Nohs zwischen mir und der kummerschönen Klientin seines besten und überdies die größte Schauspieleragentur Koreas leitenden Freundes, zwischen mir und Kyungmi Choi also, die zwar zu meiner großen, kranken Verwunderung die von Hyung in meinem Namen ausgesprochene Einladung ins Balpyo angenommen und ihren schwarzen Bubikopf und ihre etwas zu große Nase sogar für einen kummerschönen Augenblick in den Backstage der Kultureinrichtung gehalten hatte, die sich allerdings schon bald mit erhobenem und offenbar gänzlich unverdrehtem Haupt in ihre etwas zu schöne Limousine geflüchtet und den Heimweg angetreten hatte, anstatt im etwas zu kleinen Backstage beim etwas zu betrunkenen Künstler des Abends zu verweilen und diesem seine blühenden reinen Phantasien von einer Vernunftehe und seine trockenen Fieberträume von einer symbiotischen Amour sain zu erfüllen.

Eine Dreiviertelstunde nachdem ich Sarah-Jane Choi vor dem Past & Present verabschiedet hatte und ungefähr zwanzig Minuten nachdem ich in Itaewon in die U-Bahn-Linie 6 gestiegen war, um über die Yaksu- zur Chungmuro Station zu gelangen, wanderte ich bei einem inzwischen aufgeklarten Himmel die sogenannte Motorcycle Alley entlang, eine sechshundert Meter lange und zirka einhundert Motorradgeschäfte beherbergende Meile zwischen der Chungmuro Station und der Toegye-5-ga, um nach einer Viertelstunde dieses Wanderns oder vielmehr Staksens durch Regenpfützen und Regenmatsch schließlich meine Rettungsinseln drei, vier und fünf zu erreichen: Joseph Carmichael, seine Frau Mary und seinen Schwager Aaron, die drei guten Seelen des City of Refuge Cafés also, die drei guten Seelen dieses Zufluchtsortes, dieses Ankerplatzes, ja dieses sicheren Hafens am Kunstlichtermeer, den nicht bloß *ich* immer wieder angelaufen hatte in grässlichgreller Vergangenheit, sondern der auch für Joseph zu einer Art Landestelle geworden war, zu einem Ort der Zuflucht vom großartigen, aber auch krankartigen Leben mit den Schaurigschönen und Verdammten, zu einer kleinen, heilen Gegenwelt zur Halbwelt, Scheinwelt, Lottewelt also, in die sich der wuschelköpfige Amerikaner im September 2015 zusammen mit Mary, Aaron und seinen beiden Kindern Lydia und Benjamin geflüchtet hatte, nachdem er wenige Monate zuvor seine so prestigevolle wie in Beschlag nehmende Anstellung im Atelier of the Beautiful and Damned als Kameramann besagten Videokünstlers Donghae Park aufgegeben hatte, um sich fortan mit Haut und Wuschelhaar der Gastronomie und der Kuratiererei von Video-, Foto-, Mal- und Konzeptkunst, vor allem aber seinen vernachlässigten Pflichten als Ehemann und Vater widmen zu können.

Wilden, romantischen Aussehens, wildentschlossen obendrein, und zwar, die Welt zu einem besseren Ort zu machen, die eigene Welt und auf diesem Umwege die Welt der anderen, eine kleine, heile Gegenwelt zum Atelier of the Beautiful and Damned und damit eine schäbigschicke Wirklichkeitswelt namens City of Refuge Café zu erschaffen beispielsweise, mit herzensgutem oder vielmehr: herzzeigendem Vorbild voranzugehen also, um solcherart zum Stein des Anstoßes zu werden, war der Träger von Schlabberpullis, Rauschebart und unsterblicher Hoffnung schnell zu einer meiner Leitfiguren in der großen, kranken Stadt geworden, zu einem Stein oder vielmehr Felsen des Anstoßes, zu einem Felsen in der koreanischen Brandung aber vor allen Dingen, zu einem Kummerkasten und Beichtvater, zu einem Vermittler als auch Sprachmittler, zu einem Kulturschocktherapeuten letztendlich, der doch schließlich all die Kulturschocks, die ich tagein, tagaus im Land der niemals untergehenden Sonne erlitt, schon tausendfältig durchlebt und glücklich bewältigt hatte, und sie mir also Wort für Wort zu übersetzen wusste, die koreanische Kultursprache, die koreanische Sonderkultursprache, um doch genau zu sein, deren Vokabular und Grammatik er zwar vollständig verstand, deren Klang jedoch auch ihm zuweilen gehörig in den Ohren schrillte.

Spätestens nach seinem Koreanistikstudium an der Indiana University Bloomington seiner blütenprächtigen Heimatstadt im Monroe County und seinem Heimatland Amerika überdrüssig und nicht zuletzt aufgrund seines ursprünglich eher aus Orientierungslosigkeit denn aus Interesse gewählten Studienfachs vom Fernweh gepackt, hatte sich der in seiner Jugend für Sportarten wie Wrestling oder Baseball begeisternde und erst im Rahmen seines Studiums zur Literatur und zur Kunst findende Joseph Carmichael Mitte der 2000er-Jahre nach Korea aufgemacht, um in Busan an der renommierten Korean Academy of Film Arts Kameraführung zu studieren und parallel dazu wie ein im wahrsten Sinne des Wortes junger Wilder experimentelle Kurzfilme zu drehen, ätherische, provokante kleine Kunstwerke, die dann eines schaurigschönen und verdammten Tages beim schwarzen Magier Donghae Park gelandet waren, beim, wie dieser einst von der Korea Times genannt worden war, *universalgenialen Säulenheiligen der koreanischen Kunstszene*, der Joseph daraufhin unter seine schwarzen Fittiche genommen und diesen noch während dessen laufenden Studiums zu seinem Director of Photography ernannt hatte.

Auch Joseph Carmichael also umwehte die Aura eines Frühgereiften und Weitgereisten, eines Abgeklärten und Freisinnigen, eines Unbeugsamen und Unangepassten, die Aura also eines seinem universalgenialen Vorgesetzten durchaus Ebenbürtigen, die Aura jedoch eines im Gegensatz zu diesem stets mit erhobenem und vor allem wuscheligem Haupt in der schäbigschicken Wahrheit Verbleibenden anstatt in den schaurigschönen Schein Flüchtenden, die Aura letztendlich also einer Menschengestalt anstatt einer Truggestalt, die Aura vor allen Dingen aber einer Vaterfigur anstatt einer Übervaterfigur.

Donghae Park, der Übervater der koreanischen Videokunst, der Traumfabrikant meiner schlaflosen Nächte, der Schwindelgeist mit den eingefallenen Wangen und den wulstigen Lippen, der Träger von weiten, schwarzen Roben, hüftlangem, schwarzsilberglänzendem Haar und schwarzsilberglänzendem Zauberlicht, der in den späten 1950er-Jahren in Hadong im Süden Koreas geborene und nach dem frühen Tod seiner Mutter als Halbwaise aufgewachsene Landflüchtling vor der Falschniedrigkeit in die ungeahnten Fallhöhen der hohen, falschen Städte, der Student zunächst der Fotografie am Photography Studies College in Melbourne und später der Film- und Medienwissenschaft an der Columbia University in New York, der nach seiner Rückkehr in die koreanische Heimat Mitte der 1980er-Jahre binnen kürzester Zeit zu einem der gefragtesten Werbefilmer Koreas Aufgestiegene, alsbald den Wassergeistern und den Feuerwassergeistern Anheimgefallene, im Anschluss an die Geburt seiner einzigen Tochter jedoch von Abgrund auf Gereinigte, Verwandelte gar und fortan als geläuterter bildender Künstler Auftretende, der Zaubersprecher aber vor allen Dingen, der beharrliche Verwender also von Zauberwörtern wie »soulmate«, »saviour«, »genius«, »major projects« oder »bright future« im Zaubergespräch mit seinen Musen, der beharrliche Verwender also fraglicher großlauter Rhetorik, fraglicher aus Wichtigtuerei, Süßholzraspelei und vollendet vollkommen leeren Versprechungen bestehender Zaubersprache, mittels derer der jeweilige Zaubersprecher aus der Elendshütte seiner verunreinigten Vergangenheit ein heißes Luftschloss einer umso strahlenderen Zukunft zu zaubern versucht, mittels derer er seinem sozusagen unterzuckerten Gespielen Honig um den Mund zu schmieren und diesen im Zuge der in Zauberworte gefassten Möglichkeits- und Machtdemonstration an sich zu binden versucht, mittels derer er aber auch und im Besonderen für den leuchtenden Augenblick der gemeinsamen Phantasterei in den leuchtenden Augen seines Gespielen eine undefekte Widerspiegelung seiner selbst zu betrachten vermag, Donghae Park also war mir im Januar 2011 in der feuchten Kälte einer Winternacht über den mit allerlei guten Vorsätzen gepflasterten Weg geschlurft, über den mit allerlei guten Vorsätzen gepflasterten Weg von der Buhne zurück zum Backstagebereich des Sejong Centers for the Performing Arts wohlgemerkt, in dessen Hauptsaal ich in jener feuchtkalten Winternacht zusammen mit Parks damaliger Muse Audrey Steenburgen ein Doppelkonzert bestritten hatte, Donghae Park also war mir im Januar 2011 über fraglichen mit allerlei guten Vorsätzen gepflasterten Weg geschlurft, hatte mir beim Schlurfgang durch die Katakomben der renommierten Seouler Kultureinrichtung seine schwarzsilberglänzende Visitenkarte hingehalten, hatte mich später, als der dichotome Mond schon längst auf- und seine ursprüngliche Muse schon längst zu Bett gegangen war, kurzerhand zu seiner neuen Muse gekürt, hatte dazu Zauberwörter wie »soulmate«, »saviour«, »genius«, »major projects« und »bright future« verwendet und in mit allerlei Zierrat ausgeschmückten Bandwurmsätzen von seiner Faszination für meinen Kummer und meine Schönheit und die Kummerschönheit meiner Musik gesprochen, während ich, versuchter- und verfallenerweise, fix und fertig zur schwarzsilberglänzenden Zaubernacht, halbfertig mit dem achten Sojushot, halbfertig allerdings noch lange nicht mit der großen weiten schaurigschönen Scheinwelt, die ich irgendwo hinter den wulstigen Lippenbekenntnissen, irgendwo hinter den schwarzsilberglänzenden Zauberwörtern, irgendwo dort im Zauberlichtreich des schwarzen Magiers zu erkennen geglaubt hatte, während ich also in ungeahnte Fallhöhen aufgestiegen war und mein versuchtes und verfallenes Pendant von dort oben betrachtet hatte, wie sich dieses mit leuchtenden Augen einem versuchten und verfallenen und sein Gegenüber versuchenden und zu Fall bringenden Schicksalsgefährten hingegeben hatte.

Immer wieder hatte Park mich daraufhin im Rahmen meiner Besuche der großen, kranken Stadt in sein Atelier der Schaurigschönen und Verdammten eingeladen, und immer wieder war ich seinem Lockruf und dem seiner als Haustiere gehaltenen Ziervögel gefolgt, und jedes Mal hatte ich die Spur seines Lockdufts und dessen seiner überall in den Werkräumen vor sich hinkokelnden Räucherstäbchen aufgenommen, und jedes Mal hatte ich seine Lockmittel eingenommen und mich an seinen Lockstoffen berauscht, und jedes Mal war ich auf seine Lockangebote hereingefallen, auf seine strahlenden, angeblich eigens für mich entworfenen Zukunftspläne, auf seine glühenden oder vielmehr schwarzsilberglänzenden schmutzigen Phantasien also, die dem schwarzen Magier indes so blitzartig zugeflogen und kurz darauf wieder entfleucht waren wie seine gelegentlich auf seiner Schulter platznehmenden und schon nach wenigen Sekunden wieder unter Getöse davonfliegenden Ziervögel: Konzerte auf Ausstellungseröffnungen in Paris, Venedig und New York, Musikvideodrehs in der Wüste Gobi, auf der Jeju-Insel und im Amazonasregenwald, die Einführung meiner Person in die Scheinadelsgesellschaft der Schaurigschönen und Verdammten, die Vermittlung meines Körpers und meiner Seele, meiner Gestalt und meiner Gesinnung, meiner Haut und meiner Ideale, meiner Form und meines Klanges an Agenturen, Plattenfirmen, Produzenten und Filmregisseure, exklusive Privatpartys zu meinen Ehren aber vor allen Dingen, an denen neben ihm und mir bloß die schaurigschönsten und verdammtesten aller koreanischen Schauspielerinnen und Models teilnehmen würden.

Und jedes Mal hatte ich Parks wie letzte Wahrheiten klingenden Unwahrheiten wie letzte Wahrheiten behandelt und jede seiner zauberwortgewaltigen Reden als Absichtserklärungen missverstanden, als unbedingte Willensbekundungen, als Handlungsaufforderungen geradezu, die mich also mehr als einmal zu voreiligen Buchungen von Flügen und Hotels bewegt hatten, zur voreiligen Anheuerung von Sessionmusikern, zur voreiligen Absage oder Verlegung bereits bestehender, mit den Plänen des schwarzen Magiers jedoch kollidierender Verabredungen mit Freunden, Familienangehörigen, Veranstaltern und Geschäftspartnern, zur voreiligen Bereitstellung eigens für die strahlenden Zukunftsprojekte geschriebener kummerschöner Lieder und Gedichte aber vor allen Dingen, zur voreiligen Bereitstellung meines Körpers letztendlich und meiner Seele, meiner Gestalt und meiner Gesinnung, meiner Haut und meiner Ideale, meiner Form schließlich und meines Klanges, und jedes Mal hatte ich am bitteren oder vielmehr bittersüßen Ende leerer Hand und voller banger, diebischer Schadenfreude dagestanden, heimgesucht und wieder verlassen, emporgehoben und wieder fallengelassen vom sich gutstellenden koreanischen Schwindelgeist, vom Übervater der schwarzen Zauberkunst, vom Traumfabrikanten meiner schwarzsilberglänzenden Zaubernächte, der mir in seiner Exaltiertheit keine wahre Liebe, keine wahre

Freundschaft, geschweige denn wahrgemachte Pläne hatte anbieten können, und mich dennoch für eine Handvoll leuchtender Augenblicke der gemeinsamen Phantasterei gebraucht hatte.

Nicht nur der zarte Klang der Stimmen Crosbys, Stills' & Nashs und der karamellartige Duft von frischgemahlenen Typica- und Bourbon-Kaffeebohnen wehte mir entgegen, als ich das zweistöckige und aufgrund seiner vielen bodentiefen Panoramafenster an der Vorderfront wie glasverkleidet wirkende City of Refuge Café betrat, nicht nur der beruhigende Klang der vor sich hin surrenden Kaffeemühle und der herbsüße Duft von frischgebackenen Anzac Biscuits und selbstgemachten Meat Pies, sondern auch und insbesondere der beruhigende Klang und herbsüße Duft der großen weiten Menschenwelt, der beruhigende Klang und herbsüße Duft also, aber auch das weltoffene Gesicht und die wahren Werte, die lebhaften Farben und die charakteristischen Ausdrucksformen der drei guten Seelen des City of Refuge Cafés, der drei guten Seelen dieses sanftleuchtenden, handgemachten, sowohl zart als auch beruhigend klingenden, sowohl karamellartig- als auch herbsüßduftenden und unentwegt zum Trancetanz auffordernden Little Woodstocks: das nonchalant zusammengewürfelte Mobiliar, der selbstgezimmerte, einer Empire-Bar nachempfundene Tresen, die goldbeschlagene Wendeltreppe in der Mitte des Raumes, die auf Flohmärkten erworbenen Büsten und Schaufensterpuppen, die zum Teil auf Regalen, zum Teil auf dem Boden stehenden Konzeptkunstwerke Josephs, die an den Wänden hängenden Kindermalereien Lydias und Benjamins, die Landschafts- und Architekturfotografien Aarons und die abstrakten Ölmalereien Marys schließlich, der vielleicht außergewöhnlichsten Seele dieser drei außergewöhnlichen Seelen des Ateliers der Schäbigschicken und Vertrauten.

Wilden, punkigen Aussehens, wildentschlossen obendrein, und zwar, die Welt zu einem besseren Ort für Frauen zu machen, die eigene Welt und auf diesem Umwege die Welt der Frauen um sie herum, eine schäbigschicke Gegenwelt zur Scheinwelt der Schaurigschönen und Verdammten zu erschaffen beispielsweise, mit beherztem oder vielmehr: ihr Herz auf der gepiercten Zunge tragendem Vorbild voranzugehen also, um solcherart zum Stein des Anstoßes zu werden, umwehte die in South Brisbane in Australien aufgewachsene und erst im Erwachsenenalter in Begleitung ihres Bruders Aaron in die koreanische Heimat ihrer Eltern und Großeltern umgesiedelte Trägerin von Schnürstiefeln, Irokesenschnitt und schriller Würde nicht nur die Aura einer ihrerseits Frühgereiften und Weitgereisten, Abgeklärten und Freisinnigen, Unbeugsamen und Unangepassten, einer ihrerseits mit erhobenem und vor allem schrillbuntem Haupt in der schäbigschicken Wahrheit Verbleibenden anstatt in den schaurigschönen Schein Flüchtenden, einer ihrerseits körperlichen und geistigen Antipode also zur Schönheitsoperierten und Unterdrückten, sondern in gewisser Weise sogar die Aura einer Aufständischen, einer Rebellin geradezu, deren Wirklichkeitsweltwunderwaffen im Kampf gegen die Unterdrückung der Frau bezeichnenderweise ihre Natürlichkeit und ihre Würde waren, die Klarheit und Bestimmtheit ihrer Ansichten und Wünsche, die Präzision ihrer Vorstellungen und Erwartungen, aber auch die Sanftheit, die die junge Frau in ihrem stets friedlich bleibenden Freiheitskampf an den Tag legte, jene Eigenschaften also, mit denen Mary Kim-Carmichael einst das Herz Joseph Carmichaels hatte erobern können, jene Eigenschaften, mit denen die junge Sanfte den jungen Wilden einst hatte niederringen und alsbald bändigen können.

»Crosby, Stills & Nash, huh?«

»Maxi!!«

Mary war offenbar so überrascht, mich zu sehen, dass sie die Hälfte der gerade aufgeschäumten Milch anstatt ins Kaffeeglas in dessen Untertasse goss.

»Oopsala … Didn't wanna startle you.«

»Nah … That's alright … Wow, Maxi … What are you doing here? I thought you were coming here only tomorrow.«

»I changed my mind.«

»Oh?«

»Yeah … I realised I simply cannot make it without you guys.«

»Gosh … That's so sweet.«

Die junge Sanfte oder eigentlich doch: Sanfterrötete trocknete ihre Hände ab, trat hinterm Tresen hervor, umarmte mich vorsichtig und gab mir dabei einen noch vorsichtigeren Begrüßungskuss erst auf die linke, dann auf die rechte Wange, wobei ich jedes Mal ein wenig überrascht war vom Kitzeln des kühlen Lippenpiercings auf meiner Haut.

»New piercing?«

»Yeah … Only got it last month … You like it?«

»Looks really nice.«

Ein verlegenes Lächeln huschte ihr über die silbrigglänzenden Lippen, über die zartrosa Wangen, über das feingeschnittene Gesicht, dessen Ebenmäßigkeit wundersamerweise keine Verengung, sondern vielmehr eine Weitung meiner Pupillen und meines Herzens bewirkte.

»Damn … We missed you, Maxi!«

»I missed you, too … How's everyone doing? And *where* is everyone?«

»Well … The boys are up on the attic … wiping the floor … You know, the rain's been really heavy this time … and we've got this leaking roof recently … And … the kids are at kindergarten … obviously.«

»A leaking roof?«

»Yeah … um … Sorry … Would you excuse me for just a sec? I gotta serve a couple of tables real quick.«

»Oh … Sure … No problem … Go ahead.«

Während Mary nun also die wenigen Gäste bediente, die nach dem Ende des Unwetters im City of Refuge Café geblieben waren, anstatt ihren Zufluchtsort vor dem Regen sozusagen mit dem letzten Tropfen fluchtartig wieder in Richtung eines der umliegenden Bürogebäude zu verlassen, wanderte ich durch den zirka vierzig Quadratmeter großen Parterreraum des ehemaligen Motorradgeschäfts beziehungsweise von Exponat zu Exponat, von Fotografie zu Fotografie und von Gemälde zu Gemälde, um schließlich vor einer Installation Josephs stehenzubleiben, die mehrere zusammengeleimte Videokameras in Form eines Oktaeders zeigte.

»You like it?«

»Oops … Mary …«

Ich war so vertieft ins Entziffern des merkwürdigen Werktitels gewesen, dass ich die im wahrsten Sinne des Wortes junge Sanftauftretende gar nicht hatte kommen hören.

»Weird, huh?«

»Hmm … *But the Black-clad Will Deliver Me from the Snare of Indecision … and Will Cover Me with His Pinion … and Under His Black Wings I Will Find … Refuge.*«

»Yeah … A way to come to terms with his past, these obscure installations … and titles especially … he told me.«

»You mean his past at Atelier of the Beautiful and Damned?«

Sie nickte.

»Joseph's still a bit torn about how he feels about Mr. Park, you know?«

»Well … Understandably enough.«

»I'm sure he'll tell you more about the piece later.«

»Yeah … And explain the title hopefully.«

»Oh boy …«

Wir hatten uns inzwischen hingesetzt, Mary auf einen rosafarbenen Windsor-Stuhl und ich ihr gegenüber auf eine samtbezogene rostbraune Chaiselongue.

»… Wow … Maxi … It's been a while …«

»It sure has …«

»So how long are you going to be in town for this time?«

»Um … About two weeks.«

»Two weeks? That's plenty … What are your plans?«

»Good question … Mostly hang out at City of Refuge, I suppose … And … well … play two concerts, of course.«

»Two? I thought it's just this one at the Hongdae festival.«

»Yeah … It used to be … originally … But I just learned that I'm also performing at Past & Present … you know, the fancy record store in Itaewon … on the 26th.«

»Oh yeah, sure … Heard of that one … Well … That's fantastic … Because then we'll be able to see you perform … Since … as Joseph might have told you already … since we have an event here at City of Refuge on the night of the 25th.«

In diesem Moment war im Stockwerk über uns das Schlagen einer Tür zu hören, kurz darauf eine schnelle Abfolge von Schritten, Doppelschritten sozusagen, die den Schluss nahelegten, dass der Neuankömmling Sandalen oder Flip-Flops trug, und schließlich der wohlvertraute Klang einer ungewöhnlich hellen Männerstimme.

»… See … Aaron's back from the attic.«

Sofort tauchte das Bild des gutgebauten jungen Fotografen mit den tadellosen Manieren vor mir auf, dieses Gentlemans in Gestalt und Tat, der doch stets durch seine konzentrierte Aufmerksamkeit für seinen Gesprächspartner und seine rege Anteilnahme an dessen Freude oder – in meinem Fall – Kummer aufgefallen war.

»… So … Any dates this time?«

»Oh, Mary … I don't know …«

»What …? Heart troubles again?«

»No … Not yet anyway … No … It's just that … well … that I seem to behave like a fool every time I go out with a girl.«

Mary verzog ihr Gesicht, doch eher spielerisch als tadelnd, und zündete sich gleichzeitig eine Zigarette an, was ihr für einen Augenblick der schäbigschicken Wahrheit die Aura nicht bloß einer Abgeklärten, sondern einer geradezu Abgebrühten verlieh.

»… Anyway … It's not going to be a date, really … I suppose … But Hyung Noh … you know the hairdresser to the stars …«

»Oh yeah, Hyung … I really like him … What's his place called again?«

»The Cheongdam one? It's … ahem … Beauty of Benevolence.«

»Right … And the one in Hannam?«

»Um … Broken Hearts Club.«

»Oh yeah … So what about him?«

»Well … Hyung said that a friend of his wants to meet me … You know, meet me for a coffee or for drinks or so … A very famous friend in fact.«

»Wow … Good for you … Who is it?«

»Um … Yuna … something … Yuna Kim … No … Yuna Kwon actually.«

»God … Yuna Kwon … She's terrific.«

Die Erwähnung des Filmstars schien die junge Sanfte aus ihrer sanften Ruhe zu bringen, immerhin fing sie mit einem Mal an, wie eine junge Wilde an ihrer Zigarette zu ziehen.

»You think?«

»Oh, definitely … I mean … Her look is … well … tomboyish rather than flamboyant … which I personally really dig … And her acting and especially her personality are … you know … fantastic … You don't think?«

»Well … I received Hyung's text only half an hour ago … and I only checked her Instagram so far.«

»And …?«

»Yeah … tomboyish … as you said … But very … um … likeable … Yeah … cute.«

»I'm sure you'll like her … I mean, definitely … You know … She's one of us, so to speak … fighting for women's rights and whathaveyou.«

Mittlerweile schien auch Joseph vom Dachboden zurückgekehrt zu sein, jedenfalls war im Stockwerk über uns neben Aarons jungenhaftem Tenor nun auch der warme Bass eines Mannes zu hören, dessen warmes Timbre mich, gleichwohl dieser auf Koreanisch sprach, vom einen auf den anderen Augenblick der schäbigschicken und vertrauten Wahrheit in verlorene und sogleich wiedergewonnene Zeiten in Beichtstühlen und Kummerkästen zurückversetzte.

»Hey … Wasn't that Joseph's voice?«

»Wanna get upstairs and say hello?«

»Oh, absolutely.«

Kaum hatte ich diese Worte allerdings ausgesprochen, da tauchten bereits zwei knallgelbe Flip-Flops, gefolgt von einem Paar schmutzigweißer Basketballschuhe, die ich zuletzt zwei Jahre zuvor an meinem Beichtvater gesehen hatte, auf den oberen Stufen der goldbeschlagenen Wendeltreppe auf.

»Wow … Is that you, Maxi?!«

»Aaron!«

Ich stand auf von der Chaiselongue, das heißt, sprang geradezu auf, und eilte zur Mitte des Raumes, um die beiden Männer am Fuße der pittoresken Stiege in Empfang zu nehmen.

»Hey man! Welcome to City of Refuge!«

»Yeah … Glad to be back!«

»What's cracking, man?«

»Good … good …«

»Come here, buddy!«

So herzlich sie war, unsere Umarmung, so unbeholfen war sie gleichzeitig, balancierte Aaron doch vor seiner im wahrsten Sinne des Wortes breiten Brust ein Tablett voll benutzten Geschirrs, während wir uns überschwänglich abklopften.

»Wow, Aaron … You look … Well … You're in good shape, to say the least.«

Bloß bekleidet mit Shorts und einem Trägerhemd, verschwitzt von der Hausarbeit, in seinem zarten, zur Imposanz seines Körperbaus in wunderlichem Kontrast stehenden Gesicht hingegen dieser leise Anflug von Verzagtheit, wenn nicht sogar Verlegenheit, wirkte Aaron in diesem Augenblick der schäbigschicken und umso vertrauteren Wahrheit beinahe wie ein gegen seinen Willen zum Modellathleten Gewordener.

»Well … You know … Working out like mad lately.«

»The Ironman in Seogwipo again?«

»Exactly …«

»Maxi … Brother!«

Auch Joseph und ich fielen uns jetzt in die Arme, stürzten uns sozusagen vornüber in die alte Natürlichkeit und Gelassenheit, ganz ohne Tabletts allerdings oder sonst irgendwelchen Hindernissen zwischen uns.

»Joseph … Stepfather …«

»Stepfather …?«

»Okay … um … How about father confessor?«

Wir lachten und umarmten uns ein zweites Mal.

»Great to see you, Maxi … And sooner than expected.«

»Yeah … So glad to be here with you guys … eventually … and at my favourite asylum, too … my favourite haven, to be exact.«

»Long tour?«

»Yeah … About a month now.«

»Geez …«

»Seventeen concerts in China alone.«

»Seventeen?! Sounds like an endurance contest more than a concert tour … Or like an odyssey even.«

»An odyssey?«

Die Genauigkeit seines Vergleichs verblüffte mich.

»You don't think?«

»Oh no … on the contrary … It *does* actually feel like I've been … you know … wandering … like I've been straying on the high seas … and still am, as a matter of fact … more than ever, as it seems … Wavering between feeling homesick and feeling … well … outland-sick … Unable to decide whether I prefer to be saved or be dragged down, if you will … Seeking venture … but more than that … at least by now … seeking sanctuary.«

Immer wieder suchte ich in den darauffolgenden Tagen Zuflucht im City of Refuge Café und im Past & Present by Lotte

Card, im Beatuy of Benevolence und im Broken Hearts Club, suchte Zuflucht vor mir selbst, Zuflucht vor der Selbstflucht, Zuflucht vor der Fremde, Zuflucht vor der Heimatflucht, suchte Zuflucht vor der Größe, Zuflucht vor der Kleinheitsflucht, Zuflucht vor der Lüge, Zuflucht vor der Wirklichkeitsflucht, suchte Zuflucht vorm Erkanntwerden, Zuflucht vorm Unerkanntbleiben, Zuflucht vorm Erkanntwerden und dennoch Unerkanntbleiben, suchte Zuflucht vor der kleinen Ertrinkungstodessehnsucht, Zuflucht vor der großen Dürreangst, Zuflucht vor der schönen Scheintodessehnsucht nach mehr Licht, Zuflucht vor der hässlichen Scheißangst vor der dunklen Wahrheit, suchte Zuflucht vor der Versuchung und der Verfallung, Zuflucht vor der Verführung und der Verzauberung, suchte Zuflucht vor der Lust und der Lähmung, Zuflucht vor dem Hochmut und der Unterlegenheit, suchte Zuflucht vor dem Übermut und der Scham, Zuflucht vor der Erlösungssehnsucht und der Versagensangst, suchte Zuflucht vor den Schwindelgeistern und den Eroberungsgeistern, Zuflucht vor den Wassergeistern und den Feuerwassergeistern, suchte Zuflucht vor den Lidschatten und den Halbschatten, vor den Nachtschatten und den Augenschatten, vor den Schatten meiner verunreinigten Vergangenheit und vor den Schatten meiner selbst, suchte Zuflucht schließlich vor den Irrlichtern und den Zwielichtern, vor den Flutlichtern und den Zauberlichtern, vor den Lichtern meiner grässlichgrellen Vergangenheit und vor den Lichtern meiner strahlenden Zukunft.

Denn solange ich zielsicher in der Meerenge zwischen Skylla und Charybdis umhertrieb, solange ich im Kunstlichtermeer und im Lotteweltmeer, im schwarzen Sternenmeer und im Feuerwassermeer auf- und wieder unterzugehen drohte, solange ich von der koreanischen Welle emporgehoben und wieder fallengelassen wurde, solange ich den Auf- und Abstiegskampf mit den koreanischen Unnaturgewalten ausfocht, ja, solange ich halt- und gesichtslos, bewusst- und besinnungslos, wert- und orientierungslos und kontur- und farblos auf hoher, falscher See trieb, ohne wahres Land zu sehen, ohne wahres Gesicht zu sehen, ohne wahren Wert zu sehen und ohne wahre Schönheit zu sehen, solange würde mir doch schlicht und ergreifend nichts anderes übrigbleiben, als von verlorener zu wiedergewonnener Zeit gegen den ewigen elektrischen koreanischen Strom zu schwimmen, als von verlorener zu wiedergewonnener Zeit von Hyung zu Sarah und von Joseph zu Mary und zu Aaron zu schwimmen und mich von meinen fünf wahren Seouler Freunden an zwar nicht mein, so doch *ihr* wahres Land ziehen zu lassen.

Und doch hatte die Vorstellung vom Untergang in den Fluten des ewigen elektrischen koreanischen Lebens, hatte die Vorstellung vom Verlust des kleinen Todeskampfes mit den koreanischen Unnaturgewalten, hatte die Vorstellung vom Eindringen in die Meerenge zwischen Skylla und Charybdis und vom Gerittenwerden von der koreanischen Welle etwas Betörendes und Anzügliches, etwas Atemberaubendes und Aufgeilendes, etwas Großes und Liebeskrankes, hatte den Traumkörper einer Kaltfeuchten, die Fangarme einer Feuchtheißen und das Puppengesicht einer Heißkalten, hatte die süße Stimme eines leichten Mädchens, die gespaltene Zunge einer falschen Schlange und das gebrochene Herz eines gefallenen Engels, der doch überall und jederzeit aus heiterem Morgensternenhimmel auftauchen konnte, der doch überall und jederzeit hinter Glas und hinter Gittern, hinterm Mond und hinter Schloss und Riegel, hinter vorgehaltener Hand und hinter wuscheligen Köpfen hervorlugen konnte, so wie er alsdann auch eines kritischen Augenblicks hinter dem wuscheligen Kopf meines Beichtvaters hervorlugte, als ich am sechsten Tag meiner Expedition ins Lichtreich zusammen mit diesem in der ersten Etage des City of Refuge Cafés beim Spätnachmittagstee saß und mich über Gott und die Damenwelt ausließ – beziehungsweise über Gott und meine unmittelbar bevorstehende Verabredung mit Yuna Kwon und allen möglichen sowie unmöglichen im Laufe der Nacht über meinen mit allerlei guten Vorsätzen gepflasterten

Weg torkelnden Meerjungfrauen – und mich während dieser sozusagen vorbeugenden Beichte in einer derart einfältigen Art und Weise an Father Carmichael klammerte, als könne dieser tatsächlich meinen buchstäblich in der heißen Luft liegenden freien Rückfall verhindern, als könne dieser tatsächlich mein längst besiegeltes Schicksal von mir abwenden, als könne mich dieser also tatsächlich davor bewahren, mir zunächst mit einem kalten Cass-Bier in der zitternden Hand und einem kalten Bösewichtslachen auf den bebenden Lippen am bodentiefen Panoramafenster meines Hotelzimmers stehend Übermut für meine Begegnung mit Gott und der Damenwelt anzutrinken und dabei mit der entsprechenden Ernst-Stavro-Blofeld-artigen Kälte im gebrochenen Herzen auf die kümmerlichen Reste meiner wenige Stunden zuvor noch allerlei Tugenden verteidigenden Vernunft herabzuschauen, um mich daraufhin mit aller höheren, fälscheren Gewalt ins ewige elektrische koreanische Nachtleben zu stürzen und in den ewig gleichen elektrischen koreanischen Clubs und Bars die Korken knallen und die Puppengesichtigen tanzen zu lassen, um schließlich am bitteren oder vielmehr bittersüßen Ende doch wieder auf dem Trockenen zu sitzen beziehungsweise dort von den Puppengesichtigen sitzengelassen zu werden.

Dabei hatte der Tag doch so verheißungsvoll angefangen: der bereits zum Ritual gewordene Frühsport, anschließend wieder das leckere Hotelfrühstück, gefolgt von ein paar Kapiteln in Kafkas *Der Prozess*, gefolgt von einer Stippvisite ins Beauty of Benevolence und einem Mittagessen mit Hyung Noh, gefolgt vom Besuch eines Euljiroer Waschsalons, gefolgt vom ebenfalls zum Ritual gewordenen Fußmarsch vom Hotel Kukdo zum City of Refuge Café quer über den Jungbu Dried Fish Market, gefolgt schließlich von fraglicher Auslassung über Gott und die Damenwelt unter den kritischen Augen Father Carmichaels, bis ich dann mit einem Mal wie vom Angstlustschrei geweckt, wie vom Feuerwassergeistesblitz getroffen und nicht zuletzt wie vom Teufel geritten aufgesprungen war, von der Umklammerung meiner Beichtvaterfigur abgelassen hatte, meiner Beichtmutterfigur und deren Bruder mit der Traumfigur Lebewohl gesagt hatte, meinen sicheren Hafen verlassen und mich vornüber in die Fluten des ewigen elektrischen koreanischen Lebens gestürzt hatte.

Vier Stunden nach meinem spätnachmittäglichen Teetrinken mit Joseph Carmichael in der ersten Etage des City of Refuge Cafés und zwei Stunden nach meinem frühabendlichen Warmtrinken beziehungsweise Kalttrinken mit Ernst Stavro Blofeld im achten Stockwerk des Hotels Kukdo saß ich dann mit einem Gin Tonic in der mittlerweile ruhigen Hand, einem verkrampften Lächeln auf den nach wie vor bebenden Lippen und einer in Begleitung ihrer persönlichen Assistentin erschienenen Starschauspielerin direkt vor meiner etwas zu großen Nase in der Hybrid Bar, einem schäbigschicken, beinahe berlinerisch anmutenden Lokal in einem Gässchen fernab des ewigen elektrischen Itaewoner Nachtlebensstroms, und versuchte der schäbigschicken Wirklichkeit zum Trotz, mit aller höheren, fälscheren Gewalt an meinen feuchten Träumen festzuhalten, mir also gegen alle Vernunft das Mädchen mit den leicht abstehenden Ohren und der niedlichen Pixiefrisur schaurigschön zu trinken, die Frau vielmehr mit den leicht abstehenden Ohren und der niedlichen Pixiefrisur, die allerdings mit jedem schaurigschönen und verdammten Schluck vom Finsbury London Dry Gin Tonic immer schäbigschicker und vertrauter zu werden schien und sich also klammheimlich, still und leise von einer eingebildeten oder vielmehr meiner blühenden schmutzigen Ernst-Stavro-Blofeld-Phantasie entsprungenen Meerjungfrau zu einer Landjungfrau von Welt zu verwandeln schien, zur Frau meiner feuchtfröhlichen Wirklichkeit, zur Schlichten und, als ich es endlich wagte, der feuchtfröhlichen Wirklichkeit ins Auge zu blicken, Ergreifenden, zum halbziehenden Landgeist also, zur reizenden Unaufreizenden, zur bloß scheinbar Unscheinbaren, zur Liebenden einer symbiotischen Amour sain am Ende gar, zur Protagonistin einer Bettgeschichte ohne Bett, einer Liebesgeschichte ohne Geschichte und daher ohne Angst, zur Sprachverwandten überdies, deren ununterbrochen fließendes, während ihres Schauspielstudiums an der Royal Academy of Dramatic Art in London perfektioniertes Englisch doch schließlich einen der Grundsteine für unsere still und leise aufkeimende platonische Freundschaft mit Benefits bildete, zur Retterin in der Gewissensnot aber vor allen Dingen, an die ich mich fortan also klammerte wie wenige Stunden zuvor noch an Father Carmichael, lugten sie doch überall und jederzeit hinter der niedlichen Pixiefrisur der Schauspielerin hervor, die Traumkörper der Kaltfeuchten, die Fangarme der Feuchtheißen und die Puppengesichter der Heißkalten, und streckten sie mir doch überall und jederzeit ihre gespaltenen Zungen heraus, diese Kaltfeuchten und Feuchtheißen, diese Heißkalten und Klitschnassen, diese Nassforschen und überall und jederzeit zum heißkalten koreanischen Liebesspiel Bereiten.

Doch nicht nur die überall und jederzeit zum heißkalten koreanischen Liebesspiel Bereiten streckten mir überall und jederzeit ihre gespaltenen Zungen heraus, sondern auch und insbesondere die überall und jederzeit zum heißkalten koreanischen Adelsgesellschaftsspiel Bereiten, namentlich jener verschmitzt grinsende, seiner Mundform und seines unaufhörlichen Grinsens wegen dem Bob Kaneschen Joker ähnelnde junge Mann, der eines sanftleuchtenden Augenblicks unmittelbar neben Yuna und mir, die wir mittlerweile händchenhaltend draußen vor der Bar standen und in den Vollmond am Nachthimmel blickten, nicht unbedingt versucht und verfallen, dafür allerdings fertig mit dem bereits vierten Gin Tonic und also fix und fertig zur platonischen Freundschaft mit Benefits, der also eines sanftleuchtenden Augenblicks unmittelbar neben Yuna und mir in einer blauen Dunstwolke aufgetaucht war, meine platonische Freundin mit Benefits flüchtig gegrüßt und sich mir als

»a member of In Vitro« vorgestellt hatte, sodann ein Päckchen Gauloises-Tabak aus seiner Versace-Handtasche hervorgeholt und sich zu guter Letzt noch von einem seiner persönlichen Assistenten eine Handvoll Blättchen hatte geben lassen, und der nun seit geraumer Zeit damit beschäftigt war, sich eine Zigarette zu drehen, wobei er beim Ablecken des gummierten Zigarettenpapiers wie gebannt in meine Richtung starrte, sein Gesicht mal fallenließ, dann wieder emporhob, dann wieder fallenließ und immer so fort, mir also in gewisser oder vielmehr siegesgewisser Weise eine Grimasse nach der anderen schnitt.

Und irgendwoher kannte ich dieses Gesicht auch, dieses übermäßig ebenmäßige, unerträglich makellose, vollendet vollkommene, mal fallengelassene, dann wieder emporgehobene, mal emporhebende, dann wieder fallenlassende Engelsgesicht, diese beiden übermäßig ebenmäßigen, unerträglich makellosen, vollendet vollkommenen Engelsgesichter doch eigentlich, die ich also womöglich schon einmal im Club Octagon oder im Syndrome gesehen hatte, in der D-Bridge Lounge oder in der Bar Y1975, vielleicht aber auch im Atelier der Schaurigschönen und Verdammten oder im Schicksalsfigurenkabinett der Madame Tussauds, und irgendwoher kannte ich auch den Namen In Vitro, und irgendwoher kannte der im Reagenzglas Gezeugte auch *meinen* Namen und *mein* Gesicht ... jedenfalls ließ er mich fortan mit Leib und Seelenadel oder vielmehr mit Leib und Scheinadel an den blaublütigen Sitten der oberflächlichen Zehntausend teilhaben, hofierte mich also nach allen Regeln der blauen Kunst, ließ mir beispielsweise von seinen Knappen Reagenzgläser kostbaren Weines bringen, bot mir unzählige seiner unter allerlei Grimassen gedrehten und geleckten blauen Gauloises an und sprach unterdessen in mit allerlei Zierrat ausgeschmückten Bandwurmsätzen von seiner Faszination für meinen Kummer und meine Schönheit und die Kummerschönheit meiner Musik, während ich, versuchter- und verfallenerweise, halbfertig mit dem mittlerweile vierten Reagenzglas Château Cheval Blanc, halbfertig auch mit dem buchstäblich halb an mir ziehenden Landgeist an meiner Seite, in dessen vielleicht eifersüchtigen, vielleicht aber auch einfach nur besorgten Mahnworten die stille und leise Stimme meiner Vernunft laut zu werden schien, halbfertig allerdings noch lange nicht mit der großen weiten schaurigschönen Scheinwelt des Scheinadels, die ich irgendwo hinter den hochgezogenen Mundwinkeln, irgendwo hinter den sanft geschwungenen Lippenbekenntnissen, irgendwo dort im Blaulichtreich des Blaublütigen zu erkennen glaubte, während ich also in ungeahnte Fallhöhen aufstieg und mein versuchtes und verfallenes Pendant von dort oben betrachtete, wie dieses billigend und ohne mit der Wimper zu zucken in Kauf nahm, für eine symbiotische Amour fou eine symbiotische Amour sain zu opfern, wie dieses also eines grellleuchtenden Augenblicks die Hand seines halbziehenden Landgeists losließ, dessen eifersüchtige oder besorgte Sicht der Dinge mit einer wegwerfenden Handbewegung den Fluten des ewigen elektrischen koreanischen Nachtlebens übergab, die Facebook-App auf seinem Smartphone öffnete, den Blaublütigen dessen Namen ins Suchfeld eintippen ließ, grellleuchtenden Auges zuerst aufs Display und danach geblendeten Auges auf den Blaublütigen starrte, um daraufhin, genauer gesagt infolge dieser Findung zwar nicht der eigenen, so doch des anderen Identität, kurzerhand alles, inklusive seiner im wahrsten Sinne des Wortes besseren Hälfte vor der Hybrid Bar stehen und liegen zu lassen und Seite an Seite, Schulter an Schulter und Januskopf an Januskopf mit dem verlorengeglaubten oder vielmehr im Laufe der Jahre wieder aus seiner grässlichgrellen Erinnerung verschwundenen Königssohn des K-Pop in der schaurigschönen VIP-Lounge des schäbigschicken Lokals zu verschwinden.

Eine kühle Frühlingsnacht in Itaewon, der sogenannten Western Town, ein kleiner Parkplatz unweit der Hybrid Bar, eine Frau mit leicht abstehenden Ohren und einer niedlichen Pixiefrisur, ein in der Stille der Nacht wahr gewordener, in deren Getöse wieder unwahr gewordener, in diesem Augenblick der schäbigschicken und umso vertrauteren Wahrheit jedoch neuerlich wahr gewordener Träumer mit einer etwas zu großen Nase und einem im Laufe, ja im Sturme der Nacht aus der Form geratenen Fassonschnitt, eine in einem Hyundai Nexo auf ihre Vorgesetzte wartende Frau im Hintergrund, ein hoch am Nachthimmel stehender Vollmond schließlich, der voller Güte auf die beiden platonisch Befreundeten und mithin alleinig mit ihren gemächlich pochenden Herzen Sehenden herabblickt.

»Are you mad at me?«

»No … It's alright … I'm actually really glad you guys met up.«

»You sure?«

»Yeah … Don't worry … Because … you know … Now it's Jonguk's responsibility to take care of you.«

»Right … That's … um … That's a way to look at things.«

»Are you okay?«

»Yuna …?«

»I think you're a bit drunk, Maximilian.«

»Maybe …«

»What is it?«

»Do you wanna go on a hiking trip with me?«

»A hiking trip?!«

»Yeah … to Seoraksan Mountain … No make-up … no shaving …«

»No make-up?!«

»That is … if you did wear make-up at all.«

»Hmm … I don't know, Maximilian … How about a barbecue instead?«

11

The Untrueman Show

D-Bridge Lounge, Seoul, Korea, 23. Mai 2018

Ich sitze an der Bar, versoffen und verblödet, fertig zur noch jüngsten Nacht, halbfertig mit dem bereits vierten Gin Tonic, halbfertig vielleicht aber auch endlich mal mit der großen weiten schaurigschönen Scheinwelt des Scheinadels, die ich gleichwohl immer noch irgendwo hinter den hochgezogenen Mundwinkeln Jonguk Yoons, irgendwo hinter den spitzen Lippenbekenntnissen Robert Kims, irgendwo dort im Scheinwerferlichtreich Hallyucination Medias zu erkennen glaube, und versuche der sich gutstellenden koreanischen geistigen Umnachtung zum Trotz, mich auf die eingebildeten Meerjungfrauen am anderen Ende der Bar zu konzentrieren, auf ihre eingebildeten Traumkörper, ihre eingebildeten Fangarme und ihre eingebildeten Puppengesichter, auf ihre süßen Stimmen, ihre gespaltenen Zungen und ihre gebrochenen Herzen, doch schweift mein gebrochener Blick immerzu ab von ihren eingebildeten Attributen, um sodann zielsicher durch den feuchtheißen Luftraum zu irren und irgendwann, vielleicht beim zweiten oder dritten Aufschauen von den zwei oder drei oder vielleicht sogar dreitausend feuchtheißen, kaltfeuchten, heißkalten, klitschnassen, nassforschen und überall und nirgends zum heißkalten koreanischen Liebesspiel Bereiten, an der mit allerlei Zierrat ausgeschmückten Decke des jüngsten Nachtlokals hängenzubleiben, glaube ich, dort oben doch mit einem Mal die Gesichtszüge der längst besiegelten Schicksalsfiguren der letzten sechsundneunzig Stunden aufleuchten zu sehen, die hochgezogenen Mundwinkel Jonguk Yoons, die hohen Wangenknochen der Künstleragentin Yejin Kang, die spitzen Ohren des Kunstfilmregisseurs

Albert Ahn, die spitzen Lippen aber vor allem des Hallyucination-Media-Vorstands Robert Kim, an die ich mich alsbald hänge wie an einen seidenen Faden, um fortan sämtliche Schattierungen seiner süßsauren Stimme erfassen und jedes einzelne Wort seiner Süßsauerholzraspelei rekapitulieren zu können, jedes einzelne Wort seiner zwischen Akzeptanz und Ablehnung, zwischen Innigkeit und Gleichgültigkeit, zwischen Sinn und Verstand changierenden Nachricht, seiner wohlgemerkt erst im leuchtenden Augenblick meiner Ankunft in der Empfangshalle seines Medienunternehmens in Form eines voraufgezeichneten und von der Empfangsdame abgespielten Videos an mich übermittelten Nachricht, die von seiner und Yoons »unforseen journey to L. A.« gehandelt hatte, von seinem »great unease«, mir so kurzfristig absagen zu müssen, von einem nichtsdestoweniger nunmehr zu meinen Ehren stattfindenden Abendessen »in our excellent private restaurant«, an dem statt seiner und Yoons »only the prettiest of our female trainees« teilnehmen würden, und von seinen »high expectations« schließlich an mein Konzert im Past & Present und an unser »cosy get-together at one of the Itaewon bars afterwards«.

Und hier sitze ich nun also an der Quelle, an der Kunstlichtquelle, um doch genau zu sein, an *einer* der Kunstlichtquellen, um doch ganz genau zu sein, ja, hier sitze ich nun also an der Bar der D-Bridge Lounge mit Unmengen von Alkohol und Foie gras im gleichwohl immer noch nicht blauen Blut und dieser klaren Erinnerung an all die längst besiegelten Schicksalsfiguren der letzten sechsundneunzig Stunden im nicht mehr ganz so klaren Kopf und dieser Scheißangst vor der Dürre, vor der Dunkelheit, vor dem Versiegen, Vertrocknen, Verschwinden all dieser Kunstlichtquellen im vergifteten Herzen und dieser bangen, diebischen Schadenfreude oder eigentlich doch: Schadenvorfreude im verlorenen Gesicht und diesem ewigen elektrischen koreanischen Verdacht in den rumorenden Eingeweiden schließlich, es könne sich bei all diesen längst besiegelten Schicksalsfiguren, bei all diesen Schwindelgeistern und Eroberungsgeistern, Flattergeistern und Luftschlossgeistern, bei all diesen Spukgestalten und Truggestalten, Blitzlichtgestalten und Blaulichtgestalten, bei all diesen Lichtspielern und Schattenspielern, Mienenspielern und Machtspielern, bei all diesen Heimsuchern und Wiederverlassern, Emporhebern und Wiederfallenlassern, bei all diesen vollendet vollkommen leeren Versprechern, Versuchern, Verführern und Verzauberern am bitteren oder vielmehr bittersüßsauren Ende bloß um Ausgeburten meiner blühenden schmutzigen Phantasie handeln.

Und hier sitze ich nun also an der Bar der D-Bridge Lounge und warte auf mein längst besiegeltes Schicksal, ja, hier sitze ich nun also an der versiegenden Quelle, und nicht bloß fraglichen Kunstlichts, und zugleich unmittelbar am Abgrundrand eines Lebens aus dem Sternhagelvollen, eines Lebens in Saus und Graus und in den jüngsten Tag hinein und von der zitternden Hand in den weitaufgerissenen Mund, ja, hier sitze ich nun also an der Bar jeder Unvernunft und versuche der versiegenden, vertrocknenden, verschwindenden Wirklichkeit zum Trotz, mit aller höheren, fälscheren Gewalt an meinen blühenden schmutzigen Phantasien festzuhalten, als mich plötzlich eine niedliche, den Eingang einer KakaoTalk-Nachricht ankündigende Retortenbabystimme aus meinen jüngsten Nachtträumen reißt und mich zurück ins Leben am gekappten Faden einer Himmelsmacht holt: *Hi Maximilian*, wie es also in der Nachricht heißt, *I hope you had a nice dinner with Mr. Kim's trainees ;) The foie gras at the Hallyucination Media restaurant is excellent. Did you try it? Anyway, I'm really sorry to inform you that Mr. Kim and I are going to stay in L. A. for another two weeks and therefore won't be able to attend your performance at Past & Present. We're very sorry about this development, yet wish you a bright future in Korea nonetheless. Sincerely, Jonguk.*

Gleich sechs solcher niedlichen Babystimmen hatten mich zweieinhalb Tage zuvor, am Morgen also nach meinem jüngsten zur Ballnacht gemachten Tag, aus unruhigen feuchtfröhlichen Träumen gerissen und mich zurück in mein ewig gleiches koreanisches Doppelleben geholt: Die Babystimme der Vernunft, die stille und leise Stimme Yuna Kwons also, die von einem Grillrestaurant namens Gogijun gesprochen hatte, von ihrem zwar *super tight work schedule*, der *remaining possibility* allerdings, mich am nächsten Tag *for a quick lunch during one of the shooting breaks of a Saint Laurent TV ad production* zu treffen, die Babystimme der Unvernunft, der Lockruf also einer tags zuvor im Schattenreich der Lichttrunkenheit kontaktierten, sozusagen zur Hälfte eingebildeten Meerjungfrau mit dem merkwürdigen Instagram-Pseudonym regen.kr, deren möglicherweise vollendet vollkommenes, vollkommen verwirrendes Gesicht auf ihrem Instagram-Profil stets bloß zur Hälfte zu sehen gewesen war, die Babystimme des Gewissens, der Mahnruf also meines Bruders, der sich zu meinem Erstaunen die KakaoTalk-App heruntergeladen hatte, um mich, wie er sich augenzwinkernd ausgedrückt hatte, *auf diesem Wege noch wirkungsvoller* an meine beiden guten Vorsätze zu erinnern, *nicht jeder x-beliebigen koreanischen Berühmtheit oder Schönheit voreilig und ungeprüft* mein Herz zu schenken und *anstatt mehrere Monate lang gar nichts und dann plötzlich fünf Gin Tonics auf einen Schlag* lieber von Zeit zu Zeit und dafür gemäßigt zu trinken, die Babystimme des Herrn, der Weltruf also oder eigentlich doch: Glitzerweltruf Robert Kims, genauer gesagt dessen persönlichen Assistenten, der mich für den 23. Mai zu einem *exclusive dinner* ins Hallyucination-Media-Restaurant eingeladen hatte, die Babystimme der Pflicht, der Aufruf also Sarah-Jane Chois, und zwar unter anderem dazu, noch am selben Tag ins Past & Present zu kommen, um die *brand-new concert stage* und das *state-of-the-art audio equipment* des Plattenladens zu begutachten, und schließlich die Babystimme des Ungewissen, des Unzuverlässigen vielmehr, wie ich zumindest nach einer Woche ohne dessen Antwort auf meine bereits am Ankunftstag vom Incheoner Flughafen aus versendete Nachricht vermutet hatte, die verlorengeglaubte Stimme Albert Ahns also, dieses charmanten Bohemiens mit den spitzen Ohren und dem zerknautschten Gesicht, dieses Trägers von ausschließlich Schwarz, Tätowierungen an Armen und Händen und sowohl Zauberlicht als auch großer Sympathie, dieses schwarzgeflügelten Mittelsmannes von Welt, der mir einst am Tag der Verklärung des Herrn über den längst besiegelten Schicksalsweg geflattert war beziehungsweise seine etwas zu breite Nase kurz nach Kyungmi Choi in den Backstage des Balpyo gehalten und sich mir aus heiterem Itaewoner Spätnachmittagshimmel als Vermittler zwischen mir und der Lottewelt angeboten hatte, dieses lässigen, in Greenwich Village in New York City aufgewachsenen, dort zum Weltbürger herangereiften und nach seiner Umsiedlung in die koreanische Heimat seiner Eltern und Großeltern Mitte der 1990er-Jahre und einem Studium an der Korean Academy of Film Arts über Nacht zu Ruhm gelangten Regisseurs ätherisch-künstlerischer Kinofilme, dieses Traumfabrikanten also der Bildungsbürger schlaflosen Nächte, dessen bildungsbürgerliche, wenn auch leicht kryptische KakaoTalk-Nachricht von seinem *karoshi* gesprochen hatte, seinem *death by overwork*, von einem Feuertopfrestaurant namens Aeaea im Stadtviertel Banpo, von *salutary as well as ominous herbs*, von einer *potential transformation into bristled lucky pigs* und von einem ebenfalls *super tight work schedule*, der allerdings dennoch ein gemeinsames Mittagessen *on the Sebit Islets (or rather the Circe Islets)* erlaube.

Und also hatte ich mich erhoben von meinem Alkoholkrankenlager, von meinem Sinnesfreud- und Elendslager, von meinem Zweifrontenkriegsgefangenenlager sozusagen, um mich doch gleich darauf wieder in dieses fallenzulassen, um mich doch gleich darauf wieder emporheben und abermals fallen zu lassen und immer so fort, bis ich dann eines lachenden und eines weinenden Augenblicks den Absprung ins Ungewisse sowohl glücklich als auch unglücklich geschafft hatte, um mich doch gleich darauf wieder hin und gleich darauf wieder her treiben zu lassen und also zielsicher von einer Ecke meiner achtundzwanzig Quadratmeter großen Zelle in die andere zu irren, vom bodentiefen Panoramafenster zum Schreibtisch, vom Schreibtisch zum Lehnstuhl, vom Lehnstuhl zum Bad, vom Bad zum Bett und vom Bett zurück zum bodentiefen Panoramafenster, um mich doch gleich darauf wieder eines Besseren und gleich darauf wieder eines Schlechteren und schließlich eines Halbguten zu besinnen und also einfach vor dem Fenster stehenzubleiben und mit einem lachenden und einem weinenden Auge abwechselnd in die Skyline zu lachen und zu weinen, abwechselnd verfallen und verächtlich, abwechselnd fertig für die Glitzerwelt, Damenwelt, Halbbilderwelt und fix und fertig mit der Halbwelt, Scheinwelt, Lottewelt, abwechselnd fix und abwechselnd fertig mit dem zielsicheren Umherirren zwischen den Türen und den Angeln, mit dem zielsicheren Umhersitzen zwischen den Stühlen und den Bänken, mit dem zielsicheren Hin- und Hergerissensein zwischen den Stimmen der Ungewissen und den Stimmen der Vernunft, zwischen den Wassergeistern und den Landgeistern, den Übervaterfiguren und den Vaterfiguren, den gefallenen Engeln und den Schutzengeln, zwischen Selbstflucht und Selbstsuche, Fernwehleid und Heimwehklage, Größenwahn und Kleinheitsillusion, zwischen Laster und Tugend, Lüge und Wahrheit, Einbildung und Wirklichkeit, zwischen strahlend hellem Lichthunger und dunkler Wahrheitssuche, banger, diebischer Vorfreude und banger, diebischer Schadenfreude, kleiner Ertrinkungstodessehnsucht und dem überlebensgroßen Wunsch, endlich trocken zu werden, zwischen der diffusen Sehnsucht nach Bettgeschichten ohne Geschichte und daher nur mit Bett und nach Bettgeschichten ohne Bett und daher ohne Angst, zwischen der trügerischen Hoffnung auf Spukgeschichten ohne Spuk und daher ohne bittersüßsaures Ende und auf Spukgeschichten ohne Ende und daher irgendwann einmal ohne Bedeutung, zwischen der Scheißangst vor Erfolgsgeschichten ohne Erfolg und daher ohne strahlende Zukunft und vor Erfolgsgeschichten mit Erfolg und daher ohne die Aussicht, das Land der niemals untergehenden Sonne jemals verlassen zu können, zwischen der blühenden schmutzigen Phantasie schließlich, wie eine Marionette am seidenen Faden einer Himmelsmacht zu hängen, und der blühenden schmutzigen Phantasie, selbst alle seidenen Fäden in der zitternden Hand zu halten, zwischen der schaurigen Vorstellung also, alle Scheinfreiheit der schönen Scheinwelt zu haben, und der schaurigschönen Vorstellung, ein Scheinfreiheitsstrafgefangener zu sein, ein in seidene Liebeslebensfäden verstrickter Liebeslebenshungriger vor seiner Verbandelung, ein in seidene Schicksalsfäden verstrickter Schicksalsergebener vor seiner Verhandlung, vor seinem Urteilsspruch, vor seinem Verdikt der Unterhaltungsindustrie, das doch schließlich ans Kunstlicht bringen würde, ob man ihn tatsächlich dazubehalten und zum Josef-K-Popstar zu machen plante (schuldig) oder ob man ihm bloß seine baldige und heißkaltersehnte Heimreise mit einem von vollendet vollkommen leeren Versprechungen handelnden Abschiedslied verschönern wollte (unschuldig).

Das Grillrestaurant Gogijun befand sich im Stadtviertel Cheongdam und damit auf der Südhalbkugel der Lottewelt, weshalb es tags darauf also paradoxerweise galt, sich in die sozusagen schlechtere Hälfte der vom Han-Fluss in zwei Hälften gebrochenen Stadt der gebrochenen Herzen zu begeben, um seine bessere Hälfte zum Mittagessen zu treffen beziehungsweise den Han-Fluss unvernünftigerweise in Richtung Süden zu überqueren, um der Stimme der Vernunft zu folgen, der stillen und leisen Stimme der Protagonistin meiner Bettgeschichte ohne Bett, meiner Liebesgeschichte ohne Geschichte und daher ohne Angst, der stillen und leisen Stimme also der Frau meiner feuchtfröhlichen Wirklichkeit, die ich in der jüngsten zum Tag gemachten Nacht bekanntermaßen zu besagtem kleinen

Parkplatz unweit der Hybrid Bar begleitet hatte, um sie fernab des ewigen elektrischen koreanischen Nachtlebens, fernab aber vor allem der ewigen elektrisierenden großlauten Rhetorik Jonguk Yoons, in aller Stille verabschieden zu können und schließlich sogar zu einer gemeinsamen Bergwanderung einzuladen … erfolglos zwar, jedoch keineswegs haltlos oder gesichtslos, bewusstlos oder besinnungslos, wertlos oder orientierungslos, konturlos oder farblos und keineswegs sinnlos, geschweige denn gehörlos, hatte ich in jenen Augenblicken der schäbigschicken und umso vertrauteren Wahrheit in Yuna Kwons stillen und leisen Worten doch mit einem Mal wieder die verlorengeglaubte Stimme meiner Vernunft hören können, die verlorengeglaubte Stimme meiner besseren Hälfte, die verlorengeglaubte Stimme meiner wahren Natur letztendlich, die alsdann in klaren Worten und Bildern gesprochen hatte und gänzlich unbeirrt von Yunas stillen und leisen Vorbehalten gegenüber einer buchstäblich natürlichen Begegnung von ungeschminktem Angesicht zu ungeschminktem Angesicht in freier Natur, gegenüber einer vielleicht als anrüchig, vielleicht sogar als riskant empfundenen wanderbekleideten Entblätterung und darauffolgenden ungeschlechtlichen Vereinigung, die also gänzlich unbeirrt von Yunas stillen und leisen Vorbehalten gegenüber einer symbiotischen Amour sain die Geschichte ebendieser symbiotischen Amour sain weitergesponnen hatte, diese Liebesgeschichte ohne Make-up und daher ohne Enge, diese Liebesgeschichte ohne zauberinnewohnenden Anfang und daher ohne bittersüßes Ende, diese unerbärmliche Liebesgeschichte aber vor allen Dingen, die von einem unrasierten Jungen und einem ungeschminkten Mädchen gehandelt hatte, von Wanderkleidung, Fleecejacken und Trekkingschuhen, von dunkelgrünen Laubkronen, dampfenden Waldböden und dem herbsüßen Duft der Bäume, von Frieden trotz Begehren, von Entblößung ohne Scham, von Nähe ohne Gefahr, von Liebe ohne Angst.

Und so saß ich also drei Tage nach dieser blühenden reinen Phantasterei vom Vollzug einer Vernunftehe und eine Dreiviertelstunde nach einer durchgeschüttelten und durchgefrorenen U-Bahnfahrt quer durch die Stadt der gebrochenen Herzen mit einem San Pellegrino in der zitternden Hand, einem verkrampften Lächeln auf den blauen Lippen und der neuerlich in Begleitung ihrer persönlichen Assistentin erschienenen Frau meiner schaurigschönen Wirklichkeit direkt vor meiner etwas zu großen Nase im Gogijun, einem schaurigschönen Grillrestaurant mittendrin im ewigen elektrischen Cheongdamer Luxusleben, und versuchte der schaurigschönen Wirklichkeit zum Trotz, mit aller Naturgewalt an meinen trockenen Träumen von einer symbiotischen Amour sain festzuhalten, mir also gegen alle Vernunft die buchstäblich schaurigschöne Frau mit den von blauschwarzen Extensions verdeckten leicht abstehenden Ohren und dem grotesk überschminkten Gesicht schäbigschick zu trinken, das buchstäblich schaurigschöne Mädchen vielmehr mit den von blauschwarzen Extensions verdeckten leicht abstehenden Ohren und dem grotesk überschminkten Gesicht, das allerdings mit jedem Schluck vom San Pellegrino immer schaurigschöner und unvertrauter zu werden schien und sich also klammheimlich, still und leise von einer meiner blühenden reinen Trockensexphantasie entsprungenen Protagonistin einer Liebesgeschichte ohne Make-up und daher ohne Enge zu einer Protagonistin einer Liebesgeschichte mit viel zu viel Make-up und daher ohne Gesicht zu verwandeln schien.

»When are you going to Sokcho, Max?«

»To Sokcho?«

»Yeah … Didn't you speak of a hiking trip to Seoraksan Mountain?«

»Oh … Yeah … Why? Did you change your mind?«

»No … Just asking …«

War das wirklich meine Sprachverwandte, meine Beichtschwester, meine Retterin in der Gewissensnot, die mir da gegenübersaß in ihrer Gewissensnot, in ihrer Yves-Saint-Laurent-Verkleidung, in ihrer schaurigschönen Scheinadelsgesellschaftstoilette, und mit einem verlorenen Gesichtsausdruck auf ihrem Smartphone herumwischte? Zerfahren und zerrissen, halbfertig für die Glitzerwelt, Modewelt, Konsumwelt, halbfertig allerdings auch *mit* der Glitzerwelt, Modewelt, Konsumwelt, halbfertig allerdings noch lange nicht mit der rauen Wirklichkeitswelt ihrer vertraglichen Bindung an ein profitorientiertes Medienunternehmen?

»Well … I don't think I will go anymore.«

»Oh?«

»You know … No time really.«

»Excuse me … Just gotta finish this Instagram post.«

»Sure … Go ahead.«

»Sorry … What did you say?«

»Ahem … That I don't really have time for hiking trips these days.«

»Your two shows?«

»Yeah … and my meeting with Jonguk and Hallyucination Media.«

»Oh yeah … When is that?«

»Tomorrow evening.«

»Well … Good luck for that, Max.«

Ich trank einen letzten Schluck vom Mineralwasser, stellte das leere San-Pellegrino-Fläschchen auf den Tisch, nahm mir mit meinen Essstäbchen eines der inzwischen durchgegarten Rinderfiletstückchen vom Tischgrill, tunkte es in ein Schälchen mit Gireumjang und sagte:

»Wouldn't you wanna join me, Yuna? As my date, so to speak … Since … you know … since it's a dinner thing rather a proper business meeting …?«

Die Schauspielerin, das heißt, die Laiendarstellerin des Adelsgesellschaftsstücks *Der Besuch der Grande Dame*, die doch offensichtlich mit sowohl wischenden Händen als auch kalten Füßen versuchte, ihrem Kostüm sozusagen hinterherzuspielen, ließ ihr verlorenes Gesicht fallen, unterbrach für einen Augenblick der bitteren oder vielmehr bittersüßen Wahrheit ihr zielsicheres Herumgewische auf ihrem Smartphone und stammelte, während sie nach und nach Stirn, Augenbrauen, Augen, Wangen, Nase, Mund und Kinn von der Tischplatte aufsammelte:

»Um … What? No … Sorry … No, I can't … No … I'm … I'm leaving town tomorrow for about a week.«

Ich atmete auf.

»Sure … Just a thought … No worries.«

Und verspürte gleich darauf einen stillen und leisen Stich im Herzen.

»Sorry, Max.«

»It's alright … Where are you going?«

Abermals schien ich Unwillen hervorzurufen mit meiner Frage, jedenfalls errötete die Schauspielerin dieses Mal, schaltete ihr Smartphone aus, legte es neben ihren unbenutzten Teller, nahm es sogleich wieder an sich, schaltete es wieder an, machte ein paar Wischbewegungen, schaltete es wieder aus und übergab es schließlich ihrer Assistentin, nahm sodann einen großen Schluck von ihrem grünen Tee und sagte schließlich still und leise, allerdings so still und so leise, dass ich sie kaum verstand:

»Not far from Seoraksan National Park actually … You know, I'm doing another TV ad in Yangyang … which is, like, ten kilometres away from Seoraksan Mountain.«

Ausgerechnet im City of Refuge Café hatte ich mich mit der Babystimme der Unvernunft, genauer gesagt mit besagter zur Hälfte eingebildeten Meerjungfrau mit dem merkwürdigen Instagram-Pseudonym regen.kr verabredet, und ausgerechnet unmittelbar im Anschluss an mein Mittagessen mit Yuna Kwon, genauer gesagt mit der mucksmäuschenstillen und leisen Babystimme meiner in die Brüche gegangenen Vernunftehe, weshalb es nun, da das Mädchen mit den von blauschwarzen Extensions verdeckten leicht abstehenden Ohren und dem grotesk überschminkten Gesicht samt Hyundai Nexo und persönlicher Assistentin abgerauscht war, sich sozusagen in blauschwarzen

Dunst aufgelöst hatte und mich vor dem Gogijun in ebendieser blauschwarzen Dunstwolke stehend zurückgelassen hatte, weshalb es nun also nicht bloß paradoxerweise galt, schleunigst die künstliche und nervöse Südhalbkugel der Lottewelt in Richtung Norden zu verlassen, um auf der rustikalen und behäbigen Nordhalbkugel künstlich und nervös zu werden, sondern auch und insbesondere, sich unmittelbar von der Traufe in den Regen zu begeben, sich also mit einem nicht zuletzt von Yuna Kwons stockendem Redefluss in zwei Hälften gebrochenen Herzen in eine Herzensangelegenheit ohne Herz und daher ohne Sinn zu stürzen, in eine Bettgeschichte ohne Geschichte und daher nur mit Bett, in eine erbärmliche Liebesgeschichte also, die von einem buchstäblich halbblinden Date handeln würde, von einem künstlichen und nervösen Jungen und einem künstlichen und noch weitaus nervöseren Mädchen, von schwarzblauen Yves-Saint-Laurent-Strickjacken, dunkelgrauen Röhrenjeans und weißen Turnschuhen, fuchsiafarbenen Prinzesskleidchen, dunkelbraunen Louis-Vuitton-Henkeltaschen und schwarzglänzenden High Heels, von Hummeln in zugekniffenen Hintern, Grillen in verdrehten Köpfen und Fröschen in falschen Hälsen, von Unfrieden wegen Schwankens zwischen Begehren und Bedauern, zwischen Erregung und Mitleid, zwischen Sinnlichkeit und Erbarmen, von blühenden schmutzigen Phantasien schließlich von Entblößung voller Scham, von Nähe voller Gefahr, von Liebe voller Angst.

Und so saß ich also anderthalb Stunden nach dieser blühenden schmutzigen Phantasterei vom Vollzug einer Unvernunftehe, eine Dreiviertelstunde nach einer durchgeschüttelten und durchgefrorenen U-Bahnfahrt quer durch die Stadt der gebrochenen Herzen und eine halbe Stunde nach Einsetzen eines feinen Sprühregens mit einem Mojito in der zitternden Hand, einem verkrampften Lächeln auf den sowohl blauen als auch bebenden Lippen und einem nicht minder künstlich und hypernervös wirkenden Mädchen direkt vor meiner etwas zu großen Nase in der ersten Etage des City of Refuge Cafés an einem der bodentiefen und sowohl das Treiben und den Verkehr auf der Toegye-ro als auch den äußeren Eingangsbereich des Cafés überblickenden Panoramafenster, und zwar einerseits schwindelerregt von der glühenden Verehrerin meines Dreampops und meines Superstardoms und andererseits voller Mitleid mit ihr, einerseits voller Begehren und andererseits voller Bedauern, einerseits voller Sinnlichkeit und andererseits voller Erbarmen, und versuchte der einerseits sinnlichen und andererseits erbärmlichen Wirklichkeit zum Trotz, mit einerseits Mühe und andererseits Not und Google Translate das stockende Gespräch mit der augenscheinlich weder wahl-, noch wesens-, geschweige denn sprachverwandten und also bedauerlicherweise des Englischen kaum mächtigen regen.kr vor dem Versiegen zu bewahren und mich gleichzeitig auf die sozusagen jeweils sichtbare Gesichtshälfte der zur Hälfte eingebildeten, zur anderen Hälfte eingeschüchterten Meerjungfrau zu konzentrieren, die also genauso wie auf ihrem Instagram-Profil immer bloß *eine* Seite ihres vollkommen verwirrenden Janusgesichts zeigte und daher, je nachdem, ob sie einfach nur schweigend dasaß und sinnverloren an ihrem Strohhalm saugte oder aber versuchte, mir mit Hängen und Würgen und Naver Papago ihre glühende Verehrung zu verdeutlichen, mal sinnlich, mal erbärmlich wirkte, mal begehrenswert, mal bedauernswert, mal schwindelerregend, mal mitleiderregend, mal schwindelmitleiderregend, mal verdammt.

Verdammt, und wie sehr ich mich diese ganze halbe schwindelmitleiderregende Zeit hindurch doch danach sehnte, anstatt mit einer Schwindelmitleiderregenden und Verdammten schwindelmitleiderregt und zur Unwahrheit verdammt zwischen Stühlen und Bänken zu sitzen und der Papageienstimme einer Übersetzungs-App zu lauschen, stattdessen mit Mother Mary schäbigschick und vertraut auf rosafarbenen Windsor-Stühlen oder rostbraunen Chaiselongues zu sitzen und ihren Worten der Weisheit zu lauschen oder mit Father Carmichael den Beichtstuhl zu betreten und ihm von meinen blühenden schmutzigen Phantasien vom Vollzug einer Unvernunftehe zu berichten oder aber zusammen mit Brother Aaron, der in seinen Kaffeekochpausen stets mit einer Zigarette im Mund draußen vor dem Café erschien, unter dessen Regenschirm auf dem feuchtglänzenden Trottoir herumzustehen und Spökes zu machen, zu witzeln beispielsweise über Bettgeschichten ohne Geschichte und am Ende sogar ohne Bett oder erbärmliche Liebesgeschichten ohne Liebe und dennoch voller Angst oder aber erbärmliche Liebesgeschichten nicht nur ohne Erbarmen, Liebe und Geschichte, sondern darüber hinaus sogar ohne einen einzigen Protagonisten.

»So what happened with the fangirl?«

Joseph und ich hatten uns soeben im Beichtstuhl, genauer gesagt in der Beichtchaiselongue niedergelassen, nachdem ich wenige Minuten zuvor atemlos und regenfeucht in seine große weite, wenngleich bereits geschlossene und daher menschenleere Menschenwelt zurückgekehrt war.

»Oh, Joseph ... I don't know.«

»You don't know?«

»Well ... I do know ... However, this story is not so much different from all my other wretched love stories.«

»Love? Or rather ... lovemaking?«

»You have quite a sly look on your face for a father confessor, you know?«

»Sorry, mate ... Want some tea?«

»Ahem ... Would a gin and tonic be allowed, too? I mean ... in a confessional?«

»A gin and tonic?! In a confessional?!«

Während Joseph, der seine Rolle als Beichtvater offenbar nicht allzu ernst nahm, jedenfalls behielt sein Gesicht bis auf Weiteres fraglichen verschlagenen Blick, während Joseph nun also meinen Gin Tonic zubereitete, überprüfte ich mein Telefon auf KakaoTalk-Nachrichten von regen.kr, genauer gesagt der

Protagonistin meiner Bettgeschichte ohne Geschichte und am bitteren oder vielmehr bittersüßen Ende sogar ohne Bett, doch schien der unlängst auf ihrem Telefon eingegangene Anruf oder vielmehr Mahnruf ihrer Freundin aus Itaewon und nicht zuletzt natürlich die beim Abschiedsküssen lautgewordene Stimme ihres Gewissens die Babystimme der Unvernunft schließlich zur Vernunft und damit zur Ruhe gebracht zu haben.

»Okay … Fire away.«

Joseph war inzwischen in den Beichtstuhl zurückgekehrt und saß nun mit einem Glas Ingwertee in der einen und einer Zigarette in der anderen Hand auf der Fußseite der Chaiselongue, während ich es mir mit einem Gin Tonic in der einen und nicht einmal einem Spatz in der anderen Hand auf deren Kopfseite bequem gemacht hatte.

»Um … Alright … So after the girl and I had left City of Refuge, we took a cab to Hotel Kukdo …«

»Ooh la la … That was fast.«

»Uh … No … I mean … for dinner.«

»You had dinner at Hotel Kukdo?«

»Yeah … um … Why not? I really like their spaghetti Bolognese.«

Mein Beichtvater guckte mich ungläubig an.

»Their spaghetti Bolognese? I thought the Kukdo restaurant was more of a canteen or diner or so.«

»Could be …«

»Anyway … So what happened next?«

»Well … So after dinner we left the restaurant … sort of in a rush actually … just to stand around stupidly in the empty lobby then … I mean, not the actual lobby, but the entrance area on the ground floor next to the restaurant … The actual lobby at Hotel Kukdo is on the first floor … Anyway … So we stood there in this abandoned entrance area like fools … wavering where to go or what to do … You know, with the rain and all … And … well … Then at some point, I … You know, I was still a bit drunk from the mojitos … and Seoyoung … That's her name, by the way … Seoyoung seemed quite tipsy herself … So at some point I tried to kiss her … And … Really, nobody was around at that time … not even the bellboy who is actually supposed to be in the entrance area at all times … And Seoyoung … ugh … guess what … she wouldn't let me … Gave me the pullback, you know? I mean … Who would have thought? You know … After all this …«

Gekränkt unterbrach ich meinen ewig gleichen elektrischen koreanischen Redestrom und nahm einen großen, kranken oder vielmehr großen, gekränkten Schluck vom Gin Tonic.

»Well … To tell you the truth, Maxi … *I* would have thought.«

Nun war *ich* es, der ungläubig guckte.

»… Ah, come on … You looked so terribly unhappy up there … I mean when you guys had your mojitos here earlier.«

»And?«

»And?! Why would anybody wanna kiss an unhappy man?«

»I don't know … Because anybody's an enamoured fan and expects an alleged melancholy singer-songwriter to be unhappy and gloomy and all that stuff anyway?«

»Bullshit.«

Joseph hatte offenbar nicht vor, mir die Absolution zu erteilen, noch nicht wenigstens.

»Hmm … Yeah … Guess you're right … However … That was just the beginning of the story … The best part is yet to come.«

»You mean the best part of the wretched love story without the love and yet the fear?«

»It's not funny, Joseph.«

Wir mussten trotzdem lachen.

»Sorry, mate … Let's have it then.«

»Okay … So … Where was I?«

»She had just given you the pullback …«

»Right … the pullback … Okay … So … It's still raining, you know … And there's nowhere to go, really … at least not outside … And Seoyoung and I stand there in this abandoned entrance area all embarrassed and forlorn … when she suddenly shows me her Naver Papago that says that she won't be able to make her last train home … And home, in her case, means … You know, I had thought all along that she was from Seoul … So home means Jeonju in the North Jeolla Province … which is, like, a one and a half hour train ride from Seoul.«

»Geez …«

»Right? So she tries to call a friend of hers who lives in Itaewon … to ask her if she would allow her to sleep on her couch or so … And here I am … caught between the devil and the deep blue sea … completely unable to decide whether to root now for her friend to pick up her phone and allow Seoyoung to stay at her … I mean, at her parents' place … Or rather pray that she's switched it off already and has gone to bed … Why are you smiling?«

»Sorry … Go on.«

»So when the friend in fact doesn't answer the call … And I mean, Seoyoung let it ring for about a minute … she suddenly turns to me, looking all weird … you know, her face all red, her eyes wide open, her lips trembling … and starts typing something into her phone …«

Ich hielt inne und zündete mir eine von Josephs Zigaretten an.

»You smoke?«

»I don't … I mean, sometimes … It's just … you know … the booze and the girl and all.«

»Yeah … Whatever … So what had she written?«

»She had written … Now … brace yourself … that she really hopes to spend the night in my room … Now that her friend is not available.«

»Whoa … There you go.«

»Right … There I go … There we go, to be exact … to the elevator … to the eighth floor … down the hallway … to my room … When suddenly her phone rings … And it's her friend, and it's a big hoopla, and of course they have a place for Seoyoung to stay, and it's a great relief and a great pity and a great half-open end to all this back and forth and toing and froing.«

»Phew … Not bad … So this friend actually saved your day and at the same time ruined your night.«

»Something like that.«

»And then you guys parted ways and you came running here?«

»You wish … So we left the hotel … and I hailed a cab for her … And when one pulled over, we hugged goodbye rather clumsily … And then all of a sudden, she starts kissing me … you know, right on the lips … And when I start kissing her back, she suddenly tears away from me and literally jumps into the cab and slams the door in my face … And the driver, who's stayed cool as a cucumber during the whole scene, starts the motor and … boom! off they go.«

»Wow … Speaking of a great half-open end.«

»Right?«

»So will you see her again?«

Ich nahm einen großen, einen dieses Mal noch größeren und noch kränkeren Schluck vom Gin Tonic, stellte das leere Glas mit einem lauten Klonk zurück auf den Teetisch, zog theatralisch an meiner Zigarette und sagte dann, während ich den blauen Dunst in aller Seelenunruhe ausatmete:

»Joseph … I'm not going to see anybody ever again.«

Das Feuertopfrestaurant Aeaea befand sich weder auf der Nord- noch auf der Südhälfte der vom Han-Fluss in zwei Hälften gebrochenen Stadt der gebrochenen Herzen, sondern direkt auf der Bruchstelle, wenn man so will, beziehungsweise auf einer der insgesamt vier mitten im Han-Fluss schwimmenden künstlichen Inseln namens Sebitseom oder Sebit Islets, auf Gavit, um genau zu sein, *the no-man's-island of the neither blissful nor ill-fated*, wie Albert Ahn die fünftausend Quadratmeter große und im Grunde bloß aus einem einzigen Stahl-Glas-Bauwerk bestehende Insel in seiner letzten KakaoTalk-Nachricht beschrieben hatte, weshalb es tags darauf also erstmals in der Geschichte meiner ewig gleichen koreanischen Leiden paradoxerweise *nicht* galt, sich zwischen Norden und Süden, zwischen Rustikalität und Künstlichkeit, zwischen Behäbigkeit und Nervosität zu entscheiden, sondern sich stattdessen in aller Seelenunruhe zwischen die Stühle und die Bänke auf die schwankende Erde der Niemandsinsel der weder Seligen noch Unseligen fallenzulassen und also erstmals liegend anstatt sitzend die herrliche Aussichtslosigkeit zu genießen und also erstmals in der Geschichte seiner ewig gleichen koreanischen Leiden auf einem Niemandslager anstatt auf einem Zweifrontenkriegsgefangenenlager zu liegen, bis dann schließlich eines schaurigschönen, wenngleich schäbigschick daherkommenden Niemandstages niemand anderes als der schwarzgeflügelte Mittelsmann von Welt vom Banpoer Niemandshimmel herabflattern würde, *um mich emporzuheben von meinem Niemandslager*, wie ich kurz nach dem Erwachen aus unruhigen feuchtfröhlichen Träumen auf einem der im Hotelzimmer ausliegenden Notizblöcke notiert hatte, *und mich ans Zauberlicht zu führen, um mir die tätowierte Hand aufzulegen und mich von meinen Tugenden als auch von meinen Sünden freizusprechen, um mir sowohl heil- als auch unheilbringende Kräuter ins Essen zu mischen und mich in ein borstiges Glücksschwein zu verwandeln, um abzuwischen alle Tränen von meinem lachenden und meinem weinenden Auge und mir schließlich das fehlende Verbindungsstück zwischen mir und der Lottewelt in die glückliche Hand zu drücken.*

Und so saß ich also wenige Stunden nach dieser blühenden, jedoch weder ganz sauberen noch ganz schmutzigen Erlösungsphantasterei mit einer Fonduegabel in der glücklichen Hand, einem weder seligen noch unseligen Lächeln im verliehenen Gesicht, einem merkwürdigen Gefühl der Verbundenheit mit der Stadt der gemächlich pochenden Herzen im gemächlich pochenden Herzen und einem merkwürdig schaurigschön und vertraut wirkenden Schäbigschicken und Verdammten direkt vor meiner etwas zu großen Nase im Aeaea, einem zwar koreanischen, jedoch mit allerlei Motiven der griechischen Mythologie kokettierenden Feuertopfrestaurant, und versuchte, während der merkwürdig schaurigschön und verdammt vertraut wirkende Kunstfilmregisseur mit der schäbigschicken Bikerjacke und der Gucci-Pilotensonnenbrille von seiner Faszination für meinen Kummer und meine Schönheit und die Kummerschönheit meiner Musik sprach, von seiner Vorfreude auf mein Konzert im Past & Present, von seinem »beautiful loft overlooking Central Park« in seinem Zweitwohnsitz New York, von seinem baldigen Besuch der Gedenkstätte Berliner Mauer, der East Side Gallery, des Mauermuseums und des Tränenpalasts zwecks Recherche für sein aktuelles Filmprojekt *Synthesis*, von der rauschenden Geburtstagsfeier eines Schauspielers namens Jonghyun Lim am vergangenen Wochenende und immer wieder von seinen mannigfaltigen Verbindungen in die Scheinwelt, Halbwelt, Wirklichkeitswelt, und versuchte also, sowohl versucht als auch verfallen, vor allem aber verzweifelt, zu verstehen, warum es in Gegenwart des charmanten Bohemiens mit den spitzen Ohren und dem zerknautschtem Gesicht ganz und gar unmöglich war, ansonsten als streng voneinander abgetrennte Größen wahrgenommene Begriffe wie Laster, Tugend, Lüge, Wahrheit, Einbildung, Wirklichkeit, Süden, Norden, Licht, Schatten, fremd, vertraut, groß, klein, verunreinigt, rein, feucht, trocken, schuldig oder unschuldig auseinanderzuhalten, geschweige denn, aus ihnen schlüssige Gegensatzpaare zu bilden, beziehungsweise, warum es in Gegenwart dieses Albert Ahn überhaupt keine Rolle mehr zu spielen schien, ob ich nun sündigte oder mich tugendhaft verhielt, ob ich nun log oder die Wahrheit sagte, ob ich phantasierte oder auf dem Boden der Tatsachen blieb, ob ich mich auf der Süd- oder auf der Nordhalbkugel der Lottewelt befand, ob ich im Licht oder im Schatten stand, ob ich k-einer von euch oder einer von euch war, ob ich groß oder klein, verunreinigt oder rein, feucht oder trocken, schuldig oder unschuldig war.

Bis es mir dann mit einem Mal wie Schuppen von den lachenden und den weinenden Augen fiel, und zwar direkt in die mit Rindfleisch, Eiern, Gemüse, Pilzen, Lastern, Tugenden, Lügen, Wahrheiten, Einbildung, Wirklichkeit, Süden, Norden, Licht, Schatten, Fremde, Vertrautheit, Größe, Kleinheit, Verunreinigung, Reinheit, Feuchtigkeit, Trockenheit, Schuld und Unschuld versetzte Bouillon im Feuertopf: dass der schwarzgeflügelte Mittelsmann von Welt und Gegenwelt nämlich gleich zu Beginn unseres Mittagessens all diese Begriffe, all diese Gegensatzpaare genommen und zusammen mit einer Handvoll sowohl heil- als auch unheilbringender Kräuter in den Feuertopf geworfen haben musste, dass er das heterogene Gebräu daraufhin kräftig durchgemischt und dabei irgendeine Art von Zauberspruch gesprochen haben musste, um mir schließlich mit einer entweder großen oder kleinen Schöpfkelle und einem entweder breiten oder schmalen Lächeln im zerknautschten Gesicht eine nach der großen heilen Lottewelt duftende homogene und also hinsichtlich ihrer einzelnen Bestandteile ununterscheidbare Zauberbouillon in mein Keramikschälchen zu gießen.

»So what exactly is your new film about?«

Das erste Mal an diesem Tag nahm Albert seine Sonnenbrille ab, rieb sich die dunkelumrandeten Augen, schob sein Essgeschirr zur Seite, stütze seine Ellenbogen auf den Tisch, faltete die Hände und sagte:

»Well ... The story is rather twisted, I'm afraid.«

»I'm all ears, Albert.«

»Okay ... Good ... So there's this boy, Dongsun, and this girl, Chunhwa ... who fall in love, obviously ... However ... without knowing that they're actually siblings ... since they were separated as babies ... in June 1945, to be exact.«

»Incest ... Ooh la la ... sounds ominous.«

»Doesn't it? And moreover, Chunhwa is supposed to be some sort of a chimera ... You know, a hybrid creature ... Yet a chimera whose opposite components exist in theory, but are indistinguishable in reality … That is, a chimera who has merged … or rather overcome these opposite components and has subsequently turned into their synthesis … A new being, really … stark, compelling …«

»Geez … And how are you going to portray that … I mean, on film?«

»Well … Through dialogue mostly … But also by casting the right actress … You know, a stunning beauty with an immaculate heart … a femme fatale who turns into your sister once you touch her … and who still doesn't lose any of her fatal appeal.«

»Beautiful.«

»You know … In the end, the film is about breaking taboos … breaking boundaries … overstepping bounds … resolution of opposites … redemption … reunion … reunification, all that … the Korean reunification ultimately.«

Auch Albert also schien bestrebt zu sein, die Welt zu einem besseren Ort zu machen, die eigene Bilderwelt und auf diesem Umwege die Bilderwelt der anderen, eine ätherisch-künstlerische, wenngleich provokante Gegenwelt zum Mainstreamkino und damit eine blühende schmutzige Phantasiebilderwelt für den Bildungsbürger zu erschaffen, mit schöngeistigem oder vielmehr: schäbigschickgeistigem Vorbild voranzugehen also, um solcherart zum Stein des Denkanstoßes zu werden.

»… You should write the score, you know?«

»Oh my … I wish I could, Albert.«

»I'm sure you can, Max … Let me talk to your agent and we'll sort things out.«

»Really?!«

»Oh, absolutely.«

»You should talk to me directly, though … I don't have an agent, you know?«

»You don't have an agent?!!«

Eine Minute später saß ich allein am Tisch, versöhnt und verlassen vom sich gutstellenden schäbigschicken Schöngeist, fertig für dessen blühende schmutzige Phantasiebilderwelt, halbfertig mit seiner heil- als auch unheilbringenden Zauberbouillon, halbfertig allerdings noch lange nicht mit der großen heilen Lottewelt, die ich irgendwo faustdick hinter seinen spitzen Ohren, irgendwo hinter seinen ätherisch-künstlerischen Zaubersprüchen, irgendwo dort in seinem Zauberlichtreich zu erkennen glaubte, und versuchte der großen heilen Welterkenntnis beziehungsweise Welterfahrung zum Trotz, zu ergründen, ob es sich denn nun, verdammt vertraut nochmal! bei diesem Albert Ahn um einen Spieler oder einen Gegenspieler handelte, um einen Wahrsager oder einen Lügner, um eine Vaterfigur oder eine Übervaterfigur, um einen Schutzengel oder einen gefallenen Engel, während der gefallene Schutzengel selbst mit seinem Telefon am spitzen Ohr und seiner Agentin in der Leitung vor dem Aeaea auf und ab lief, offenbar festentschlossen, meine feststeckende koreanische Karriere sozusagen im Eilverfahren zu entfesseln, ja, es im wahrsten Sinne des Wortes für mich zu richten, noch bevor mein eigentliches Urteil gefällt, noch bevor mein Verdikt der Unterhaltungsindustrie ausgesprochen war.

»I'm your biggest fan, Maximilian.«

Gerade erst hatte ich eines der fehlenden Verbindungsstücke zwischen mir und der Lottewelt in die glückliche Hand gedrückt bekommen.

»Um … You are?«

Genauer gesagt Alberts Telefon und damit den Kopf oder vielmehr das Gesicht seiner Agentin Yejin Kang.

»Yes … Ever since I watched *Coffee Prince* and heard your song.«

Das möglicherweise vollendet vollkommene, jedoch aufgrund unserer sozusagen an einem seidenen Faden hängenden und daher hauptsächlich pixelige Phantasiebilder produzierenden WLAN-Verbindung vollkommen verwirrende Gesicht der buchstäblich phantasiebildhübschen Mittdreißigerin mit den mal leuchtenden, mal gebrochenen Augen und den mal hohen, mal außergewöhnlich hohen Wangenknochen.

»I'm … very honoured …«

»Yejin … You can call me Yejin.«

»Oh … Very nice to meet you, Yejin.«

»It's a pity that I cannot join your lunch … You know, I'm in Tokyo at the moment with another artist of mine.«

»Tokyo?«

»Yeah … But you know what? I'm going to accompany Dongsun … I mean, Albert … to Berlin in August … which should be a perfect opportunity for the three of us to get together and speak about a potential collaboration.«

»Wow … Yeah … Sounds wonderful.«

»After all, he spoke very highly of you.«

»He did?«

Ich blickte auf vom Telefon, um den Blick meines gefallenen Schutzengels zu suchen, konnte allerdings mit Ausnahme der zweifachen Spiegelung meiner selbst rein gar nichts in dessen Augen beziehungsweise in den Gläsern seiner inzwischen wieder auf seiner etwas zu breiten Nase sitzenden Sonnenbrille erkennen.

»Oh yes … I mean, he drew a rather ambiguous picture … that sounded all the more intriguing to me, though … Said that you reminded him very much of himself.«

»Of himself?!«

»Yeah … A true artist … yet an untrue man.«

Vier Stunden später stand ich am bodentiefen Panoramafenster meines Hotelzimmers, halb geschniegelt und halb gestriegelt, halbfertig für mein Treffen mit Robert Kim und Jonguk Yoon, halbfertig auch für meine letzte Ballnacht ohne Morgen, gänzlich fertig allerdings mit dem Verdauungsprozess von Albert Ahns homogener Zauberbouillon, abwechselnd fertig also für die Glitzerwelt, Damenwelt, Unterwelt und fix und fertig mit der vom Urinfluss längst schon wieder in zwei Hälften gebrochenen Lottewelt, abermals hin- und abermals hergerissen also zwischen längst schon wieder deutlich unterscheidbaren Gegensatzpaaren, zwischen Selbstflucht und Selbstsuche, zwischen Fernwehleid und Heimwehklage, zwischen Größenwahn und Kleinheitsillusion, zwischen Akzeptanz und Ablehnung, zwischen Innigkeit und Gleichgültigkeit, zwischen Sinn und Verstand sowieso, zwischen strahlend hellem Lichthunger und dunkler Wahrheitssuche, zwischen banger, diebischer Vorfreude und banger, diebischer Schadenfreude, zwischen kleiner Ertrinkungstodessehnsucht und dem überlebensgroßen Wunsch, endlich trocken zu werden, zwischen den Babystimmen der Ungewissen schließlich und den Babystimmen der Vernunft, als mich plötzlich die Babystimme des Ungewissen, des Unwahren vielmehr, aus meinem neuerlich blühenden schmutzigen Doppelleben riss und mich zurück auf den Boden der unwahren Tatsachenbehauptungen holte: *Hey Max*, wie es also in der KakaoTalk-Nachricht hieß, *it was good to meet you today. Did you enjoy the hot pot? The thing is … I just learned from Yejin that the first production meeting for Synthesis is now scheduled for Saturday. Therefore, unfortunately, I won't be able to attend your concert at Past & Present. Really busy on Friday too, so no chance of seeing your Hongdae show either. However, no harm done really, since we're going to meet in Berlin in August either way. Cheers, Albert.*

12

Everglow (Teil 2)

Hotel Kukdo, Seoul, Korea, 24. Mai 2018

Eine Nacht ohne Morgen in Seoul, der Stadt der gerichteten Herzen, ein zur Gänze von Finsternis erfülltes Hotelzimmer im achten Stock des Hotels Kukdo, ein unbekleidet und ungeschützt auf der Schattenseite seines ewigen elektrischen koreanischen Lebens liegender Versoffener und Verblödeter, ein Verlorener geradezu mit einem verlorenen Ausdruck im verlorenen Gesicht und einem gerade erst wiedergefunden Telefon in der zitternden Hand, eine grässlichgrelle Erinnerung an die letzten vierzehn Stunden, an die letzten vierzehntausend Jahre in seinem verlorenen Kopf, an süßsaure Männerstimmen und gebrochene Karriereversprechen, an fatale Frauenstimmen und gebrochene Liebesversprechen, an bebende Nebenbuhlerstimmen und gewiesene Nachtclubtüren, eine tief am pechschwarzen Sternenzelt stehende Ewigglühende schließlich, die der unlängst aus unruhigen feuchtfröhlichen Albträumen erwachte Albträumer indes noch nicht zu erkennen vermag.

»Oh … um … Mary?!«

»Maxi?«

»Um … Is Joseph not …?«

»Yeah, no … I picked up because Joseph forgot to take his phone with him when left the house a few minutes ago.«

»Oh … I see …«

»Are you okay? You sound awful.«

»No, it's just … I don't know … It's … it's dark … It's all dark …«

»Dark …? What is?«

»I … ugh … Fuck … I cannot go on like this, you know?«

»Where are you now?«

»I never should have … You know, never …«

»Where are you, Maxi?!!«

»Sorry … I'm sounding weird, I know … I'm … at Hotel Kukdo … I'm alright … I mean, physically … Just hungover and … completely stuck …«

»What happened?«

»I don't know … This city … ugh … I'm sorry, Mary … Are you … I mean, do you have a minute?«

»Of course … I'm here … We're here …«

»Thanks … I mean, thanks … You know, I just felt like speaking to someone for a second … I …«

»Sure, sure … What happened?«

»Ugh … I cannot go on like this.«

»Go on like what?«

»You know … the drinking and the smoking and the chasing girls and the staying up all night and the …«

»I thought you had this dinner with this K-pop company.«

»Yeah … I did … sort of … But I went to all these places after that … D-Bridge Lounge, you know … Syndrome …«

»And got drunk and … rejected again, right?«

»I don't know … Maybe …«

»But why would this happen all the time? I mean, you've got a lot of things going for you … You're creative … You're funny …«

»Because this city doesn't want me!«

»*We* want you! Come to City of Refuge today … We're opening at noon.«

»I know … Not you, of course … It's just that all these people are making this big fuss about me … at first anyway … You know, telling me that my music was so very special to them and that they would like to do projects with me or do selfies with me or meet me for drinks or whatever … When all they really wanna do is … is get rid of me.«

»Ah, come on!«

»No, really …«

»You know … Perhaps you just wanna be left high and dry.«

»What?«

»Well … Perhaps you're chasing all these aloof ones … these party girls, I mean … these actresses, these pop stars, these wacky celebs … just because you're desperately trying to fail … desperately trying to get rejected … desperately seeking this … this darkness, as you call it …«

»They're chasing me as well, you know?«

»They don't chase *you*! They don't know who you are! They're chasing shadows … As you do.«

»Oh, Mary …«

»But you do for good reasons … As twisted as that might sound.«

»What do you mean?«

»Cause you wanna get rejected … You wanna feel left out … You wanna lie in your darkness … high and dry … literally.«

»Yeah … Yeah, maybe …«

»Oh … Definitely … You just have to follow through all this at some point, you know?«

»Follow through?«

»Fathom your darkness … Feel it out … Do not run from it anymore … Do not hide.«

»Ugh … There's no place to hide anyway.«

»Or write a song about it for now … or a poem … Or just *play* a song … a song that helps you remember … a song that helps you unveil the truth … a song that that leads you to the heart of it all.«

Eine Viertelstunde später stehe ich am bodentiefen Panoramafenster, immer noch ein wenig erschüttert, immer noch ein wenig erfüllt von Marys Worten der Weisheit, immer noch ein wenig überrascht vom unlängst am Morgensternenhimmel Erblickten, am mittlerweile schwarzgoldglänzenden Sternenzelt, aus dem just in diesem Moment die ersten herzgeheilten

Glückstränen zu fallen beginnen, immer noch ein wenig bestürzt von den gütiggüldenen Erinnerungsbildern, die Chris Martins kehlige Stimme unlängst ans Firmament der großen, geheilten Stadt gezaubert hat, immer noch ein wenig verblüfft davon, dass es bloß einer leisen Berührung meines iPod Touchs und meiner kabellosen Lautsprecherbox bedurft hat, um an den Vater Rhein und auf die Mutter Heimaterde zurückzukehren, bloß ein paar beinahe unmerklicher Schläge meiner Lider, um den weltverzerrenden Schleier von meinen Augen abzulösen, bloß eines sachten Kreisens meiner Hände, um die Grenzen zwischen den Gegenwelten zu verwischen, bloß eines dezenten Zuckens meiner schmalen Schultern, um die plötzlich federleicht gewordene Bedeutungsschwere von Welt und Gegenwelt und die Last des ewigen Widerstreits zwischen diesen beiden von mir abzuschütteln, bloß eines kleinen, letzten Schrittes nach vorn schließlich, um ins ewige Licht am Ende meines Tunnels einzutreten und zu mir selbst zu werden.

13

Everglow (Teil 3)

Hotel Kukdo, Seoul, Korea, 24. Mai 2018

Ein warmer Frühlingsmorgen in Seoul, der Stadt der geheilten Herzen, ein zur Gänze von Everglow erfülltes Hotelzimmer im achten Stock des Hotels Kukdo, ein zu seinem eigenen Mittelsmann von Welt und Gegenwelt gewordener Mittelsmann zwischen Welt und Gegenwelt, ein Wiedervereinigter geradezu mit einem glückstrahlenden Lächeln im wahr gewordenen Traumgesicht und einem dunkelgelben Leuchten in den sehenden Augen, ein von Blutsbrüdern und reitenden Schwestern, von Freunden bis in den Tod und himmlischen Wesen, von Rohdiamanten und fließenden Gewässern, vom Wandel der Winde und vom Fallen des Schnees, vom dunkelgelben Licht und vom dunklen Schatten der Vergangenheit handelndes und seit hundertacht Minuten in Endlosschleife aus einer kabellosen Lautsprecherbox schallendes Coldplay-Lied, ein vom Tippen und Skypen heißgelaufener Computer schließlich, auf dessen Bildschirm das Gesicht eines wuschelköpfigen Amerikaners zu sehen ist und unmittelbar daneben ein Textdokument mit dem Titel *Everglow*, in dem von der *Ununterscheidbarkeit von defektem und wahrem Wesen* die Rede ist, von einer *verlorengeglaubten, doch zwischen den Trümmern der Vergangenheit als defekte Raupe wiedergefundenen, von der verbrannten Erde aufgelesenen und als Schmetterling der Wahrhaftigkeit in die Freiheit entlassenen Identität*, von einem *vom Han-Fluss in zwei Hälften gebrochenen, von gütiggüldenen Erinnerungen an den Rheinstrom indes wieder zusammengefügten Herzen*, von *absichtsloser, richtungsloser, bedingungsloser, allumfassender Liebe* und vom *Klang und Geschmack und Glanz meiner selbst im Kreise meiner Familie*; eine hoch am

Wiedergeburtstagsmorgenhimmel stehende Ewigglühende zu guter Letzt, die voller güldener Güte auf den unlängst aus einem hundertachtjährigen paradoxen Schlaf erwachten und gleich darauf in tiefen luziden Wachtraum gesunkenen Wachträumer herabblickt.

»They showed you a prerecorded video message from your host?!«

»Yeah … Can you believe that? Where this Robert Kim talked about that he and the K-pop star had to go to L. A. all of a sudden.«

»Geez … Why wouldn't he inform you before you came all the way to Gangnam?«

»I know … Perhaps he thought that it would still give me a buzz to eat his fancy foie gras and drink his fancy champagne at his fancy private restaurant.«

»Are you joking?«

»Yeah … sort of … However, I still got to meet a couple of his staff members … trainees, to be exact … who were all quite nice … And the food was in fact pretty good … so good that I actually gorged myself on it … And also … you know … at that point I still believed that our meeting was only postponed until Saturday.«

»Is that what they told you?«

»Yeah … that they would come see me in Itaewon on Saturday.«

»Hmm … So after this dinner you went … bar-hopping, I suppose?«

»Oh, yes … went to D-Bridge Lounge first … Had a couple of gin tonics there …«

»A couple?«

»Um … three or four …«

»Pretty decent.«

»I know … And then at some point this Kakao message came through … this time from the K-pop star … who said that he and his boss would have to stay in L. A. for another two weeks … a change of plans perhaps that they had just learned of … but who knows … and that obviously there was no meeting now or dinner or anything on Saturday and no … well, he didn't say that … but no collaboration either, right? *We wish you a bright future in Korea* … that was his last words.«

»Holy shit.«

»So I finished my drink and went straight to Syndrome and had more drinks there … And at some point met this girl … this rather outgoing, you know, party girl … who danced and drank with me all night … while her boyfriend … I mean, who I didn't know she had, of course … while her boyfriend sat in a booth with his friends or made his own solo efforts or drove around in his Ferrari or whatever … just to show up in the main hall around two or three in the morning then to pick her up and take her home … Why are you smiling again?«

»Sorry … But you really have the magic touch these days.«

»I know … So when this guy saw me and his girlfriend on the dance floor together, he sort of flipped and started making this big stink and started yelling at me and grabbing me by the throat and stuff and eventually got me kicked out of the club.«

»They kicked you out of the club?! Jesus …«

»Yeah … But somehow it all seemed to make weird sense … at least at that moment.«

»Weird sense, huh? Okay, Maxi … But why on earth then would you sound and look so happy and relaxed? I mean, when Mary told me about your call, she said that you had sounded like someone who had just hit rock bottom.«

»That's what she said?«

»That was her words.«

»Well … It certainly felt that way … at first … You know, like the night had … I don't know … had caught and exposed and betrayed me and swallowed me and eventually spewed me out again.«

»Phew … Are you going to add that to your stream of consciousness poem?«

»My …? Oh … the Everglow one … Yeah … I think I should.«

»So what exactly happened? What caused this … metamorphosis?«

»Well … It all started with me waking up this morning feeling absolutely miserable … you know, hungover, completely trashed, ripped off, broken in a variety of ways, really … And although it was already light outside, this light just didn't seem to be capable of reaching into my room, so to speak.«

»What time was that?«

»Eight or so … Eight thirty, I guess … And it took me a while to realise where I was and to remember what had happened the night before … And once I did, it was like … being hit, you know? And I just knew then that there was nowhere to go anymore … nowhere to hide … that that was it, you know? That the city was burned to the ground … And that I was the one who burned it.«

»Shit … And that's when you called Mary … I mean, tried to call me?«

»Not quite … I had to find my phone first … that I thought for a while I had left at Syndrome … But even when I found it, I didn't use it … Just lay there on my bed in my pain … I don't know … unable … no … unwilling actually … to run away from it … Like I could sense that this pain might … you know … lead me somewhere.«

»So when did you decide to make the call then?«

»Hmm … Maybe after half an hour or so … I gotta tell you, I was quite surprised when I suddenly heard Mary's voice on the other end of the line.«

»Well … I suppose that was her sixth sense … I mean, to still pick up my phone … which she usually doesn't do.«

»It surely must have been … Cause … you know … she gave me this idea … I mean, amongst other ideas … to explore my pain, really … and to listen to songs that would lead me ›to the heart of it all‹, as she called it … And I almost instantly thought of this song *Everglow* by Coldplay … Not of … you know … *Hurt* or *I Can See a Darkness* or *Creep* or *Place to Be* or any of these depression classics … But of *Everglow* … curiously … a song that I had almost forgotten all about.«

»Oh yeah … I like that one, too … But why exactly *Everglow*?«

»I don't know … Intuition perhaps? My own sixth sense? All I can say is that *Everglow* had become the anthem … or soundtrack or something like that … of a rather special family reunion that had taken place in a small town called Rees in August last year … the soundtrack of inner peace, really … the soundtrack of arrival, ultimately … So the second I heard the song's piano prelude … I mean, for the first time after months, you know … and the second that Chris Martin's voice reached my ears … I felt so … so utterly relieved all of a sudden … so … ugh … cleansed of all this bullshit … I felt so … I don't know … I just instantly remembered where I belonged … Just a few notes, just a few chords, just a few words, that's all it took, and I knew where I belonged.«

»Home, you mean?«

»Home … A home within myself, really … Like I was suddenly able to see the obvious … the beforehand hidden obvious … or rather hidden to my blinded eyes … This sanctuary light at the end of my tunnel … this golden glow of my long-lost true country … emerging note by note, chord by chord and word by word from my glowing memory of Rees … from my glowing memory of myself in the bosom of my family.«

»Phew … Sounds like quite a morning, my friend.«

»And … oh my, Joseph … I also instantly knew where I *don't* belong … Damn it, I don't belong in an untrue … or rather unreal … country … I don't belong in an imaginary K-pop star's limousine, or in a hallucinated media company's private restaurant, or in an illusive black magician's atelier, or in a fancied party girl's fancy heart …«

»Hell no, you don't!«

»Right? And all of a sudden all this became plain as day … and quite trivial, too … all these objects of dispute, I mean … all these objects of desire.«

»What do you mean?«

»Well … In the past I've always felt this urge to run home after a certain while of being on the road … and then again to flee home after a certain while of being at home … to set out into these foreign countries, into these foreign societies … to implant myself into these foreign people's hearts … with might and main, if you will … Believing that belonging … that being one of them would be my only chance of survival.«

»Right … As you didn't realise that you belonged all along.«

»Exactly … As I was blind to my *true* country … and therefore at the mercy of a foreign one.«

»And now?«

»Now? Now it feels as if the foreign has lost its power over me … And … curiously enough … my home as well … No more fight or flight, you know? Staying or leaving … It's all the same.«

Ich stehe auf der Dachterrasse des Hotels Kukdo, die Augen weit geöffnet, die Herzenslücken hingegen geschlossen, die Brust indes erfüllt von der großen, geheilten Hoffnung auf eine irgendwo dort hinterm weitgeöffneten Abendhorizont auf mich wartende silbrig und golden glänzende Zukunft, und lasse meinen weitgeöffneten Blick in aller Seelenruhe über die sanftleuchtende Silhouette einer von ihrer Größe und ihrer Krankheit wie befreit wirkenden Stadt schweifen, einer unlängst ihrer Haute Couture, ihres Make-ups und ihres Kunstlichts beraubten Metropole, aus der zu guter Letzt auch noch die heiße Luft entwichen zu sein scheint, einer aus Luftschlossruinen auferstandenen Alltagsweltstadt geradezu, die vom schillernden Schauplatz eines Kampfes gegen Windmühlen zur beschaulichen Kulisse einer Läuterung geworden ist, zu einer Bühne des

Innenlebens, deren Gestalt mit einem Mal nicht mehr scharfkantig und verzerrt, sondern geschmeidig und wohlgeformt ist, deren Geräusche nicht mehr schrill und ohrenbetäubend, sondern gedämpft und dezent klingen, und deren Geruch nicht mehr länger beißend und vergiftet, sondern herbsüß und appetitlich anmutet, als mich plötzlich ein glockenheller, den Eingang einer Textnachricht ankündigender Signalton aus meinen luziden Wachträumen reißt und mich zurück ins Familienleben holt: *Lieber Maxi*, wie es also in der Nachricht heißt, *vielen Dank für Deine liebe SMS. Wir freuen uns, dass es Dir so gut geht in der Fremde; immer noch gut, nach so vielen Wochen auf Reisen. Noch mehr allerdings freuen wir uns, dass Du schon bald wieder zuhause bist; wenn auch nicht zuhause bei uns in Bünde, dann doch zuhause in Deutschland. Mama und ich waren heute bei Meyerhoffs und danach auf dem Friedhof. Wusstest Du eigentlich, dass kommenden Montag Lottes dreiunddreißigster Todestag ist? Wie dem auch sei, lieber Sohn, wir wünschen Dir noch eine gute Zeit in Seoul und vor allem zwei erfolgreiche Konzerte! In Liebe, Deine Eltern.*

3. TEIL

14

Sœur fatale

Yongsan Community Policing Center, Haebangchon, Seoul, Korea, 27. Mai 2018

Und hier stehe ich nun vor dem Yongsan Community Policing Center und warte auf dich, mein Kind, ja, hier stehe ich nun also vor einer dieser gläsernen Automatiktüren der Haebangchoner Nachbarschaftspolizeistation und zugleich ganz am Anfang einer dieser gläsernen und mithin silbrig und golden im Spätnachmittagssonnenschein glänzenden Liebesgeschichten, ach, so bewegt und so besonnen, so selbstbewusst und gleichermaßen selbstverloren, so selbsterinnernd überdies und darüber beinahe vergessend, wie unbeirrbar ich doch war vor gar nicht allzu langer Zeit und wie bereit, die Lottewelt für immer zu verlassen, zurückzukehren in mein Heimatland und meine Wahlheimat Berlin, zurückzukehren in den Hafen der Zurückgezogenheit, wie unbeirrbar ich doch war und wie bereit, als ich dich schließlich traf, mein Kind, und du mich bis ins Mark, wie unbeirrbar ich doch bin seither und wie bereit, die schöne neue Lottewelt nie wieder zu verlassen, zurückzukehren in dein wahres Land und dein Befreiungsdorf, zurückzukehren in dein unheilvolles Schwesterherz.

Und hier stehe ich nun also vor dem Yongsan Community Policing Center und warte auf dich, mein Kind, ja, hier stehe ich nun also an der Kreuzung meines schönen neuen Lottelebens und also unmittelbar an der fünfarmigen Wegspinne am nördlichen Rande des Befreiungsdorfs, unmittelbar an der fünfarmigen, nach Itaewon und nach Yongsan 2-ga-dong, nach Namyeong, nach Huam-dong und zum Namsan-Berg weisenden Wegspinne am nördlichen Rande dieses zur Hälfte verfallenen, zur anderen Hälfte von Everglow beschienenen Viertels, in dem vergangen scheint der erste Himmel und die erste Erde, vergangen auch das erste Meer, erwachsen daraufhin ein neuer Himmel und eine neue Erde und ein neuer Ozean aus Schnaps und Rêve de Miel, ja, hier stehe ich nun also an der Haebangchon-Five-Way-Kreuzung mit meinen schiefergrauen Kopfhörern auf den weitgeöffneten Ohren und meiner olivgrünen The-North-Face-Jacke auf den schmalen Schultern und diesem glückstrahlenden Lächeln im wahr gewordenen Traumgesicht und diesen herzgeheilten Glückstränen in den sehenden Augen und dieser großen, geheilten Hoffnung in der breiten Brust und diesem grenzenlosen Vertrauen im weitgeöffneten Herzen und lausche Chris Martins kehligem Gesang, lausche und verliere mich dabei in Erinnerungen an den Vater Rhein und an die Mutter Heimaterde, lausche und verliere mich dabei in Erinnerungen an die verlorene Tochter und an die wiedergefundene Schwester, lausche und verliere mich und finde mich wieder in Erinnerungen an dich, mein Kind, an dich und mich und gestern Nacht.

Gestern, Lotte, weißt du noch? Als wir uns vornüber in diesen Ozean aus Schnaps und Rêve de Miel stürzten und du mir, noch bevor ich meine Angst vor nichts und niemandem und schon gar nicht vor der Liebestrunkenheit in trunkene Worte zu fassen wusste, bereits deine kleine Hand und deinen kleinen Ring reichtest, um mich aus der wiedergefundenen Zeitnot zu retten und mir die Unschuld und den wachen Verstand zu rauben? Und wir taumelnd und schaukelnd durch die Feuerwasserfluten gaukelten und ich dir, noch bevor du deine Angst vor der Liebestrunkenheit und deine Sehnsucht nach Erlösung in zweideutige Worte zu fassen wusstest, bereits meine glückliche Hand fürs Leben reichte, um dich aus der Gewissensnot zu retten und dir die Schuld und den wachen Verstand zu rauben? Und wir irgendwann in der Tiefe der Nacht, irgendwann in der Tiefe der wiedergefundenen Zeit, irgendwann in der Tiefe der Liebessturzbetrunkenheit tief ineinander verstrickt auf den Traumesgrund des honigfarbenen Feuergewässers sanken?

Und hier stehe ich nun also vor dem Yongsan Community Policing Center und warte auf dich, mein Kind, ja, hier stehe ich nun also auf der Spätnachmittagssonnenseite meines schönen neuen Lottelebens und zugleich ganz am Anfang einer dieser wiedergefundenen und mithin silbrig und golden im Spätnachmittagssonnenschein glänzenden Zeitalter, ach, so bewegt und so spätnachmittagsbesonnen, so erschüttert und gleichermaßen erfüllt von den Erinnerungen an die letzte Nacht, so erschüttert und gleichermaßen erfüllt auch von den Erinnerungen an die letzten Stunden, an mein viel zu frühes Erwachen aus tiefem Honigtraum, an mein Katerfrühstück im halbleeren Speisesaal, an meinen Torkelgang zurück zum Zimmer, an meinen Umweg über die Rezeption, an die Verhandlungen um die Verlängerung meines Aufenthalts um eine einzige Hochzeitsnacht, an meine trunkene Freude beim Eintreffen deiner Nachricht, an deine trunkenen Worte der Vorfreude auf unser Wiedersehen und unseren *hungover hiking trip*, an deine umständliche Beschreibung unseres ungewöhnlichen, jedoch *well-known meeting point at the foot of Namsan Mountain*, an meinen viel zu frühen Aufbruch vom Hotel alsdann, an meine viel zu frühe Ankunft in Haebangchon, an mein Sitzen auf ewigglühenden Kohlen im Café de l'Avenir, an den süßen Ananassaft, den ich dort trank, an die silbrig und golden im Spätnachmittagssonnenschein glänzenden Zukunftspläne, die ich dort schmiedete.

Und hier stehe ich nun also vor dem Yongsan Community Policing Center und warte auf dich, mein Kind, ja, hier stehe ich nun also ganz am Anfang, und nicht bloß fraglicher Liebesgeschichte, und zugleich unmittelbar an der Schwelle eines schönen neuen Lebens aus dem Unheilvollen, eines schönen neuen Lebens in Saus und Braus und in den Hochzeitstag hinein und von der glücklichen Hand in den glückstrahlenden Mund, ja, hier stehe ich nun also an der Schwelle meines schönen neuen Lottelebens, und plötzlich bist du da, Lotte, plötzlich ein kleiner Punkt am Haebangchoner Horizont, plötzlich ganz und gar da, und mit dir dein noch feuchtes Haar und dein engelschönes Kindergesicht und deine schwarzgoldglänzenden Augen und deine zur Hälfte von Everglow beschienene Stupsnase und deine kostbaren Lippen und deine leicht abstehenden Schulterblätter und deine kleinen Hände und deine befleckte weiße Bluse und deine zerschlissene hellblaue Bollerhose, und ich weiß: Gleich wirst du vor mir stehen, und du wirst hineinplumpsen in die Weite meines weitgeöffneten Herzens, und du wirst in meine Liebe fallen, und ich werde fallen, doch endlich ohne Angst und ohne zurückzublicken und ohne jemals unten aufzuschlagen, und ich weiß: Gleich wirst du um mein Liebesleben laufen, doch endlich ohne Richtung und ohne Absicht und ohne eine einzige Bedingung zu stellen, und ich weiß: Gleich wirst du mir gehören, egal, ob du mich küssen wirst oder verschmähen, vernaschen oder verstoßen, mit mir schlafen oder mit mir wachen, und ich weiß: Wir werden sein, mein Kind, und wenn nicht hier, dann überall, und wenn nicht jetzt, dann immer schon, und ich weiß: schon längst nicht mehr, wo mir der Kindskopf steht, schon längst, woher der Gaukelwind nun weht, denn als habest du mir diesen sehnlichsten aller meiner Kinderwünsche von meinen glückstränenfeuchten Augen abgelesen und als habest du begriffen, dass ich dich und mich niemals wieder so lieben würde wie in diesen glückstränenfeuchten Augenblicken deiner Raserei, fängst du mit einem Mal an, zu laufen, fängst du mit einem Mal an, tollpatschig und tollkühn auf mich zuzulaufen, quer über die Kreuzung und geradewegs auf mich zu, quer über die Haebangchon-Five-Way-Kreuzung und kreuz und quer und querfeldein über Stock und über Stein und geradewegs auf mich zu, und mir ungelenk und patschert zuzuwinken und dein noch feuchtes Haar für mich zu schütteln und mit deinen Engelsflügeln im Takt des Wiedergeburtstagsliedes zu schlagen und dabei dein verzweifeltes Lächeln der Zärtlichkeit, der Scham, der Lust, der Schuld, der Gier und der Gewissensnot zu lächeln und dann so lange taumelnd und schaukelnd durch all diese Seelenregungen zu gaukeln, bis du glücklich vor mir stehst … mit Wind, mit Gaukelwind in deinem schwarzen Haar und dieser entsetzlichen Angst vor der Liebe und dieser entsetzlichen Sehnsucht nach Erlösung in deinem unheilvollen Schwesterherz.

Vierundzwanzig Stunden zuvor, da wusste ich noch gar nichts von deinem schwarzen Haar und deiner Angst vor der Liebe, von deinen schwarzgoldglänzenden Augen und deiner Sehnsucht nach Erlösung, vierundzwanzig Stunden zuvor, da saß ich noch als sozusagen bunte, wenn nicht sogar homogene Mischung aus Bräutigam, Braut, Psalmsänger, Heimorgelspieler, Heimgegangenem, Auferstandenem, Vergeistigtem und Geistlichem auf der Bühne des Past & Present by Lotte Card und also mittendrin im Epilog meiner koreanischen Memoiren und trug voller Hoffnung auf eine irgendwo da draußen hinterm weitgeöffneten Spätnachmittagshorizont auf mich wartende silbrig und golden glänzende Zukunft meinen Abgesang auf mein endliches elektrisches koreanisches Leben vor, verabschiedete mich also mit fliegenden Fahnen und klingendem Spiel und mit gehauchten Worten des Beileids und des Segens von allem Sinnlichen und Erbärmlichen, allem Begehrlichen und Bedauerlichen, allem Großen und Liebeskranken, von allem Betörenden und Anzüglichen, allem Atemberaubenden und Aufgeilenden, allem Erregenden und Abstoßenden, von allem Versuchenden und Verfallenen, allem Verführenden und Verzauberten, allem Versiegenden und Vertrockneten, von allem Ungewissen und Unvernünftigen, allem Selbstverliebten und Selbstungewissen, allem Zwielichtigen und Zwiegespaltenen, von allem Blendenden und Verblendeten, allem Strahlenden und Verstrahlten, allem Teuflischen und Verteufelten, von allem Schattenwerfenden und Lichttragenden, allem Lidschattenhaften und Lidlosen, allem Makellosen und Eingebildeten, von allem Eingebildeten und Phantasierten, allem Gefaselten und Fabulierten, allem Schöngeredeten und Gelogenen, von allem Süßsauren und Bittersüßen, allem Heißkalten und Feuchtheißen, allem Falschhohen und Abgrundtiefen, von allem Lichthungrigen und Lichttrunkenen, allem Lichtdurchfluteten und Lichtdichten, allem Lichterschütterten und Lichterfüllten, von allem Getrennten und Gebrochenen schließlich, allem Geteilten und Gespaltenen, allem Gefallenen und Wiederauferstandenen.

Und dann sah ich dich, ach du liebes Lottchen, ach du mein liebes heimlich, still und leise vom Himmel gefallenes Sternenkind, und wie du dich heimlich, still und leise in die letzten Sätze des Epilogs meiner koreanischen Memoiren einfädeltest, und wie heimlich und wie still und wie leise lächelnd du dann direkt neben Albert Ahn in diesen Schlusssätzen herumstandst, in diesen abschließenden Worten des Nachworts meiner koreanischen Erinnerungen, die doch nahtlos in die ersten Zeilen des Vorworts einer Liebesgeschichte überzugehen schienen, in die ersten Skizzen für diese ersten Zeilen doch eigentlich, in jene buchstäblich geflügelten Wortfetzen also, die ich in der Pause zwischen erster und zweiter Hälfte meines Konzerts beglückt und bestürzt auf die Rückseite meiner Setlist kritzelte, ungefähr einen Flügelschlag also, nachdem du vom Itaewoner Spätnachmittagshimmel herabgefallen warst, herabgeflattert doch vielmehr, herabgeflattert als *unbeflecktes Bildnis aus verunreinigter Vergangenheit*, herabgeflattert als zwischen den Trümmern jener Vergangenheit als defekte Raupe Wiedergefundene und als *Schmetterling der Wahrhaftigkeit* in die Freiheit Entlassene, herabgeflattert, um mir die Sicht zu schenken mit deiner Ebenmäßigkeit und das Herz zu erleichtern mit deiner Makellosigkeit, herabgeflattert, um dein schweres, schwarzes, schulterlanges Haar zu verwuscheln und deinen wohlgeformten Schmetterlingskinderkörper in einen *blütenweißen Rollkragenpullover* und in *nachtblaue Bubenhosen* zu hüllen und dich dergestalt mitten in mein Publikum zu stellen, herabgeflattert aber vor allen Dingen, um mich die ganze wiedergefundene Zeit hindurch mit deinem *liebevollen, offenen und ungenierten Blick* zu liebkosen.

Ach, Lotte, dieser liebevolle, offene und ungenierte Blick von dir, den ich doch suchte immerzu und stets auch fand, und den ich suchte, als ich von Raupen und von Schmetterlingen sang, und den ich suchte, als ich von Heimkehr und von Dankbarkeit sprach, und den ich suchte, als ich von der akustischen Gitarre zur elektrischen wechselte, und den ich suchte, als ich von dieser zum Klavier überging, und den ich suchte, als ich im Überschwang von der Bühne herabstieg, um mich mitten in mein Publikum und direkt vor deine Stupsnase zu stellen, und den ich suchte, als ich vor ebendieser allerlei New-York-Hustle- und Bourrée-Tanzschritte aufführte, und den ich suchte, als ich völlig außer Atem von meinem Wachtraumbalztanz die feierliche Ansage meines letzten Liedes machte, und den ich suchte, als ich abermals von der Bühne herabstieg, um mich in den Backstagebereich zu begeben, und den ich suchte, als ich von Sarah zum Autogrammtisch geführt wurde, und den ich suchte, als ich Schallplatten unterschrieb und für Fotos posierend in Kameras lächelte, und den ich suchte, als ich Albert eine ratlose KakaoTalk-Nachricht schrieb, und den ich suchte, als ich mir von Joseph die letzte Beichte abnehmen ließ, und den ich suchte, als ich mir von Mary einen vorsichtigen Abschiedskuss erst auf die linke, dann auf die rechte Wange geben ließ, und den ich suchte, als ich mich von Aaron ein letztes Mal an seine breite Brust und von Hyung ein letztes Mal an sein großes Herz drücken ließ, und den ich sogar noch suchte, als ich Sarah verabschiedete und der Vergangenheits- und Gegenwartswelt daraufhin den Rücken kehrte, und den ich suchte und suchte und nicht mehr länger fand, und den ich suchte, obwohl er doch schon längst, schon längst verloren war.

Und ich weiß noch, wie ich kurz nach fraglicher Rückenkehrung vor dem Past & Present stand und darüber nachsann, ob ich wohl nach links zur Itaewon Station oder lieber nach rechts zur Hangangjin Station gehen sollte, und was ich wohl zu Abend essen würde, und wann wohl am nächsten Morgen Check-out im Hotel wäre, und wie genau ich dann nach Incheon und zu meinem Flughafenhotel kommen würde, und was zum Teufel Albert Ahn dazu bewogen haben mochte, trotz seines Produktionsmeetings zwar nach Itaewon zu kommen, dann aber ohne ein schwarzgeflügeltes Wort wieder von der Bildfläche zu verschwinden, und ob es mich nun eigentlich sehr betrübte, deinen Blick am Schluss nicht mehr gefunden zu haben, und ob ich das Nachwort meiner koreanischen Memoiren nun also abschließen würde mit einer Wendung wie: »noch einmal mit heiler Haut und gebrochenem Herzen davongekommen«, oder ob es mich vielmehr erleichterte, dass du das Past & Present umgehend nach Konzertende verlassen hattest, und ich nun also so etwas schreiben würde wie: »noch einmal mit einem lachenden und einem weinenden Auge davongekommen«, als mich plötzlich die verlorengeglaubte Babystimme des Ungewissen, des Unerwarteten vielmehr, aus meinen Dichterphantasien riss und mich buchstäblich zurück ins Lotteleben holte: *Hey Max*, wie es also in der KakaoTalk-Nachricht hieß, *great show! Luckily my production meeting was cancelled last minute so that I was able to see your concert … at least half of it ;) What are you up to now? I'm sitting here with my friend (who also attended your show) at this Belgian speciality beer place. Would you like to join us? Cheers, Albert. P.S. Will send you detailed directions in a bit. Do you happen to know Hybrid Bar? Coming from Itaewon-ro, you'll have to pass that one and then keep walking southbound for few minutes. Anyway, will text you again shortly.*

Und ich weiß noch, wie mich beim Lesen dieser Nachricht, genauer gesagt beim Zusammenzählen von eins und eins und eins, das berückende Gefühl beschlich und wieder verließ und wieder beschlich und emporhob und wieder fallenließ und abermals beschlich und schließlich überhaupt nicht wieder losließ, dass es sich bei keiner meiner Lauf-, Trippel-, New-

York-Hustle-, Bourrée- oder sonstigen Schritte der jüngeren Vergangenheit noch um Produkte eines freien Willens gehandelt hatte, dafür jedoch, wie ich mit zitternder Hand auf die wenigen noch verbliebenen freien Flächen der Setlistrückseite kritzelte: Um die *taumelnden und schaukelnden Bewegungen einer am Lebensschicksalsfaden hängenden Schicksalsfigur*, um die *unwillkürlichen Regungen eines in seidene Liebeslebensfäden verstrickten Liebeslebenshungrigen*, um die *schrittweise Erfüllung einer Bestimmung, eines Wachtraumes, eines Kinderwunsches*, um die *zärtliche Hingabe an die eigene Geschichte*, um die *zärtliche Hingabe an die eigene Schwester*, und dass ich also nicht bloß längst Teil einer Liebesgeschichte war, nicht bloß längst Teil einer nun *doch* übers Vorwort hinausgehenden gläsernen und mithin silbrig und golden im ewigen Licht glänzenden Liebesgeschichte, sondern dass ich, verdammt verstrickt nochmal! längst Teil eines großen, kranken, kleinen, geheilten Ganzen war, längst Schicksalsfigur also oder Wachtraumtanzfigur oder besser noch: Romanfigur, ja, längst Romanfigur, Hauptfigur, Liebesspielfigur letztendlich eines von mir selbst verfassten Liebesromans, eines im wahrsten Sinne des Wortes langfädigen Schriftwerks also, dessen Urfassung einst in einem früheren Liebesleben, in einer verunreinigten Liebesvergangenheit niedergeschrieben worden war und dessen unlängst wie von Geisterhand oder vielmehr wie von eigener Hand angestoßene und dadurch ins Rollen gekommene Endfassung oder besser noch: Wunschfassung sich nun sekündlich vor mir entfaltete; ich musste bloß noch in die eigenen, sorgsam formulierten, teilweise etwas manieriert klingenden Bandwurmsätze schlüpfen und diese mit meinem Leben füllen, musste bloß so lange mein Herzblut für die eigene Geschichte hingeben, bis ich irgendwann sprachlos und erschlafft neben der wortgewaltigen, erigierten und strahlend schönen Originalausgabe meines Erstlingswerks liegen würde.

Zwanzig Minuten nach dieser blühenden schmutzigen Phantasterei von meiner Schriftstellerei stand ich dann mit einem heißgelaufenen iPod in der einen und einem grünen Lotte-Card-Kugelschreiber in der anderen Hand, einer kehligen und von Blutsbrüdern, reitenden Schwestern, Freunden bis in den Tod, himmlischen Wesen, Rohdiamanten, fließenden Gewässern, wechselhaften Winden, kurzlebigen Schneefällen, dunkelgelben Lichtern und dunklen Schatten der Vergangenheit singenden Stimme im Ohr, einem silbernen und goldenen Glänzen in den Augen und dem honigsüßen Duft der schönen neuen Lottewelt in der etwas zu großen Nase im Kellergeschoss des Duvelorium, einer mehrstöckigen, hier am südlichen Rande Itaewons merkwürdig fehl am Platze wirkenden belgischen Bierspezialitätenbar, und versuchte, zwar durchaus versucht, wenn nicht sogar verliebt, jedoch paradoxerweise nicht verfallen und dennoch einigermaßen verzweifelt, mein zum vermeintlich falschen Zeitpunkt über mich gekommenes Lampenfieber oder eigentlich doch: Silber- und Goldfieber in den Griff zu bekommen, nachdem ich bereits eine gefühlte glühende Ewigkeit lang auf der Suche nach ebendiesem Silber und Gold oder vielmehr nach dem Schauplatz des ersten Kapitels einer gläsernen und mithin silbrig und golden im ewigen Licht glänzenden Liebesgeschichte durch Itaewon geirrt war, geirrt *worden* war doch eigentlich, wie in Trance, wie in fragliche seidene Liebeslebensfäden verstrickt oder besser noch: wie in die eigenen Bandwurmsätze verstrickt und dennoch oder gerade deshalb ohne den geringsten Zweifel im weitgeöffneten Herzen, sicher und behütet und allein durch die zärtliche Hingabe an jedes einzelne vor meine Füße purzelnde Wort von Schauplatz zu Schauplatz und von Kapitel zu Kapitel zu gelangen.

Und dann sah ich dich, ach du liebes Lottchen, ach du mein liebes, Seite an Seite mit Albert Ahn vom Past & Present geradewegs ins Kellergeschoss der belgischen Bierspezialitätenbar geflattertes Schmetterlingskind, und wie du im dunkelgelben Lichtkegel einer kleinen Hängelampe an einem Hochtisch saßt und an einem Bierglas nipptest und mit deinen kleinen Händen dessen schmalen Stiel umfasst hieltst und mit deinen kostbaren Lippen immerzu den Rand des kugelrunden Gefäßes küsstest und dich solcherart in die schwarzgeflügelten Wortfolgen des zweiten oder dritten oder dreizehnten oder vielleicht sogar letzten Kapitels einer der blühenden schmutzigen Phantasiebilderwelt des Kunstfilmregisseurs entsprungenen Liebesgeschichte einzufädeln schienst, und wie unheimlich und wie still und wie leidvoll lächelnd du diesem gegenüber in dessen tragikomischen Dialog herumsaßt, und wie heiter und wie stillvergnügt und wie leichtblütig du mit einem Mal lächeltest, als du mich erblicktest, und wie liebevoll und wie offen und wie ungeniert du mir dann dabei zusahst, wie ich meine Kopfhörer abnahm, wie ich meinen Kugelschreiber in die Brusttasche meines Hemds steckte, wie ich meinen iPod ausschaltete und diesen mitsamt Kopfhörern in meinem Rucksack verstaute, wie ich quer durchs Duvelorium und geradewegs auf dich zuging sodann, quer durch die belgische Bierspezialitätenbar und geradewegs auf dich und den weit außerhalb des dunkelgelben Lichtkegels im Halbdunkel sitzenden Kunstfilmregisseur zu, und wie ich taumelte dabei und schaukelte und schicksalsschwerelos durch deine honigsüße Duftwolke gaukelte und dann so lange um mein schönes neues Lotteleben rang, bis ich glücklich vor dir stand … mit deinem Traum von Honig in meiner etwas zu großen Nase und dieser entsetzlichen Angst vor nichts und niemandem und dieser entsetzlichen Sehnsucht nach der Liebe in meinem weitgeöffneten Herzen.

»Hi, I'm Maximilian … I … I noticed you in my audience.«

»Oh yes … I noticed that you noticed me.«

»You did?«

»Of course … I'm Charlotte, by the way.«

Und deiner kleinen Hand in der meinen.

»That's a beautiful name … Like … Charlotte Rampling, right?«

»More like Charlotte Brontë.«

Und diesem kehligen und merkwürdig trägen Tonfall deiner Stimme im Ohr.

»Charlotte Brontë?«

»Or like Charlotte Gainsbourg, of course.«

Und diesem rührenden Klang deines feinen Lispelns.

»Oh yeah … She was great in *Melancholia* … in so many movies actually … *Three Hearts* … *Nymphomaniac* … *The Science of Sleep* …«

»*Antichrist*!«

»God … Yeah … What a film.«

»Right?«

»Ghastly … Fiendish actually.«

»Speaking of which … How about a Belzebuth for a start?«

»A Belzebuth?«

»It's a French ale … Quite tasty actually.«

»Belzebuth … As in … Beelzebub?«

Ich hatte mich inzwischen hingesetzt, das heißt, mich, ohne meinen Blick von dir abzuwenden, auf den an der Stirnseite des Hochtisches für mich bereitstehenden Barhocker geschoben, und saß nun wie vom Schlag getroffen, genauer gesagt wie vom Schlag deiner Hand, deiner Wimpern, deines Herzens, vor allem aber deines Schicksals getroffen vor dir in diesem aus drei Barhockern bestehenden Stuhlkreis, in diesem aus drei Barhockern bestehenden spitzwinkligen Dreieck doch eigentlich, und versuchte der engelschönen Wirklichkeit zum Trotz und sozusagen ungeachtet meines Silber- und Goldfiebers, einigermaßen cool zu wirken.

»Next round will be here in a minute … Albert just ordered for the three of us a few minutes ago.«

»Oh, he did? Thank you, Albert.«

Der Kunstfilmregisseur nickte stumm, lächelnd zwar, doch war aufgrund seiner buchstäblich hintergründigen Position im Halbdunkel nicht zu erkennen, ob es sich dabei um ein breites oder um ein schmales Lächeln handelte.

»Do you like the place?«

»Oh yeah … It's fantastic … and huge.«

»They're offering about a hundred Belgian beer brands, you know?«

»Wow … So you're a regular then?«

»Oh no … First time actually … In fact, they only opened a week ago.«

»Oh?«

»But I'm planning to write an article about them, you know? And therefore made some research.«

»An article? So you're a journalist?«

»Charlotte is a model …«

Ich erschrak regelrecht, als ich so unversehens die verlorengeglaubte Stimme des Ungewissen, des Unerwarteten vielmehr, aus dem Halbdunkel vernahm.

»… working for Saint Laurent, Gucci, Dior …«

Charlotte is a model?

»… Chanel, Gaultier, Givenchy …«

Chanel, Gaultier, Givenchy?

»… Versace, Lagerfeld, Armani …«

Albert schien gar nicht wieder aufhören zu wollen mit seiner Aufzählung beinahe sämtlicher Hersteller von Haute Couture, von Lidschatten, von Licht allerdings nicht.

»… Lacroix, Valentino, Sander …«

Und ich weiß noch, wie sich deine Wangen nun ganz allmählich, Wort für Wort sozusagen, ja Modewort für Modewort mit natürlichem Rouge bedeckten, wie sich deine Lider verdusterten, wie sich deine Pupillen und deine Nasenflügel weiteten, wie sich deine Haut und deine Brüste strafften, wie sich deine Lippen und vielleicht sogar deine Scham befeuchteten, wie dir die schwarzgeflügelten Modewörter des Kunstfilmregisseurs also allmählich die Züge und die Sinne schärften und dir nach und nach die Augen dafür öffneten, dass du nackt warst, ach was!, wie sie *mir* nach und nach die Augen dafür öffneten, dass du nackt warst, und dich binnen eines schwarzen Flügelschlages zur Sœur fatale werden ließen, zur Schicksalsschwester, zur eigenen Fleischeslust und Blut, und dich und mich binnen desselben schwarzen Flügelschlages ins Paradies vertrieben, in den Lustgarten Eden, in den Lustgarten des Friedens doch vielmehr, ins Dorf der asexuellen Befreiung von allen sexuellen Tabus, ins Land der furchtlosen Liebe zwischen Brüderchen und Schicksalsschwesterchen.

»... And she's an actress as well ... a terrific one, really ... who starred in a lot of popular K-dramas ...«

Und ich weiß noch, wie ich von einem Augenblick auf den anderen deine heimliche, stille und leise Erscheinung verstand, wie ich also von einem augengeöffneten Blick auf den anderen mit diesem fehlenden Verbindungsstück zwischen mir und deiner Welt in der zitternden Hand, mit dieser fehlenden Konjunktion, die Albert Ahn mir da aus dem Halbdunkel zugesteckt hatte, deine schlichte und umso ergreifendere Erscheinung zu begreifen und vor allem zu beschreiben imstande war: dein achtlos frisiertes Haar, deinen ausgebeulten Rollkragenpullover, deine unförmigen Bubenhosen, deine schmutzigweißen Chuck-Taylor-Turnschuhe, deine verzweifelten, ganz und gar vergeblichen Versuche also, deine Engelschönheit hinter deiner Ungeschöntheit zu verstecken, dein ungeschminktes Gesicht aber vor allen Dingen, dein *Rohdiamantengesicht*, wie ich später auf der Toilette des Duvelorium auf die Rückseite eines Belzebuth-Bierdeckels kritzeln würde, *dieses feingeschliffene und mithin silbrig und golden im Scheinwerferlicht glänzende Rohdiamantengesicht.*

»... and a writer, too ... a poet in fact ...«

Dieses engelschöne Kindergesicht eines heimlich, still und leise vom Laufsteg gefallenen Engelskindes.

»... But more importantly, Charlotte is fluent in English ... since she's lived in New York for the past three years ...«

Dieses Engelskindergesicht einer Engelschönen und Vertrauten.

»... However, most importantly ...«

Dieses Engelskindergesicht einer Ungeschönten und Versauten.

»Alright ... Thanks, Albert ... Thanks for your introduction.«

Doch der Kunstfilmregisseur schien nicht nur nicht hören zu wollen, er verließ sogar, um seinen schwarzgeflügelten Worten Nachdruck zu verleihen, seine hintergründige Position im Halbdunkel, beugte sich also aus dem Schatten unserer jungen Liebe in deren dunkelgelbes Licht und sagte mit einem dieses Mal eindeutig breiten Lächeln im zerknautschten Gesicht:

»Most importantly, though, Charlotte is your biggest fan.«

Nun war *ich* es, dessen Wangen sich mit natürlichem Rouge bedeckten.

»You are?!«

»Oh … ahem … I just love your voice … It's so … so sensuous.«

»That's … that's very sweet of you to say, Charlotte«, stammelte ich, griff in meiner Verlegenheit eines der soeben servierten Biere, trank einen großen Schluck, dann noch einen und noch einen weiteren, nahm meinen grünen Lotte-Card-Kugelschreiber aus meiner Brusttasche und fing an, abermals wie in Trance, wie im Starkbierrausch doch eigentlich oder besser noch: wie im Silber- und Goldrausch, auf der Rückseite eines Bierdeckels der Marke Duvel herumzukritzeln: *Ein Model, eine Schauspielerin, eine Dichterin, die mich nicht verunsichert, verängstigt, verachtet?*

»What are you writing?«

Die mich sogar bewundert und dieses offen zugibt?

»Oh … It's … it's nothing, really … just some gibberish.«

»Gibberish? Can I read it?«

»It's … well … It's in German.«

»Will you translate it for me?«

»Sure … I will, Charlotte … One day … Definitely.«

»Oh, by the way! I know some German words!«

»You do?«

»Oh yeah … like … um … hefeweizen … eisbein … katzenjammer … sehnsucht … angst … wanderlust …«

»Wanderlust?!«

»Okay, guys«, schaltete Albert sich ein, »I have to take a couple of notes real quick … I'm sure you two have a lot to talk about, don't you?«

»Notes?«, fragte ich.

»Yeah … Ideas for a love story I'm currently writing«, sagte der Kunstfilmregisseur in einem merkwürdig elegischen Tonfall, kramte ein schwarzes Notizheft und einen roten Lotte-Card-Kugelschreiber aus einer der vielen kleinen Taschen seiner Bikerjacke hervor, erhob sich unversehens, rückte seinen Barhocker um ein beträchtliches Stück vom Tisch ab und setzte sich schließlich unter Ächzen und Stöhnen wieder hin, das heißt, bezog unter Ächzen und Stöhnen seine immer hintergründiger werdende Position im Halbdunkel, um alsdann neuerlich und tiefer noch als je zuvor im Schatten junger Geschwisterliebe zu sitzen und an einer seiner blühenden schmutzigen phantastischen Liebesgeschichten weiterzuschreiben, an *eurer* blühenden schmutzigen phantastischen Liebesgeschichte doch höchstwahrscheinlich, die, wie ich mir im Laufe der Nacht anhand eurer Erzählungen zusammenreimen konnte, unter anderem von einem Stelldichein im Café de Paris in Cheongdam als auch von besagter Geburtstagsfeier des Schauspielers Jonghyun Lim und eurem gemeinsamen Trinken dort bis in die Morgenstunden handeln musste.

»A love story?«, flüsterte ich.

»Perhaps he's speaking about the story behind his new film?«

Wir saßen inzwischen mit nach vorne gebeugten Oberkörpern und auf den Oberschenkeln abgestützten Ellenbogen auf unseren Barhockern und also so nah beieinander – man konnte also kaum mehr von einem spitzwinkligen Dreieck sprechen, das Albert, du und ich bildeten, sondern musste unser Dreiecksverhältnis sozusagen als stumpfwinklig bezeichnen – und gleichzeitig so weit weg vom Kunstfilmregisseur, dass die Gefahr, von diesem gehört zu werden, vergleichsweise gering war, verhielten uns aber gleichwohl so, als teilten wir nunmehr ein dunkles Geheimnis, ein dunkelgelbes Geheimnis doch vielmehr, das es sozusagen unter allen Umständen vor dem entweder breit oder schmal im Halbdunkel vor sich hin lächelnden Dritten zu wahren galt.

»Maybe … What do you think of the storyline?«

»I'm not sure … I find it a bit unsettling actually … not really believable either … but very romantic for sure … if a bit overblown … How about you?«

Albert hatte Recht behalten, dein Englisch war tatsächlich fließend, das heißt, fließend hinsichtlich des Vokabulars, doch eben zähflüssig hinsichtlich des Klanges, dieses kehligen und merkwürdig trägen Klanges.

»Oh, I agree … all a bit pompous, right? However, I found the character of the girl rather interesting … What was her name again?«

»Her name? He never told me.«

»Oh? Started with a C and an H …«

»Charlotte?«

»Yeah, right … No … a Korean name actually.«

»A Korean name? Ahem … Choonhee?«

»No … But pretty close …«

»Pretty close?!«

»Or maybe it was … Chaewon?«

»Anyhow …«

»Or Chaeyoung maybe?«

»We'll just ask him later.«

»Yeah … Let's do that.«

»Or … Maybe not.«

»No, no … I wanna know.«

»It's not *that* important, is it?«

»No … not really, but …«

»Now, Maximilian … How about another stout?«

»Ahem … Another …?«

»Belzebuth again?«

»Oh, you mean …«

»Good … Let me call one of the waiters.«

»No, no … Let *me* order.«

Da war sie also wieder, die verlorengeglaubte Stimme aus dem Halbdunkel.

»… I have to make a phone call anyway … and smoke a cigarette, too.«

Die elegische Stimme, um doch genau zu sein, des charmanten Bohemiens mit dem zerknautschten Gesicht und den offenbar noch viel spitzeren Ohren als gedacht.

»… Duvel this time? Max? Charlotte?«

»Uh … Duvel … yeah … should be fine …«

»Ahem … Yes, please …«

»Okay, guys … Back in a sec.«

»Thank you, Albert …«

»Yeah … Thanks so much … That's … that's very kind of you … Next round, however …«

Doch da war der Kunstfilmregisseur bereits im Menschengewühl untergetaucht, außer Sichtweite also, außer Rufweite aber vor allen Dingen.

»… Do you think he caught everything we said?«

»Oh, no … I don't think so … He was writing, wasn't he?«

»Yeah … Writing … and straining his ears.«

»And we were speaking so low … I mean, most of the time.«

»Yeah …«

»I wouldn't worry about it.«

Ich erhob mich, rückte meinen Barhocker noch ein Stück näher an den deinen heran, setzte mich wieder und sagte erleichtert:

»So … Tell me about you, Charlotte.«

»About me …? What would you like to know?«

»Everything?«

»Oh … Before I forget, Maximilian … Did you know that your dancing is already online?«

»My dancing?!«

»Yeah … Somebody from the Past & Present staff apparently filmed your little dance interlude … Look … It's on the store's website.«

Ich stand wieder auf, stellte mich schräg hinter dich, beugte meinen Oberkörper leicht nach vorne und nahm dann, während wir Kopf an Kopf dem Wachtraumbalztänzer auf dem Display deines Telefons beim Wachtraumbalztanzen zuguckten, einen tiefen Atemzug nach dem anderen, tiefer als je zuvor, tief hinein bis ins letzte, zuvor unbelüftete Drittel meiner Seele, bis ich irgendwann so honigparfümbenebelt war, dass ich bloß noch stammeln konnte.

»How … I mean … Gee, Charlotte … What is that fragrance of yours called?«

»My fragrance?«

»Yeah … It's … I love it.«

»You do?«

»Oh … Very much.«

»It's not really a fragrance … It's more of a skincare product.«

»A skincare product?«

»Yeah … called Rêve de Miel.«

»Rêve de Miel«, wiederholte ich.

»By Nuxe.«

»Nuxe …«

»Okay … Here you go, guys.«

Wieder erschrak ich, und mehr noch als beim ersten und beim zweiten Mal, als ich nun abermals so gänzlich unversehens die Stimme des abermals gänzlich Unerwarteten direkt neben meinem Ohr schallen hörte.

»… Enjoy … I'll make my phone call now.«

»Th … thank …«

Und wieder verschwand der Kunstfilmregisseur in den Weiten des Duvelorium, noch bevor wir uns angemessen für seine Gastfreundschaft bedanken konnten.

»Wow … What was that?«

»He seems a bit on edge.«

»Perhaps something to do with his phone call?«

»Well … Anyway … Cheers!«

»Oh yeah … Cheers, Charlotte!«

Ich hatte mich inzwischen wieder hingesetzt, das heißt, mich wie in Trance oder besser noch: wie im Honigtraum und also mehr oder weniger taumelnd und schaukelnd auf meinen Barhocker fallenlassen.

»Do you always dance during your shows?«

»Not really …«

»Oh? Why did you today then?«

»I don't know … Perhaps I was trying to win your attention …«

»My attention?!«

Und ich weiß noch, wie sich deine Wangen nun abermals mit natürlichem Rouge bedeckten, Kosewort für Kosewort sozusagen.

»… But you had my attention all along.«

»Or let's say … be closer to you than I was able to up on stage.«

Und wie sich deine Lider aufgeregt auf und ab bewegten, so als wären sie nun kurz davor, davonzuflattern.

»Why?«

»Oh … Because … I don't know … You seemed very … special …«

Und wie sich deine kleinen Hände um deinen Hals legten und dann langsam über dein Gesicht fuhren, über deinen Kieferwinkel, deine geröteten Wangen, bis hin zu deinen bierfeuchten Lippen.

»… Like someone I'm already acquainted with … Someone I've already met before.«

»Met before?«

»I don't know … Just a thought.«

»Recently, you mean?«

»No … a while ago …«

»You mean … in a club, right? Or at a bar? Or at a concert?«

»Maybe … Or in the woods …«

»In the woods?!«

»Or in the streets …«

»In the streets of New York?«

»Right … You lived in New York …«

»So we couldn't have met in Seoul … at least not during the last three years.«

»Right …«

»Or are you talking about … I mean … Do you think that … I don't know … that you and I have met … in another life?«

»In another life?!«

Die Genauigkeit deiner Frage verblüffte mich.

»Yeah … I mean, why not? I do actually believe in the cycle of rebirths … very much in fact.«

»Is that what your poems are about? The past, I mean … the past of your … of your other lives?«

»My poems?!«

»Yeah … your …«

»Oh … Because Albert said that I was a poet, right? In his ridiculous introduction …«

»Why …? Aren't you?«

»Well … I do write lyrics once in a while, yes … little observations … rhymes … But mainly I write … or let's say, I used to write … as a journalist, or a blogger actually … and so far exclusively about New York beer culture … craft beer bars, you know … All about the craft beer production, the ideology of the brewers, the different tastes of their beers … all that, basically.«

Ich war so gerührt von deinem kehligen Lispeln bei diesen Sätzen, von der trägen Melodie deiner Wörter, von der Ernsthaftigkeit aber vor allen Dingen, mit der du über dein merkwürdiges Interesse für handgebrautes Bier sprachst, dass ich dir sogleich um den blütenweißen Rollkragenhals fallen und dich trösten wollte, sagte aber bloß:

»New York beer culture? Wow … That sounds really … interesting … How come you got to write about that?«

»I don't know … Cause I was so disenchanted with my studies at New York Film Academy, I suppose … with my life in New York in general.«

»What did you study?«

»Acting basically … and film history.«

»Acting? As an already established actress?«

»I know … I never had a real actor's training in Korea, though … just sort of blundered into my career … And I simply wanted to make up for that … but also start an entirely new life somewhere far away from home, you know? Give up acting in these K-dramas … give up modeling … give up my fancy Cheongdam fairy tale life, you know? And eventually set out for reality.«

»Oh yeah … I perfectly understand … But … what happened?«

»What do you mean?«

»I mean, what was so disenchanting about New York?«

»Well … To be honest, I arrived there quite disenchanted already … freshly separated from my ex-boyfriend, you know … my ex-fiancé, to be exact … However, all the more ready to start a new life … a new life in a brave new world … And it was quite exciting to begin with … A new culture … new people … a fantastic new city … But also quite tough on me as an outsider … The new language, for instance … I mean, suddenly being forced to speak English all the time, you know? Especially in my roles … ugh … I felt like a fool most of the time … a complete novice … And everyone else in my class seemed so … so self-confident.«

»Guess you must have felt … well … homesick, didn't you?«

»God, yeah … Missed my mother and my friends a lot … even my ex-boyfriend … Can you believe that?«

»Quite understandable though.«

»To tell you the truth, Maximilian … I felt completely lost for a while … Started drinking more than my body would tolerate … I mean, not regularly, but on the weekends … Started seeing random guys … DJs, you know … musicians … party people … no one who would keep me grounded, though … or give me a feeling of security.«

Ich trank einen letzten Schluck von meinem Bier, stellte das leere Glas zurück auf den Tisch, wischte mir über die Lippen und sagte grinsend:

»Musicians, huh?«

»Oh … I'm … I'm sorry.«

»No, no … Just kidding … Okay … Go on, Charlotte … I'm intrigued actually.«

»You are?«

»Absolutely … So … You mentioned these … these party people … these nights out …«

»Yeah … These lost weekends, right? But then, you know … curiously, when I started to actually write about these places that I regularly visited … these bars, you know … these craft beer bars in particular … on a whim at first, really … I immediately started to feel better … started to feel good about myself again.«

Während der letzten Minuten hattest du kaum gelächelt, und wenn, dann beinahe genauso unheimlich, still und leidvoll wie einst, als du Albert gegenüber in dessen tragikomischem Dialog gesessen und an deinem Bierglas genippt hattest, doch nun leuchtete dein Gesicht mit einem Mal auf, glänzte geradezu silbrig und golden im dunkelgelben Lichtkegel der kleinen Hängelampe über unseren Kindsköpfen.

»… And from then on did all my bar hopping with a whole new attitude … with a totally different mission, so to speak … Tasted beer rather than drinking it … held interviews … started taking photos … I mean, with a professional approach … started taking notice in interior design … well, in all that.«

»It's a beautiful story, Charlotte … a beautiful development.«

»Yes … Yes, I think so, too … For … you know … for it eventually reconciled me … this mundane work as a writer, I mean … with … New York, you know? With my life as an outsider … with my life as a film school student … with myself, ultimately … and helped me a great deal to pass my time until I returned to Korea.«

»When was that?«

»Oh … um … Two weeks ago.«

»Two weeks only?! Wow … Just in time to … to see my concert, I mean.«

Ich war inzwischen betrunken.

»Yeah … Just in time, Maximilian.«

Betrunken vom Duft deiner Stimme.

»So did you move back to Cheongdam then?«

»To Cheongdam? God, no …«

Betrunken vom Duft deiner Haut.

»… No … I bought this beautiful little flat in Yongsan … in the so-called Liberation Village actually … when I was still in New York, you know … with the help of a friend in Seoul obviously … and moved in there … straight from the airport, so to speak.«

Betrunken vom Duft deiner schönen neuen Lottewelt.

»Liberation Village? That's a nice name for a district.«

Betrunken vom Duft der Befreiung von allen sexuellen Tabus.

»Yeah … I always thought so.«

»But why is it called like that?«

»Liberation Village, you mean? Well … for all I know, because Haebangchon used to be one of these areas where refugees were able to find shelter and refuge … you know, after Korea's liberation in 1945 … and freedom … ultimately.«

Ich griff mein leeres Bierglas, führte es zum Mund, blickte für einen silbrig und golden glänzenden Augenblick in die honigfarbene Pfütze auf dem Boden des bauchigen Gefäßes, stellte es kindskopfschüttelnd wieder zurück auf den Tisch und sagte lächelnd:

»Sounds like a place worth visiting.«

»Oh yeah … You definitely should … It's very nice up there … very quiet … the area I live in at least … which is more or less on the northern fringe of Haebangchon … not far from Haebangchon Five-way Intersection and Shinheung Art Market … and virtually at the foot of Namsan Mountain.«

»Oh … Nice.«

»It definitely is … All a bit rundown, however … but really quite charming … old buildings … former factory buildings turned into nice little cafés and restaurants … into galleries, too … a few hipsters in the streets … a lot of school kids … and a lot of ajummas and ajussis …«

»A lot of what?«

»You know, these sturdy middle-aged women and men in Korea … with the perms … the women, I mean … wearing trekking clothes all the time and these oversized sun hats and these …«

»Alright … Finished your drink, Charlotte?«

Vielleicht war der Grund dafür, dass wir Albert immer erst dann wahrnahmen, wenn er bereits direkt vor, hinter oder neben uns stand, unser eingeschränktes, wenngleich ungeschminktes Gesichtsfeld, die schlichte und umso ergreifendere Tatsache also, dass alles, was außerhalb unseres dunkelgelben Lichtkegels und also im Schatten unserer jungen Liebe lag, für uns gänzlich unsichtbar und unhörbar blieb.

»Um … Almost … Why?«

»Just learned that Jang Baekhyun is celebrating his fiftieth birthday tonight … At Hangawi in downtown Sogong …«

»The photographer?«, fragte ich.

»You know him?«

»Not personally, no … But I heard of him.«

»Yeah … And he spoke of … um … How to translate? Well … a bawdy soiree of the eerily beautiful and damned … a deep look into the shining eyes of the dragon …«

»Ooh la la.«

»Yeah … And gallons of liquors, too … waiting to be drunk.«

»Liquors?«

»Schnapps, Max, schnapps … vodka, Soju …«

»Phew …«

»Charlotte and I are definitely going … Aren't you, Charlotte?«

»Uh … Yes …«

Erst jetzt wurde mir bewusst, und zwar schlagartig, dass ich außer fraglichem Verbindungsstück zwischen mir und deiner Welt ja überhaupt nichts in der Hand hielt, weder deine Telefonnummer noch deine KakaoTalk-ID noch deinen vollen Namen, geschweige denn die Adresse deiner schönen kleinen Wohnung im Dorf der Befreiung, und dass unsere sozusagen mit Ach und Krach übers Vorwort gerettete Liebesgeschichte, sollte Albert nun also tatsächlich vorhaben, unser Dreiecksverhältnis von einem Augenblick auf den anderen wieder aufzulösen und Seite an Seite mit dir in Richtung Sogong davonflattern, dass unsere mit Ach und Krach übers Vorwort gerettete Liebesgeschichte also im Falle eines solchen Falles, im Falle eines solchen Geflatteres vielmehr, schon nach den ersten paar Wortfetzen, den ersten paar Kritzeleien, den ersten paar Bandwurmsätzen, den ersten paar Dialogen wieder vorbei wäre und sich das berückende Gefühl von einst, Teil eines großen, kranken, kleinen, geheilten, vor allem aber schicksalsschwerelosen Ganzen zu sein, als wahrlich schicksalsschwere Täuschung herausstellen würde.

»I'm sure he would love to meet you, too, Max … He's a great music lover, you know?«

»Oh?«

»What do you think, Charlotte?«

Und ich weiß noch, wie sich deine Wangen nun abermals mit natürlichem Rouge bedeckten, ach was!, wie sie knallrot anliefen, wie sich deine Lider abermals aufgeregt auf und ab bewegten und schließlich tatsächlich davonflatterten, wie ungeniert aber vor allen Dingen dein Blick wurde.

»I … I believe so, too …«

So ungeniert schließlich, dass ich Schwierigkeiten bekam, mich weiterhin zusammenzunehmen, schienst du doch deine ganze Kraft, ja deine ganze Sehkraft aufzubieten, um mich mit diesem ungenierten und immer ungenierter werdenden Blick regelrecht auseinanderzunehmen und mir so lange die Blätter, die Seiten, die Wortfetzen vom Leib zu reißen, bis ich schließlich gänzlich entblättert und sprachlos und erigiert vor dir lag.

Den ersten Schnaps trank man dann allerdings nicht in Sogong, sondern in einem schäbigschicken, beinahe berlinerisch anmutenden Lokal in einem Gässchen fernab des ewigen elektrischen Itaewoner Nachtlebensstroms, in der schäbigschicken und inzwischen wohlvertrauten Hybrid Bar also, die es auf dem Weg vom Duvelorium zur Itaewon-ro beziehungsweise zum Taxistand ja zwangsläufigerweise zu passieren galt und deren zufälligerweise im Moment unserer Passage mit einer Zigarette im Mund und einem Schlüsselbund in der Hand vor seinem Lokal eintreffende Besitzer seinen verlorengeglaubten Nachtlebenspartner dem Zahn der aus den Augen verlorenen Zeit zum Trotz sogleich wiedererkannt und diesem samt Gefolgschaft seine Pforten geöffnet hatte.

Während wir beide nun also voller zärtlicher Hingabe an meine richtungsweisenden Satzgefüge und dementsprechend anstandslos an genau jenem Tisch Platz nahmen, an dem Yuna Kwon und ich einst zu vermeintlich Liebenden einer symbiotischen Amour sain geworden waren, steuerte Albert – seinerseits voller Hingabe, *grober* Hingabe allerdings – in Richtung Tresen, auf welchen gelehnt er dann für die nächste halbe Stunde sowohl wild gestikulierend als auch laut lachend auf seinen alten Freund fürs Nachtleben einredete, *so* wild gestikulierend und *so* laut lachend allerdings, *so* offenkundig bemüht also, uns über den Umweg einer wahrlich ungestümen Zurschaustellung von Ungebundenheit ein ungestörtes Zusammensein zu ermöglichen, als habe der ja bereits im Duvelorium durch seine Gastfreundschaft und seinen Uneigennutz aufgefallene Kunstfilmregisseur schon längst die Lust am Schreiben seiner eigenen Liebesgeschichte verloren und gäbe sich nun sozusagen als Coautor der *meinen* zufrieden (oder sollte man vielmehr sagen: als eine von Zeit zu Zeit aus ihrer Rolle fallende und sodann aktiv in die Romanhandlung eingreifende Romanfigur eines von mir selbst verfassten Romans?) und versuchte deshalb fortan, ebenjenes Motiv der Kuppelei auszuarbeiten, das er ja bereits in der belgischen Bierspezialitätenbar mit ein paar Strichen beziehungsweise Worten hingeworfen hatte, als er sich aus dem Schatten unserer jungen Liebe in deren dunkelgelbes Licht gebeugt und mit einem breiten Lächeln im zerknautschten Gesicht von deiner großen, wenn nicht sogar größten Begeisterung für meine Musik gesprochen hatte, nur um kurz darauf in den Weiten des Duvelorium zu verschwinden und dich und mich uns selbst zu überlassen, uns selbst und unseren großen, wenn nicht sogar größten Gefühlen.

Oder aber versuchte der Kunstfilmregisseur im Grunde gar nicht, zumindest nicht in erster Linie, mich erfolgreich an die Frau oder vielmehr an die Schwester zu bringen, sondern hatte sich vor allem deshalb zum Coautor von *Lottewelt* aufgeschwungen, um solcherweise jederzeit das Heft beziehungsweise den Roman in der Hand zu halten und mir im Zweifelsfall sogar einen Strich durch eines meiner Kapitel machen zu können? Oder aber versuchte er lediglich, sich als besonders männlich, unerschütterlich, hart im Nehmen, sozusagen über allem stehend und bar jeder Eifersucht und mithin als starkherzigen und umso attraktiveren Partner zu inszenieren? Oder aber handelte es sich bei Albert Ahn am bitteren oder vielmehr bittersüßen Ende gar um das Instrument einer mysteriösen und mich mit subtiler Gewalt in Korea festzuhalten trachtenden Himmelsmacht, um einen wohlgemerkt meiner eigenen blühenden schmutzigen Dichterphantasie entsprungenen und kurz darauf vom Morgensternenhimmel gefallenen Schutzengel also, der mir zum Abschied alles Glück der Lottewelt zu wünschen und mir diese alsdann zu Füßen zu legen beabsichtigte, nur um mich später über ebendiese stolpern zu sehen? Wenn schon nicht gleich in dieser Nacht, dann doch wenigstens tags darauf auf meinem Weg nach Incheon?

Noch allerdings lag mir die Lottewelt zu Füßen, ohne mich sogleich ins Stolpern zu bringen, ins Taumeln und ins Schaukeln vielleicht, ins Gaukeln dann und wann, doch nicht ins Stolpern, noch nicht wenigstens, und küsste, während sie so dalag oder vielmehr dasaß, mit ihren kostbaren Lippen immerzu den Rand ihres Wodkaglases und lauschte, während sie küsste oder vielmehr nippte, meinen schlichten Worten der Ergriffenheit.

»Charlotte«, sagte ich also, »I absolutely adore your unpretentious way of dressing …«

Und stürzte meinen Wodka in einem Zug hinunter.

»… your unpretentious way of being, really …«

Und du stürztest zurück.

»… the plainness of your clothes … the plainness of your unmade-up face … the plainness of your unmade-up words …«

Und also stürzten wir gemeinsam.

»… All that only accentuates your beauty …«

Ohne Angst und ohne zurückzublicken und ohne in Gewissensnot zu geraten, noch nicht wenigstens.

»… your great natural beauty.«

Und ich weiß noch, wie schlicht und wie ergriffen du mich damals angucktest, wie offen und wie ungeniert, wie ungeschönt und wie versaut, und wie tief du mich blicken ließest, tiefer als je zuvor, tief hinein bis ins letzte, zuvor unbeachtete Drittel deiner Seele, tief hinein in dein unbeflecktes Herz, in deine unberührten Abgründe, in deinen unheilvollen Schwestermund, und wie todesmutig du doch warst, mein Kind, todesmutig in deinem heimlichen, unstillbaren und leisen Verlangen, dich von meinem festen Blick entjungfern zu lassen, todesmutig in deinem erschütterlichen Glauben an meine Einfühlsamkeit, todesmutig in deinem paradoxen Vertrauen darauf, dass ich dich beim Eindringen in deine unbefleckte Herzensblüte nicht verletzen würde.

»This is where I live …«

Unser Taxi war gerade in die Sowol-ro eingebogen und passierte nun für die nächste Viertelstunde den rechts neben uns aufragenden Namsan-Berg, während links neben uns, *unter* uns genauer gesagt, die Stadtviertel Itaewon, Yongsan 2-ga-dong und Huam-dong beziehungsweise deren abendgoldglänzende Silhouetten vorbeirasten.

»… Somewhere around here at least … My place is right on the border of Yongsan 2-ga-dong und Huam-dong.«

Du und ich saßen auf der Rückbank, Albert indes hatte es sich auf dem Beifahrersitz bequem gemacht, unbequem gemacht, um doch genau zu sein, und saß nun also zum wiederholten Male mit einem entweder breiten oder schmalen Lächeln im zerknautschten Gesicht, einem schwarzen Notizheft auf den Knien und einem roten Lotte-Card-Kugelschreiber in der Hand im Schatten junger Geschwisterliebe und feilte an seinen oder vielmehr an *unseren* Sätzen, feilte an seiner blühenden schmutzigen phantastischen Liebesgeschichte, an der er in Wirklichkeit doch gar nicht die Lust verloren hatte, im Gegenteil sogar, sondern die lediglich im Laufe des Abends wie von Geisterhand oder eigentlich doch: wie von eigener Hand in die meine übergegangen war.

»In Haebangchon.«

»Yes, Maximilian … in the village of liberation.«

Und ich weiß noch, wie zärtlich mich dein honigsüßer Wodkaatem bei diesen Worten berührte, wie er mich regelrecht liebkoste, wie er mich streifte wie ein Luftkuss, wie ein Seelenluftkuss, wie ein Seelenluftschwesterkuss geradezu, den ich alsbald zurückküsste mit geschürzten Lippen, mit geschürztem Schwesterkussmund, mit geschürztem Liebeshandlungsknoten aber vor allen Dingen:

»In the village of sexual liberation.«

»Yes, Maximilian … yes.«

Und ich weiß noch, wie heimlich und wie still und wie leise du bei diesen Worten um dein heimlich, still und leise aus den Angeln geratenes Seelenleben lächeltest, und wie verzweifelt und wie vergeblich du versuchtest, deine Angst vor der Liebe und deine Sehnsucht nach Erlösung und deine Angst vor der Erlösung und deine Sehnsucht nach der Liebe hinter diesem heimlichen, stillen und leisen Lächeln zu verstecken, und wie verzweifelt und wie vergeblich *ich* wiederum versuchte, mein Herz durch die Berührung meiner linken Brusthälfte mit der rechten Hand am Zerspringen zu hindern und meinen gläsernen und von deinen ungenierten Blicken gänzlich entblätterten und von deinen Seelenluftschwesterküssen gänzlich zerküssten und mithin silbrig und golden im Abendsonnenschein glänzenden Glaskörper mit meiner olivgrünen The-North-Face-Jacke zu bedecken.

»Okay, guys … Should be there in about fifteen minutes.«

»Fifteen minutes? To Sogong?«

»Yeah … We'll have to cross Hoehyeon first.«

»Right … Seems like I don't recognize my own city anymore …«

»Oh, by the way, Charlotte … Mr. Jang said that he would like to take your photo sometime soon.«

»My photo?!«

»Yes … your portrait.«

Doch seltsam, wie ich auf der Rückseite einer meiner belgischen Bierdeckel notierte, *denn je mehr es sich nun weitet und vor Glück zu zerspringen droht, dieses ohnehin schon weitaufgerissene Herz, als desto enger empfinde ich die Lochblende, auf die ich zurase.*

»You mean, he knows me?«

Diese aufreizend enge Lochblende der Silber- und Goldsanduhr, zu der mein Leben doch längst geworden ist.

»Knows you?! He said that the two of you have worked together a couple of years ago.«

Und durch deren schmale Taille ich mich nun hindurchzuzwängen habe.

»Hmm … Could be.«

»You don't remember?«

»Ugh … My whole past is a blur.«

Und so rasten wir durchs Yongsaner Abendgold, rasten deiner befleckten Vergangenheit entgegen, rasten auf meine immer enger werdende Lochblende zu, rasten vorbei am Namsan-Berg, vorbei an dunkelgrünen Laubkronen, vorbei an dampfenden Waldböden und dem herbsüßen Duft der Bäume, vorbei auch an den dort oben im Hoffnungsdunkelgrünen ineinander Verstrickten, den Unrasierten und den Ungeschminkten, den Wanderbekleideten und den Entblätterten, den Wachenden und den Träumenden von Frieden trotz Begehren, von Entblößung ohne Scham, von Nähe ohne Gefahr, von Liebe ohne Angst.

Von wegen unzüchtige Soiree der Schaurigschönen und Verdammten! Von wegen tiefer Blick in die leuchtenden Augen des Drachen! – entpuppte sich die Geburtstagsfeier Baekhyun Jangs doch als ein von bloß wenigen, dazu hauptsächlich männlichen Künstlerfreunden des Fotografen besuchtes, zwar durchaus ungezügeltes, jedoch keinesfalls als unzüchtig zu bezeichnendes Abendessen in einem renommierten traditionellen koreanischen Restaurant namens Hangawi, in dem es nicht bloß typischerweise galt, seine Schuhe vor dessen Betreten auszuziehen und sich also auf Socken beziehungsweise auf vom Haus angebotenen Pantoffeln durch die Räumlichkeiten zu bewegen, sondern auch, beim Genuss von beispielsweise Samgyeopsal, Bulgogi, Dongnae Pajeon, Bibimbap, Kimchi-jjigae, Japchae, Tteokbokki oder Jajangmyeon im Schneidersitz auf dem Boden an kurzbeinigen, schmuckvoll verzierten Esstischchen zu sitzen.

Wieder wurden du und ich wie selbstverständlich nebeneinandergesetzt und daraufhin allein- oder vielmehr uns selbst und unseren wiedergefundenen Zeitgefühlen überlassen, und wieder bezog Albert nach dieser, wenn man so will, Herstellung einer Tischordnung im Liebeschaos seine inzwischen wohlvertraute

Position im Schatten junger Geschwisterliebe, im Rampenlicht der Aufmerksamkeit, um doch genau zu sein, beziehungsweise setzte sich voller grober Hingabe an unsere richtungsweisenden Satzgefüge und dementsprechend anstandslos an den Kopf der Tafel und also direkt neben Baekhyun Jang, auf welchen gelehnt er dann für die nächsten anderthalb Stunden genauso wild gestikulierend und laut lachend die Geburtstagsgesellschaft unterhielt, wie er zuvor in der Hybrid Bar seinen alten Freund fürs Nachtleben unterhalten hatte.

Unterm Strich also, wenn auch nicht unbedingt unter einem klaren Gedankenstrich, geschweige denn unter einem Schlussstrich, schien das Verhalten des Kunstfilmregisseurs zu diesem Zeitpunkt also deutlich eher für eine sozusagen wohlwollende, das heißt, in meinem Sinne schreibende Mitautorenschaft an *Lottewelt* oder meinetwegen auch für die Existenz einer von fraglicher Himmelsmacht an ihn übertragenen romantischen Mission zwecks Vereitelung meiner Heimreise zu sprechen als dafür, dass der unlängst vom Itaewoner Spätnachmittagshimmel gefallene Schutzengel aus reiner Machtgier ein Liebesspiel und aus reiner Heimtücke ein Doppelspiel spielte oder sich etwa als engelsgleicher Teufelskerl inszenierte, um dergestalt die unbefleckten Herzen von schauspielernden und dichtenden Models zu erobern; doch selbst wenn es sich bei Albert Ahns Vermittlungsbemühungen *nicht* um Kuppelei im eigentlichen Sinne oder die Erfüllung einer mysteriösen Himmelsmission handeln sollte: Unbestritten blieb doch, dass der Kunstfilmregisseur geradezu erpicht darauf schien, mir ständig neue Verbindungsstücke zwischen mir und deiner Welt auszuhändigen, Verbindungsgetränke in diesem Fall, kroch er doch in regelmäßigen Abständen quer durchs Hangawi und also vom Rampenlicht der Aufmerksamkeit in den Lichtkegel unserer jungen Liebe, um unsere zügig geleerten Trinkschalen mit entweder Makgeolli, einem milchigweißen, alkoholhaltigen Reis- und Hefegetränk, oder Wodka der Marke Han wiederaufzufüllen.

Bis sich schließlich irgendwann, vielleicht nach dem vierten oder fünften Verbindungsgetränk, vielleicht nach der vierten oder fünften am Tisch geleerten Flasche Han Vodka, die Grenzen im Hangawi sozusagen im Schnaps aufzulösen begannen, die Grenzen nicht bloß zwischen Stehen und Flachliegen, zwischen Gehen und Torkeln, zwischen Taumeln und Schaukeln, sondern auch und insbesondere die Grenzen zwischen Wachen und Schlafen, zwischen Wachen und Träumen, zwischen Wachträumen und Wachtraumtanzen, die Grenzen aber vor allen Dingen zwischen Brüderchen und Schwesterchen, die Grenzen also zwischen mir und dir, mein Kind, die du also mit einem Mal deine kleine Hand nach mir ausstrecktest und auf meine Schulter legtest und mittels eines sachten Kreisens derselben die Trennungslinie zwischen meiner und deiner Welt verwischtest, die Grenzen zwischen mir und dir, mein Kind, die du offenbar so ergriffen warst von meinen schlichten Worten der Ergriffenheit, von meiner neuerlich in schlichte Worte der Ergriffenheit gefassten Begeisterung für deine schlichte und umso ergreifendere Erscheinung, dass du also mit einem Mal deine ganze traumverlorene, im Traum verlorene Kraft und deinen ganzen angetrunkenen Mut der Verzweiflung zusammennahmst, um unserem längst besiegelten Schicksal im wahrsten Sinne des trunkenen Wortes deine kleine Hand zu reichen, deine liebevolle, besoffene und ungenierte kleine Patschhand, die hinfort auf meiner Schulter ruhte und gar nicht wieder aufhören wollte, dort zu ruhen, und schließlich irgendwann heimlich, still und leise hinüberdämmerte, heimlich, still und leise in paradoxen Schlaf versank, während du mit einem, sich in genau diesen heimlich, still und leise hinüberdämmernden Augenblicken erstmals zwischen deinen Brauen manifestierenden Zweifeln in deiner Miene, mit einem beinahe unmerklichen und fortan beinahe sämtliche deiner liebevollen, sehnsuchtsvollen, unheilvollen Blicke in meine Richtung begleitenden Rümpfen deiner Stirn zwischen den Brauen lispeltest, kehliger und träger als je zuvor, dämmerschläfrig geradezu und zugleich merkwürdig erleichtert, so als handelte es sich dabei um deine letzten Worte:

»I like your style a lot, too, Maximilian …«

Um deinen letzten honigsüßen Wodkaatemzug.

»… your clothing style …«

Deinen letzten Seelenluftschwesterkuss.

»… your singing style …«

Deinen letzten Lottelebenshauch.

»… and your dancing style, of course.«

Erst dann ließest du ab von mir und legtest deine im wahrsten Sinne des Wortes eingeschlafene Hand unter leichtem Schütteln zurück in deinen Schoß.

»That's … that's very sweet of you to say, Charlotte«, stammelte ich neuerlich, fasste mir in meiner Verlegenheit, das heißt, in meiner Ergriffenheit von deinen schlichten Worten der Ergriffenheit, von deiner schlichten und umso ergreifenderen Berührung meiner Schulter, von deiner schlichten und umso ergreifenderen Berührung meiner Grenzen aber vor allen Dingen an die Brust, an die Brusttasche vielmehr, hielt unvermittelt inne, griff mit einer unschlüssigen Bewegung zur nächstbesten Makgeolliflasche, öffnete zögerlich deren Schraubverschluss, trank, ohne abzusetzen, ohne zurückzublicken und ohne mich zu übergeben, noch nicht wenigstens, direkt aus der Flasche, stellte diese leergetrunken zurück auf den Tisch, öffnete eine weitere und fing an, abermals wie in Trance, wie im Wachtraum doch eigentlich oder besser noch: wie im Taumel und im Schaukel, deren Inhalt auf unsere Trinkschalen zu vergaukeln.

»Are you drunk, Maximilian?«

»Um … a bit intoxicated, yes …«

»A bit? You just drank straight from the bottle … at Hangawi, I mean.«

»Totally inappropriate?«

»Not really … not today anyway …«

»Goody … Bottoms up then.«

»Oh yeah … Cheers … to … um … What are we drinking to?«

»To Albert.«

»Albert?!«

»Yeah … For taking you to my concert.«

»Oh … That was my idea actually.«

»It was?«

»Yes … He mentioned your concert when we had coffee together at Café de Paris earlier … And I suggested to him that we should just go over here … I mean, to Past & Present.«

»Glad he followed your idea.«

»Yeah … I didn't expect to end up at Jang Baekhyun's birthday party, though.«

»So you remembered him after all?«

»Oh yeah … He shot a Vogue editorial once that I was a part of … I mean, amongst other models.«

»When was that?«

»Ugh … in a former life, I guess.«

»Your life before New York?«

»Could be …«

»You … don't wanna talk about it?«

»I don't know … Perhaps some other time.«

»Some other time? But it's our last night tonight.«

»Our last …? What do you mean?«

»Well … I'm … I'm leaving town tomorrow … actually.«

Dabei hatte ich mich doch längst entschieden, zu bleiben.

»You're leaving Seoul tomorrow?!«

Doch längst den schweren, ach was! den kinderleichten Entschluss gefasst, mich erst im letztmöglichen Augenblick aus fraglichen seidenen Liebeslebensfäden zu befreien.

»Yeah … Unfortunately …«

Und also nicht wie ursprünglich geplant am nächsten Vormittag in Richtung Yeongjongdo aufzubrechen, nicht aus dem Hotel Kukdo auszuchecken und in Incheon mein neues Hotelzimmer zu beziehen, nicht oder zumindest noch nicht der Sanftleuchtenden, Wohlgeformten, Gedämpftklingenden, Herbsüßduftenden und unentwegt zum Wachtraumtanz Auffordernden den Rücken zu kehren, nicht oder zumindest noch nicht Abschied zu nehmen von der Sanftbeleuchteten, Wohlgeformten, Kehligklingenden, Honigsüßduftenden und unentwegt zum Taumeln und zum Schaukeln Auffordernden, sondern so lange wie möglich und also bis zum Morgen meines Rückfluges in der schönen neuen *Lottewelt* zu bleiben und mich mit Leib und Kinderseele der eigenen Schwester, der eigenen Geschichte, den eigenen vor die Füße purzelnden Wörtern hinzugeben.

»That's … that's a pity …«

»Yeah … It sure is …«

»Cause I would have loved to show you around, you know? Show you my neighbourhood … Namsan Park, for example … You know, the forest along the slope of Namsan Mountain … or Shinheung Art Market … Orang Orang … Café de l'Avenir … or Namsan Mountain Tea Room … this beautiful old tea house overlooking the five-way intersection …«

»Well … I … I don't have to leave immediately in the morning … I just have to be in Incheon at some point to check into my airport hotel.«

»An airport hotel?«

»Yeah … My plane leaves quite early the next morning.«

»Poor you.«

Nun wieder deine kleine Hand auf meiner Schulter.

»It's … it's not so bad, I guess … I think I can handle.«

»Meaning you're leaving Seoul … When? At noon?«

»In the afternoon, I guess … But let's get together anyhow … I'd love to visit Haebangchon after all … visit *you* actually … in the village of …«

Und ich weiß noch, wie sich deine vom Trinken sowieso bereits erhitzten Wangen nun abermals oder vielmehr zusätzlich röteten.

»Yes … yes, I know … And you should.«

Schamröteten sozusagen.

»So you're not busy tomorrow?«

Luströteten.

»No … Just hungover, I guess.«

Schuldröteten.

»A hungover hiking trip …«

Gierröteten.

»… You know, Charlotte, what I'd love to do?«

Gewissensnotröteten.

»… I'd love to go on a hiking trip with you … You know … fleece jackets … trekking shoes … no make-up … no shaving …«

Und wie leidenschaftlich dieses im wahrsten Sinne des Wortes Mischblutrot mit dem Glutrot, das der Alkohol auf deiner Haut hinterlassen hatte, um die Farbhoheit in deinem Gesicht kämpfte.

»No make-up?!«

Und wie deine Lider abermals zu flattern anfingen und sich mit der sich rümpfenden Hautpartie zwischen deinen Brauen einen bizarren Streit der unwillkürlichen Bewegungen lieferten.

»I know … You're not wearing any … Just as a figure of speech.«

Und wie deine kleine Hand schließlich von meiner Schulter abrutschte und dir buchstäblich zurück in den Schoß fiel.

»A hungover hiking trip …«

»Yeah … What do you think?«

»Wanderlust …«

»Wanderlust?!«

»Or … wanderliebe?«

»Teaching her German, huh?«

Plötzlich saß Albert also bei uns, das heißt, plötzlich meldete sich die verwaschene Stimme des Ungewissen, des Unsichtbaren vielmehr, der sich womöglich schon seit Längerem ins Licht unserer jungen Wanderliebe gebeugt und unseren schlichten Worten der Ergriffenheit, unseren deutschen Worten der Lust und der Liebe, unseren silbrig und golden glänzenden Zukunftsplänen aber vor allen Dingen gelauscht hatte.

»… The restaurant is … um … They're closing pretty soon now … Why don't we … Hey, come on, guys … Let's go to this fantasized … um … this fantastic craft beer bar in … Jesus … Where was it again? In Ikseon-dong, right?«

Craft Union hieß die phantastische Craft-Beer-Bar, in der wir uns in jener Nacht das schlichte Jawort der Ergriffenheit gaben, in der wir uns im dunkelgelben Lichtkegel einer kleinen Hängelampe ewigglühende Treue schworen und zu Mann und Frau oder vielmehr zu Bruder und Schwester wurden, in der wir uns die Hand fürs Nachtleben reichten und in den Stand der Geschwisterehe taumelten und schaukelten, derweil der Kunstfilmregisseur sein wohletabliertes Schattendasein im Rampenlicht der Aufmerksamkeit vergaukelte und also wild gestikulierte oder laut lachte, lautstark telefonierte oder fieberhaft rauchte, ununterbrochen Bier nachbestellte oder unermüdlich tanzte; Craft Union also hieß die phantastische, wenngleich phantasierte Craft-Beer-Bar, in der du eines silbrig und golden glänzenden Augenblicks einen deiner Ringe abstreiftest und mir auf den Ringfinger meiner linken Hand aufstecktest … vielleicht, weil ich über die schlichte und umso ergreifendere Eleganz deines Fingerschmucks gesprochen hatte, vielleicht, weil du mir ein Andenken an meine, wie du dich mittlerweile nanntest, »Makgeolli sister« auf die Heimreise mitgeben wolltest, vielleicht aber auch, weil ich schlicht und ergreifend oder vielmehr schmucklos und ergriffen um deine kleine Hand angehalten hatte, um deine liebevolle, sehnsuchtsvolle, unheilvolle kleine Patschhand, die ich zum wiederholten Male auf meiner Schulter ruhend vorgefunden und irgendwann zu streicheln begonnen und schließlich an mich genommen hatte, wie in Trance, wie in fragliche seidene Liebeslebensfäden verstrickt oder besser noch: wie in Chris Martins Liebesliedzeilen verstrickt, um sodann voller zärtlicher Hingabe an jede einzelne dieser unentwegt vor meine Füße purzelnden Liebesliedzeilen von Blutsbrüdern und von reitenden Schicksalsschwestern, von Treue bis in den Tod und von himmlischen Mischwesen, von feingeschliffenen Rohdiamanten und von fließenden Feuergewässern, vom Wandel der Gaukelwinde und vom Fallen des Schnees, vom dunkelgelben Licht und vom dunklen Schatten der bereinigten Vergangenheit zu sprechen, zu lallen vielmehr, ohne Punkt und ohne Komma, ohne Wenn und ohne Aber, ohne Rücksicht auf Realitätsverluste und ohne überhaupt genau zu wissen, ob ich wirklich sprach oder längst schon wieder schrieb, ob ich wirklich lallte oder längst schon wieder auf Bierdeckeln herumkritzelte, ob ich wirklich taumelte oder längst schon wieder schaukelte, längst schon wieder durch trunkene Wortwolken gaukelte … denn auch im Craft Union hatten sich die Grenzen binnen kürzester Zeit im Schnaps beziehungsweise im hausgebrauten honigfarbenen Feuerwasser aufgelöst, die Grenzen nicht bloß zwischen Taumeln und Schaukeln, zwischen Schaukeln und Gaukeln, zwischen Lallen und Kritzeln, zwischen Faseln und Fabulieren, zwischen Irrereden und Schönreden, sondern auch und insbesondere die Grenzen zwischen Wahrheit und Dichtung, zwischen Liebesleben und Liebesroman, zwischen Hingabe an die eigene Schwester und Hingabe an die eigene Geschichte, die Grenzen aber vor allen Dingen zwischen Schicksalsfigur und Erzählerfigur, die Grenzen also zwischen mir und mir, mein lieber Scholli, der ich mich also irgendwann in der Tiefe der Hochzeitsnacht mit einem grünen Lotte-Card-Kugelschreiber in der einen und einem Stapel Duchesse-de-Bourgogne-Bierdeckel in der anderen Hand, einem silbernen und rauschgoldenen Glänzen in den Augen und einem sowohl irren als auch schönen Lächeln auf den Lippen im dunkelgelben Lichtkegel irgendeiner, womöglich sogar derselben Hängelampe wiederfand, versoffen und verheiratet, fertig zur noch jungen Hochzeitsnacht, halbfertig mit dem bereits vierten handgebrauten Bier, halbfertig allerdings noch lange nicht mit der eigenen Geschichte, der ich mich neuerlich mit Leib und Trinkerseele hingab: *während du irgendwo da draußen, irgendwo dahinten, irgendwo fernab unseres ewigglühenden elektrischen Lichtkegels im Schatten meiner ab-*

sichtslosen, richtungslosen, bedingungslosen, allumfassenden Liebe standst, dabei war der Tresen in Wahrheit doch hellerleuchtet und bloß einen Taumel- und Schaukelschritt von meinem Tisch entfernt, *während du also irgendwo da draußen, irgendwo dahinten, irgendwo fernab unseres ewigglühenden elektrischen Lichtkegels im Schatten meiner absichtslosen, richtungslosen, bedingungslosen, allumfassenden Liebe im Schatten Alberts standst und dessen schwarzgeflügelten Worten lauschtest*, dessen schwarzgeflügelten Einflüsterungen, um doch genau zu sein, die von meinem Musikerdasein, meinem Lotterleben und meinem Herzensbrechertum handelten, wie du mir später einmal erzählen würdest, von kostspieligen Interkontinentalflügen, zermürbenden Videotelefonaten und notorischem Trennungsschmerz, *während du also irgendwo da draußen, irgendwo dahinten, irgendwo fernab unseres ewigglühenden elektrischen Lichtkegels im Schatten meiner absichtslosen, richtungslosen, bedingungslosen, allumfassenden Liebe im Schatten Alberts standst und dessen schwarzgeflügelten Worten lauschtest und an einem Bierglas nipptest und mit deinen kleinen Händen dessen schmalen Stiel umfasst hieltst und mit deinen kostbaren Lippen immerzu den Rand des kugelrunden Gefäßes küsstest und dich solcherart …*

»Working on your fantasy story, huh?«

Plötzlich saß Albert also bei mir, das heißt, plötzlich meldete sich die verwaschene Stimme des Ungewissen, des Unwahren vielmehr, der sich womöglich schon seit Längerem ins dunkelgelbe Licht meiner absichtslosen, richtungslosen, bedingungslosen, allumfassenden Liebe gebeugt und mir beim Schreiben der im wahrsten Sinne des Wortes eigenen Geschichte zugeschaut hatte.

»My …? What do you mean?«

»I saw you exchanging phone numbers earlier … and rings.«

»Oh yeah … Charlotte gave me a little souvenir.«

»A souvenir? Why?«

»As a memento of her, I suppose.«

»No shit …«

»Really touching, isn't it?«

»Oh yeah … She's a darling alright.«

»Where … where is she anyhow?«

»In the bathroom … freshening up.«

»Oh? Hope she's doing okay.«

»Why wouldn't she?«

»Well … You know … all that beer and Makgeolli and vodka …«

»You're in love with her, aren't you?«

Und ich weiß noch, wie leicht mir damals ums weitgeöffnete Herz wurde und wie schicksalsschwerelos zugleich und wie dankbar ich dem Kunstfilmregisseur für seine zwielichtige Unzweideutigkeit war, für seine klare und verwaschene Aufforderung zur Selbstoffenbarung.

»Am I … what?!«

Dankbar in meiner inzwischen festen Überzeugung, dass er tatsächlich wohlwollender und nicht intriganter Coautor war, tatsächlich Heiratsvermittler und nicht Heiratsschwindler, tatsächlich Mordskerl und nicht Teufelskerl, tatsächlich Spieler und nicht Gegenspieler.

»You heard me, Max.«

Dankbar für die Gelegenheit, nun endlich mein offen zur Schau getragenes Geheimnis preisgeben und auf diese Weise unser im Laufe der Nacht sowieso immer zweideutiger gewordenes Dreiecksverhältnis in ein eindeutiges Zweiecksverhältnis umwandeln zu können.

»Um … Yeah … She … she's great … wonderful actually.«

»Oh yeah?«

»A beauty inside and out.«

»Well, well … You don't say«, sagte der Kunstfilmregisseur gefasst, fasste sich in aller schwarzen Seelenruhe an die breite Brust, an die schmale Brusttasche seiner Bikerjacke vielmehr, zog mit einer blitzschnellen Bewegung seinen roten Lotte-Card-Kugelschreiber aus dieser hervor, richtete dessen Spitze mit einer theatralischen Geste auf mein Herz, drückte auf den silbernen Druckknopf am hinteren Ende des Schreibgeräts, nahm mir einen der Duchesse-de-Bourgogne-Bierdeckel aus der Hand und fing an, wie in Trance, wie im Schaffensrausch doch eigentlich oder besser noch: wie im Blutrausch, auf diesem herumzuschmieren, das heißt, auf diesem herumzuschmieren und zu allem Übel jedes einzelne rotgeflügelte Wort, das er schrieb, laut und verwaschen vorzulesen:

»She … is … my … girlfriend … and … we … are … as … good … as … engaged.«

Dann steckte er seine ABC-Waffe zurück in die Brusttasche, lächelte breit, genauer gesagt trunken oder besser noch: siegestrunken, und schob den Bierdeckel mit den rotgeflügelten Schlussworten sowohl unserer als auch unserer Liebesgeschichte, mit diesem buchstäblich explosiven Schlusssatz beziehungsweise Zündsatz, dessen Sprengkraft mich nun augenblicklich zerfetzen würde, langsam zu mir herüber.

Doch seltsam, denn obwohl Albert nun also zum Vernichtungsschlag ausgeholt hatte, obwohl er die Bombe und damit die Hochzeit hatte platzen lassen, obwohl er meine unsterbliche Hoffnung auf die Vergangenheit mit einem großen Knall zerschlagen und obwohl er meine schöne neue Lottewelt in tausend Scherben zertrümmert hatte, so zerfetzte es mich gleichwohl nicht, noch verlor ich den Halt, noch wurde mir eng ums weitgeöffnete Herz, noch rang ich um Seelenluft, noch wurde mir rot, geschweige denn schwarz vor Augen, noch brach ich in Tränen oder gar Gelächter aus, noch sah ich mich dazu veranlasst, mich wortreich zu verteidigen oder zum poetischen Gegenschlag auszuholen.

Vielleicht, weil ich in der Tiefe meines weitgeöffneten Herzens wusste, dass eine wie auch immer geartete Liebschaft Alberts mit einer seiner Musen nichts mit dir und mir zu tun hatte, nichts mit Honigträumern oder Makgeolligeschwistern, nichts mit Wachtraumtänzern oder Taumelschauklern, nichts mit Liebessturztrinkern oder Seelenluftküssern, nichts mit Protagonisten einer Liebesgeschichte mit Kinderbett und daher ohne

Angst, nichts mit Liebenden einer absichtslosen, richtungslosen, bedingungslosen, allumfassenden Liebe, die jenseits von Besitzanspruch oder Konkurrenz, jenseits von Schönheit, Status oder Ruhm, jenseits von Alter oder Geschlechtsreife, jenseits auch ihrer dinghaften Verwirklichung erwacht war, erwacht aus einem hundertachtjährigen paradoxen Schlaf, um gleich darauf in tiefen luziden Honigtraum zu sinken.

Vielleicht aber auch, weil die schöne neue Lottewelt durch das zerstörerische Wirken meines intriganten Coautors zwar ihre Struktur, nicht aber ihre Schönheit verloren hatte und ich mithin in den überall im Craft Union herumliegenden Lotteweltscherben immer noch genau das Gleiche sah, was ich bereits in der *heilen* Lottewelt gesehen hatte: einen silbrig und golden im Lichtkegel einer Hängelampe glänzenden Schatz.

Und als du schließlich zurückkehrtest vom Händewaschen oder Händefalten, vom Haarebürsten oder Haareraufen, vom Augenreiben oder Augenverschließen, und auf deinem Taumel- und Schaukelgang über die Scherben meiner soeben zerschlagenen unsterblichen Hoffnung auf unsere bereinigte Vergangenheit beinahe zu Fall kamst und ich dir zu Hilfe eilte und dich auffing und sich unsere liebevollen, sehnsuchtsvollen, unheilvollen, vor allem aber verschwörerischen Blicke trafen und du mir mit flatternden Lidern und rümpfender Stirn danktest, da waren die Scherben, die dich soeben noch ins Straucheln gebracht hatten, mit einem Mal wie weggefegt oder vielmehr: wie niemals voneinander getrennt, und Alberts rotgeflügelte Schlussworte, die doch viel zu ausgedacht, viel zu phantastisch geklungen hatten, schon nichts mehr weiter als lustige kleine Farbtupfer auf einem plötzlich wieder unbeschriebenen Blatt.

15

Schwesterkuss (Teil 2)

Namsan Park, Seoul, Korea, 27. Mai 2018

Hörst du, wie die Vögel für uns singen? Riechst du den herbsüßen Duft der Bäume? Spürst du die wärmende Hand der Spätnachmittagssonne auf unseren schmalen Schultern und wie sie nun segnet unser staunendes Kauen und Vortasten? Dieses stammelnde Tuscheln auf den Lippen des anderen? Diesen Kuss, der uns soeben vor die tönernen Füße fiel und den es bloß noch aufzuheben galt? Diesen Kuss, der uns endgültig zu Komplizen macht, zu Partnern im Sittlichkeitsverbrechen, zu Seelenkussverwandten, zu Liebenden einer gläsernen und mithin silbrig und golden im Spätnachmittagssonnenschein glänzenden Geschwisterliebe? Diesen Kuss, der uns binnen eines Zungenschlages ins Paradies vertrieben hat, in den Lustgarten des Friedens, ins Dickicht der asexuellen Befreiung von allen sexuellen Tabus? Diesen Kuss, von dem wir doch bloß dann und wann kurz ablassen, um unsere erhitzten Wangen in des anderen Haar zu halten oder in dessen Nacken abzulegen? Oder um die Wanderer in ihren Fleecejacken und Trekkingschuhen an uns vorüberziehen zu lassen? Oder um die ersten Worte seit einer fassungslosen halben Stunde der Gluckseligkeit aneinander zu richten? Worte, die uns schon seit Längerem auf den zerküssten Lippen brennen? Worte, die wir uns bereits beim Eilen zur Nachbarschaftspolizeistation oder beim Ananassafttrinken im Café de l'Avenir, beim Gaukeln durch allerlei Seelenregungen oder beim Wandeln durch den tiefen, tiefen Wald, beim Seelenküssen des eigenen Bruders oder beim Seelentrösten der eigenen Schwester zurechtgelegt haben?

»Time will solve this problem«, sagst du also und lässt deinen Blick in die silbrig und golden im Spätnachmittagssonnenschein glänzende Zukunft schweifen, deinen liebevollen, sehnsuchtsvollen, hoffnungsvollen Blick, der bis dahin auf mir geruht hat, auf mir oder auf dem Strauchwerk, aus dem unser Liebestraumnest gewoben ist, oder aber auf dem Gebirgspfad zu unseren tönernen Füßen, auf diesem zum Teil mit Rasengitter befestigten Fußweg, den wir vor einer Dreiviertelstunde verlassen haben, um abseits der vorgegebenen Pfade den Namsan-Berg zu erklimmen und uns schließlich etwa zwanzig Meter hangaufwärts auf einem umgefallenen Baumstamm niederzulassen.

»Yes, Charlotte«, antworte ich mit stockender Stimme, »Yes, it will«, und fahre mit der Hand über deinen verschwitzen Rücken, über deine Engelsflügel, über dein noch feuchtes Haar, über deine geröteten Wangen, über deine zur Hälfte von Everglow beschienene Stupsnase.

»We just have to be a little patient.«

Und versuche vergeblich, so zu tun, als sei nichts geschehen … als habest du mir nicht soeben unbeabsichtigterweise deine Liebe erklärt.

»We do have time, Charlotte … plenty of time … all the time … all the time in the world in fact …«

»Are you crying, Maxi?«

Vergeblich, wie gesagt.

»I …«

»Did I say something wrong?«

»No … No, of course not, Charlotte … on the contrary … It's just that … that I'm on the road now for such a long while and …«

»When did you leave home?«

»Uh … Six weeks ago.«

»Oh dear …«

»Yeah … And that I've really started missing my parents, you know? My parents and my brother … my home, really.«

Und erkenne, unmittelbar nachdem ich diese Worte ausgesprochen habe, unmittelbar, nachdem ich dir meine Liebe gestanden habe, meine Liebe zur Heimat zwar, die gleichwohl un-

unterscheidbar bleibt von meiner Liebe zu dir, dass mich dieser aus reiner Verlegenheit vorgeschobene Grund für das plötzliche Aufsteigen meiner Tränen, dass mich die Sehnsucht nach meinen Eltern und meinem Bruder, dass mich die gütiggüldene Erinnerung an den Klang und den Geschmack und den Glanz meiner selbst im Kreise meiner Familie, ja, dass mich die Absichtslosigkeit, die Richtungslosigkeit, die Bedingungslosigkeit und die Allumfassenheit meines Gefühls der Zugehörigkeit doch beinahe genauso erschüttert und erfüllt wie deine unbeabsichtigte Liebeserklärung.

»You'll be home soon.«

Und dein kehliges Lispeln.

»… Tomorrow evening in fact.«

Und deine kleine Hand auf meiner Schulter.

»I am at home, Charlotte.«

Und dein liebevoller, sehnsuchtsvoller, unheilvoller Blick.

»… I don't have to travel home anymore to come home.«

Und dein beinahe unmerkliches Rümpfen deiner Stirn zwischen den Brauen.

»… I can just settle down in these memories of home … inhabit them like houses … wander through their attics … their basements … their gardens …«

Und deine flatternden Lider.

»That's beautiful.«

Und dein verzweifeltes Lächeln der Zärtlichkeit.

»That's why I've been checking alternative return flights today … You know, at Café de l'Avenir, just before we met … and if I have any commitments in Berlin next week.«

Und der Scham.

»Oh?«

Und der Lust.

»Yes … And I realised that I could actually stay for a few days longer.«

Und der Schuld.

»You could?!«

Und der Gier.

»Yes … Yes, I could.«

Und der Gewissensnot.

»Oh dear …«

Dann wieder unser Kuss, unser staunendes Kauen und Vortasten, unser stammelndes Tuscheln auf den Lippen des anderen, unser Tuscheln hier im tiefen, tiefen Wald, unser Tuscheln hier und jetzt in dieser fassungslosen Stunde der Glückseligkeit, und plötzlich wieder dieses berückende Gefühl, Teil eines großen, kranken, kleinen, geheilten, vor allem aber vorgezeichneten Ganzen zu sein.

»Oh please stay longer!«

Und also mit jedem Schritt, Wort oder Kuss einem längst besiegelten Schicksal hinterherzulaufen, hinterherzusprechen, hinterherzuküssen.

»… Stay until Thursday at least.«

Und also ohnehin nie eine andere Wahl gehabt zu haben, als hier bei dir zu bleiben und alles auf mich zu nehmen.

»Thursday?«

Alles auf meine schmalen Schultern zu laden, was mir zwischen deinen Brauen und deinen Hüften, in deinen unberührten Abgründen und deinem unbefleckten Herzen, in deinem engelschönen Kindskopf und deiner Schmetterlingskinderseele begegnet.

»I'm turning thirty-three that day.«

Alles Zweifelnde und Schamhafte.

»I will, Charlotte … I will.«

Alles Gaukelliebende und Unheilvolle.

»And please, Maxi …«

Alles Tollkühne und alles Flatterhafte.

»… Please fuck me.«

»So how about this Albert?«

Gerade erst haben wir den Gebirgspfad betreten, noch völlig außer Atem vom Seelenschwesterküssen, vom stammelnden Keuchen, vom stammelnden Rufen zuletzt auf den Lippen des anderen, vom Abstieg unseres Hanges aber vor allen Dingen, nachdem wir uns kurz zuvor aus unserer Umarmung befreit und von unserem Baumstamm erhoben haben, um voller zärtlicher Hingabe an deinen richtungsweisenden Wunschsatz und dementsprechend anstandslos den gewundenen Rückweg quer durch den tiefen, tiefen Wald anzutreten.

»Albert?«

»Yeah … Sending you home just like that … I mean, he practically shoved you into that Uber.«

»Good old Albert.«

»What on earth was he thinking?«

»Well … He said something about wanting to be alone with you … and that I was just a guest on his date.«

»On his date?! Is that what he said?«

»Um … Yeah … Why?«

»Well … It certainly wasn't a date.«

»Oh?«

»I mean, it wasn't for me … It was supposed to be a business meeting … a casting, if you will.«

»A casting?«

»Yeah … for his new film.«

»So … You're not … close … the two of you?«

»Close? I hardly know the guy.«

Was hatte Yejin Kang doch gleich gesagt? Dass ihr Klient sich selbst als wahren Künstler bezeichnete und gleichzeitig als unwahren Menschen?

»Wow …«

Womöglich auch als Wahrsager und gleichzeitig als Lügner? Als Schöngeist und gleichzeitig als Schwindelgeist? Als Märchenprinz und gleichzeitig als Märchenonkel?

»Why? Is that the impression I gave yesterday? That I was close to Albert?«

»Not really …«

»No … I wouldn't think so … No … I only met him last weekend … on this actor's birthday party, you know?«

»Jonghyun Lim, you mean?«

»Yeah … And soon after that he asked me if I wanted to get together and speak about his new film.«

»For a role?«

»A leading role in fact … But for some reason I hesitated … I don't know … And only told him … Wednesday, I suppose … that I should have time on the weekend.«

»Ah, okay … That's what he meant by ›production meeting‹.«

»What?«

»Ahem … Albert told me that he couldn't come see my show because of a production meeting he had on Saturday.«

»Oh wow … So you must have been quite surprised when you still saw him standing in your audience.«

Gerade einmal vierundzwanzig Stunden ist das nun her.

»You could say that.«

Und doch erscheint es mir nun, da ich Hand in Hand mit dir durch den tiefen luziden Traumwald wandele, Hand in Hand mit dir von einem Liebestraumnest zum nächsten taumele und schaukele, Hand in Hand mit dir durch allerlei Seelenkussregungen gaukele, als läge bereits eine halbe glühende Ewigkeit zwischen gestern und heute.

»Still … very strange.«

Zwischen Abschiedsstunde und fassungsloser Stunde der Glückseligkeit.

»What is?«

Zwischen Überraschungsmoment und fassungslosem Augenblick.

»The whole story … I mean, why would he invite you over to Duvelorium in the first place … and then even act like some matchmaker … when he actually wanted to hit on me?«

»Yeah … Beats me …«

»And why would he send you home all of a sudden? I mean, hours and hours into our night out? And then, out of nowhere, make this hasty pass at me?«

»What hasty pass?«

»He tried to kiss me … Somewhere between Craft Union and Donhwamun-ro.«

»Ooh la la … And?«

»I wouldn't let him, of course.«

Ich stelle mir vor, wie Albert versucht, dir einen Kuss aufzudrücken, wie er sich vor dir aufbaut, wie er seine schwarzen Flügel um dich legt, wie er seine Lippen schürzt, wie er sich deinem Gesicht nähert, um am tragischen oder vielmehr tragikomischen Ende bloß eine deiner beiden Wangen mit seinem Musenkussmund zu treffen, nachdem du deinen Kopf im entscheidenden Augenblick zur Seite gedreht hast.

»Wow … How did he react?«

»You know … oddly unmoved actually … Just turned around and walked away … mumbling that he didn't understand why I was jeopardising a role in his new film.«

»Oh boy …«

»Right?«

»Is that how things work in the business?«

»No … not necessarily … But it *can* happen.«

»Has it happened to you before?«

»Ugh … Maybe …«

»Really?«

»Yeah, but … you know … Let's not talk about this stuff now … I wouldn't wanna ruin our day with too many stories about these … these playboys.«

»Playboys?«

»You know … these guys who believe that the world lies at their feet … that they can get away with everything … these directors and producers … these actors and singers … the singers especially …«

Ich blicke hilfesuchend zu Boden, auf den mit Rasengitter befestigten Fußweg, auf die Wörter, die mir unentwegt vor die tönernen Füße purzeln, auf deine Wörter im Besonderen, die mich nun beinahe ins Stolpern bringen.

»The singers? But I am a singer, too, Charlotte … and a boy, for that matter … today more than ever …«

»Oh no … Not you, of course … No … I was talking about … about other singers, you know?«

»Other singers? Like who for example?«

»Like … my father …?«

»Your father is a singer?!«

»He used to be … A very popular one actually.«

»No way … Who is he?«

»Ugh … Lee Chulyoung?«

»Lee Chulyoung? The K-ballad singer? Wow …«

»You know him?«

»Well … I've read about him … He was supposed to perform the Olympic theme song in 1988, wasn't he?«

»Yeah … until it was handed over last minute to Koreana.«

»Right …«

»He never recovered from that stroke, though … Started drinking … I mean, drinking regularly … started cheating on my mother … started becoming violent as well at times … abusive …«

»Oh Jesus … How old were you back then?«

»Um … three years? Four? I only have a vague recollection of those times, though … My mother told me all that later … Much later, I mean … When she was actually capable to face her … I mean, *our* tainted past, you know?«

»And … your father?«

»What do you mean?«

»Did he … get a grip on himself?«

»Ugh … I wouldn't know.«

»Oh?«

»I mean, I don't care ... Not anymore anyway ... He's in the press every now and then of course ... Allegedly lives on Jeju Island now with some young actress.«

»So ... You're not ... close ... your father and you?«

»Close?! Do you know when I last saw him? I mean, in real life?«

Ich blicke hilfesuchend zu dir herüber, in deine schwarzgoldglänzenden oder eigentlich doch: schwarzgoldfunkelnden Augen, die mich nun beinahe ins Grübeln bringen.

»... On my fifth birthday! Can you believe that?! The guy has the nerve to choose my birthday to divorce my mother!«

In diesem Augenblick erreichen wir den Ausgang des Parks und damit die Sowol-ro, diese für mehrere Kilometer an der Westseite des Namsan-Berges entlanglaufende Hauptstraße, dieses Plateau sozusagen, diesen langgestreckten Pass mit Blick über die Skylines der Stadtviertel Itaewon, Yongsan 2-ga-dong und Huam-dong.

»... Oh, look! Look at that golden sun over Haebangchon!«

»That is not just a golden sun«, sage ich bewegt und lasse meinen weitgeöffneten Blick in aller verlorenen und sogleich wiedergefundenen Seelenruhe über die silbrig und golden im Spätnachmittagssonnenschein glänzende Silhouette eines von all seinen sexuellen Tabus wie befreit wirkenden Dorfes schweifen, eines unlängst seiner Schamgrenzen und seines Schamgefühls beraubten Viertels, aus dem zu guter Letzt auch noch die Angst vor der unklaren Erinnerung entwichen zu sein scheint, »That, Charlotte ... is Everglow.«

16

Beischlafes Schwester

Yongsan Community Policing Center,
Haebangchon, Seoul, Korea, 28. Mai 2018

Und hier stehe ich nun vor dem Yongsan Community Policing Center anstatt vor dem Incheon International Airport und warte auf dich, mein Kind, ja, hier stehe ich nun also abermals an der Haebangchon-Five-Way-Kreuzung mit meinen schiefergrauen Kopfhörern auf den weitgeöffneten Ohren und meiner olivgrünen The-North-Face-Jacke auf den schmalen Schultern und diesem glückstrahlenden Lächeln im wahr gewordenen Liebestraumgesicht und diesen getrockneten Glückstränen in den sehenden Augen und dieser großen, geheilten Hoffnung in der breiten Brust und diesem grenzenlosen Vertrauen im weitgeöffneten Herzen, und ich weiß: Gleich wirst du vor mir stehen, und du wirst hineinplumpsen in die Ordnung, die das Chaos der letzten Tage in meinem Herzen hinterlassen hat, und du wirst in meine Liebe fallen, und ich werde fallen, und wieder ohne Angst und ohne zurückzublicken und ohne jemals unten aufzuschlagen, und ich weiß: Gleich wirst du um mein Liebesleben laufen, und wieder ohne Richtung und ohne Absicht und ohne eine einzige Bedingung zu stellen, und ich weiß: Gleich wirst du mir gehören, egal, ob du mich küssen wirst oder vernaschen, mich etwas zu fest umarmen oder umklammern, luzide mit mir träumen oder paradox mit mir schlafen, und ich weiß: Wir werden ewig sein, mein Kind, und wenn nicht hier, dann überall, und wenn nicht jetzt, dann immer schon, und ich weiß: genau, wo mir der Kindskopf steht, genau, woher der Gaukelwind nun weht.

Sechzehn Stunden zuvor, da wusstest du noch gar nichts von einem wahr gewordenen Liebestraumgesicht und getrockneten Glückstränen, von einer Herzensordnung im Chaos und einem neuerlichen Liebeslebenslauf, sechzehn Stunden zuvor, da lagst du noch tief versunken in tiefen luziden Honigtraum in den Armen deines Beischlafes Bruders, die Augen fest verschlossen, die Lippen hingegen halbgeöffnet, das Haar zerzaust, die Hautpartie zwischen deinen Brauen hingegen wie glattgestrichen, deine Augäpfel in Wallung, dein engelschöner Kindergesichtsausdruck hingegen voller Gleichmut, deine Abgründe berührt zu guter Letzt und überwunden und dein nackter Körper wie zerflossen oder vielmehr: wie hineingegossen in die weitgeöffneten Arme deines Partners im Sittlichkeitsverbrechen, deines Seelensexverwandten, deines eigenen Fleischeslust und Blut, der sich irgendwann aus der etwas zu festen Umarmung befreite, sich den Beischlaf aus den Augen rieb, sich auf den verschwitzten Rücken drehte, die Hände hinterm Kindskopf verschränkte und seinen wiedererwachten Blick in aller Seelensexruhe durch das Schlafzimmer wandern ließ, durch den kleinen abendsonnengeküssten Raum, in dem überall geöffnete Umzugskartons herumstanden, Kleider und Schuhe verstreut auf der Erde herumlagen, Sommer-, Tee-, Volant- und Cocktailkleider in allen erdenklichen Farben, Turnschuhe und Stiefeletten, Sandalen und High Heels, um sich schließlich irgendwann, vielleicht nach einer halben, vielleicht aber auch nach einer ganzen glühenden Ewigkeit des Daliegens und Umherblickens von der Beischlafstatt der gemächlich pochenden Herzen zu erheben, einen iPod Touch aus seinem Rucksack hervorzukramen, sich mit diesem in der Hand ans Schlafzimmerfenster zu stellen und zu den Klängen seines Wiedergeburtstagsliedes verlorene und sogleich wiedergefundene Unschuldstränen in die abendgoldglänzende Haebangchoner Skyline zu weinen.

»Are you okay?«

Ich hatte dich gar nicht kommen hören, plötzlich standst du neben mir.

»I know you«, flüsterte ich, umschloss deinen Kopf mit beiden Händen, streichelte mit den Daumen über deine Wangen und drückte dir einen Kuss auf, unpräzise jedoch, schludrig geradezu, ohne zu zielen, ohne es für notwendig zu erachten, auch tatsächlich deine Lippen mit den meinen zu treffen, in gewisser Weise sogar: ohne dich überhaupt noch zu brauchen für diesen Kuss, diesen Schmetterlingskinderkuss, der nicht begehrte, der nichts verlangte.

»... I know you, Charlotte.«

Es war meine Liebeserklärung an dich.

Ich glaube, dass sich dein Sinneswandel bereits an diesem Abend vollzog, und zwar bereits wenige Minuten, nachdem dich eine zufällige Begegnung mit einem Zurückgewiesenen jählings aus deinem paradoxen Hochzeitsnachtschlaf gerissen und dir binnen eines Wimpernschlages die verträumten Augen dafür geöffnet hatte, dass du nackt warst, dass du Koreanerin warst, dass du eben keine Amerikanerin mehr warst, und dir binnen desselben Wimpernschlages so etwas wie eine Bestätigung dessen geliefert hatte, was sich gelegentlich und beinahe unmerklich zwischen deinen Brauen angedeutet und was Albert Ahn des Nachts zuvor mit seinen schwarzgeflügelten Einflüsterungen noch einmal befeuert hatte: eine Bestätigung deiner Zweifel also an der Angemessenheit, der Gesellschaftsfähigkeit, vor allem aber der Gefahrlosigkeit einer Liebschaft mit mir, überhaupt einer romantischen Begegnung mit einem Mann, der typischerweise Herzen brach und ein Lotterleben führte und darüber hinaus ständig auf der Durchreise war ... und in all diesen Punkten doch genau deinem Vater gleichen würde, diesem Herzensbrecher, Lotterlebemann, Durchreisenden, diesem Traum der Feuerwassergeister schlaflosen Nächte, diesem ruhmbeflügelten Freiersmann von Welt, der sich doch törichterweise eines schaurigen und verdammten Tages im Frühling 1990 aus dem Staub des Alltags gemacht hatte, um solcherweise befreit von allen Einschränkungen und Sorgen des Familienlebens einem noch verantwortungsloseren und ausschweifenderen Leben auf der Straße der Versuchung und der Verfallung frönen zu können.

Wir waren soeben die 108 Heaven Stairway hinabgestiegen, eine hundertacht winzige Stufen zählende Treppe, die auf dem Weg zwischen unserem italienischen Restaurant und meiner Bushaltestelle zwangsläufigerweise zu passieren gewesen war, und hatten gerade eine am Fuße der Treppe liegende Filiale der Bäckereihandelskette Paris Baguette hinter uns gelassen, als du mitten in einem angefangenen Satz stocktest, von meiner Hand abließest und zu laufen anfingst, quer über die Straße und geradewegs auf die Bushaltestelle zu, quer über die Sinheung-ro und kreuz und quer und querfeldein über Stock und über Stein und geradewegs auf die Huamdongjongjeom Station zu, um mir einen kurzen, wenn nicht sogar flüchtigen Augenblick später von dort aus ungelenk und patschert zuzuwinken und dein verzweifeltes Lächeln der Scham, der Schuld und der Gewissensnot zu lächeln.

»Are you okay?«

Ich hatte inzwischen die Haltestelle erreicht, noch völlig außer Atem vom Laufen oder eigentlich doch: Hinterherlaufen über Stock und über Stein, vom Hinterherrasen kreuz und quer und querfeldein, ja vom verzweifelten Versuch, mit der eigenen Schwester, mit der eigenen Geschichte, mit dem eigenen längst besiegelten Schicksal Schritt zu halten.

»I think I just saw someone.«

»What do you mean?«

»I just saw this guy at Paris Baguette ... or someone who looked like him anyway.«

»Who? What?«

»This … this guy who …«

Abermals stocktest du mitten im Satz, dieses Mal allerdings, weil dein Telefon zu klingeln begonnen hatte.

»… Oh no … Shit … It's really him …«

Und ich weiß noch, wie entgeistert dein Blick mit einem Mal wurde, wie geistvoll, um doch genau zu sein, wie schamvoll überdies, wie verachtungsvoll zugleich, wie unheilvoll aber vor allen Dingen.

»… I'm sorry, but I've got to take this.«

Und wie klar und wie resolut deine Stimme plötzlich klang.

»… 안녕하세요?«

Und wie unheimlich und wie still und wie leidvoll du um dein so plötzlich und so unerwartet aus den Angeln geratenes Liebesleben lächeltest, während du nun mit dem Geist aus dem Paris Baguette sprachst, mit diesem »malicious film composer«, wie du im Anschluss an das Telefonat erzähltest, diesem »notorious playboy«, der dir wenige Tage zuvor seine Liebe erklärt hatte und sich nun darüber echauffierte, dich »hand in hand with a random foreigner« unweit der 108 Heaven Stairway gesehen zu haben, und wie verzweifelt und wie vergeblich du indes versuchtest, deine immer unheimlicher, schriller und lauter werdenden Zweifel an der Angemessenheit, der Gesellschaftsfähigkeit, der Gefahrlosigkeit einer Liebschaft mit mir hinter diesem unheimlichen, stillen und leidvollen Lächeln zu verstecken.

Eine laue Hochzeitsnacht in Haebangchon, dem Dorf der Befreiung, eine einsame Bushaltestelle unweit der 108 Heaven Stairway, eine unlängst aus allen Wolken ihrer New Yorker Bierkultur zurück in die koreanische Patriarchatskultur gefallene Schicksalsschwester, ein noch gänzlich von der Absichtslosigkeit, der Richtungslosigkeit, der Bedingungslosigkeit und der Allumfassenheit seines Zugehörigkeitsgefühls erfüllter und also durch nichts und niemanden aus der Hochzeitsnachtruhe zu bringender Beischlafes Bruder, ein hämischer Filmkomponist mit stechendem Blick und gezücktem Telefon irgendwo im Hintergrund, ein hoch am Hochzeitsnachthimmel stehender Honigmond schließlich, der voller Güte auf die drei gläsern Liebenden und mithin silbrig und golden im Schein der Straßenlaternen Glänzenden als auch ständig zu zerbrechen Drohenden herabblickt.

»So … Tomorrow at eleven then?«

»Sure … um … eleven at the policing center again.«

»I had such a lovely day today, Charlotte.«

»Yeah … So had I.«

»You know … It's as if they designed the day for us … The tangy scent of the trees at Namsan Park … the golden sun over the Haebangchon skyline … the luscious food at Il Matrimonio … «

»Yeah …«

»Are you okay? You seem a little … distant …«

»Distant?«

»I mean, are you still …«

»Oh, look! Here's your bus already …«

»My …?«

»Your bus … The 202 to Namyangju.«

»202? I thought I'm taking the Yongsan 02 …«

»No, that's the wrong direction.«

»Really?«

»Trust me … The 202 will take you directly to Hotel Kukdo.«

»Oh … Okay … So …«

»Hurry up … They don't wait for no one here …«

Ein Abschied zwischen Bustür und Angel, eine vor einer etwas zu großen Nase zuschlagende Bustür, ein Luftkuss anstelle eines Abschiedskusses.

Und hier stehe ich nun vor dem Yongsan Community Policing Center anstatt vor dem Incheon International Airport und warte und warte, ja, hier stehe ich nun also an der Haebangchon-Five-Way-Kreuzung mit meinen schiefergrauen Kopfhörern auf den steifgehaltenen Ohren und meiner olivgrünen The-North-Face-Jacke auf den hochgezogenen Schultern und diesem verkrampften Lächeln im wahr gewordenen Liebestraumgesicht und diesen getrockneten Glückstränen in den lachenden und den weinenden Augen und dieser unsterblichen Hoffnung in der Hühnerbrust und diesem paradoxen Vertrauen im weitgeöffneten Herzen und dieser kürzlich eingetroffenen kryptischen und von leichter Verspätung und einer schlaflosen Nacht sprechenden KakaoTalk-Nachricht auf meinem mobilen Telefon und diesem satinierten Hotelbriefpapier in meiner sehnsuchtsvollen, in meiner ahnungsvollen, in meiner unheilvollen kleinen Patschhand und lese noch einmal durch, was ich vorhin am Schreibtisch meines in aller Frühe bezogenen Zimmers im Four Points by Sheraton Seoul Josun zu Satinpapier gebracht habe: *Und plötzlich ist sie da, plötzlich ein kleiner Punkt am Haebangchoner Horizont, plötzlich ganz und gar da, und mit ihr ihr noch feuchtes Haar und ihr feingeschliffenes Rohdiamantengesicht und ihre schwarzgoldglänzenden Augen und ihre Zweifel zwischen den Brauen und ihre kostbaren Lippen und ihre leicht abstehenden Schulterblätter und ihre kleinen Hände und ihre befleckte weiße Bluse und ihre zerschlissene hellblaue Bollerhose* und ihr furztrockenes und zu einem Pferdeschwanz gebundenes Haar und ihr mit Puder, Rouge, Lidschatten und Lidstrich verunziertes Brillantengesicht und ihre schwarzgoldfunkelnden Augen und ihre Entschlossenheit zwischen den Brauen und ihre rotgeschminkten Lippen und ihre kleinen Todesengelsflügel und ihre normalgroßen Hände und ihr nachtschattenschwarzes Designerkostüm und ihre schwarzglänzenden High Heels, und ich weiß: Gleich wird sie vor mir stehen, und sie wird hineinplumpsen in das Chaos, das die Ordnung ihrer Haare in meinem Herzen anrichtet, und sie wird über meine Liebe stolpern, und ich werde stolpern über ihr Stolpern und sie und mich noch im Fallen wieder auffangen, und ich weiß: Gleich wird sie mein schönes neues Lotteleben aufs Spiel setzen, und alles bloß aus Angst vor der Liebe und dem freien Rückfall in die Vergangenheit und dem Aufprall auf dem Boden einer schaurigen und verdammten Wirklichkeit, und ich weiß: Gleich wird sie mir gehören, egal, ob sie mich ficken wird oder verschmähen, verschaukeln oder verstoßen, mit mir spielen oder mit mir Schluss machen, und ich weiß: Wir werden ewig sein, und wenn nicht hier, dann überall, und wenn nicht jetzt, dann immer schon, und ich weiß: schon längst nicht mehr, wo mir der Kindskopf steht, schon längst, woher der Gaukelwind nun weht.

Und hier stehe ich nun also vor dem Yongsan Community Policing Center anstatt vor dem Incheon International Airport und warte auf einen rettenden oder wenigstens silbrig und golden glänzenden Einfall, ja, hier stehe ich nun also irgendwo zwischen den Zeilen, und nicht bloß fraglicher Liebesgeschichte, und zugleich irgendwo an der Schwelle eines schönen alten Lebens aus dem Unheilvollen, eines schönen alten Lebens am seidenen Faden und auf tönernen Füßen und im Hier und Einst, ja, hier stehe ich nun also an der Haebangchon-Five-Way-Kreuzung mit meiner hellblauweißen Makgeollischwester im Geiste und auf dem Satinpapier und einer just in diesem Augenblick vor dem Namsan Mountain Tea Room zum Stehen gekommenen Nachtschattenschwarz tragenden Schicksalsfrau in meinem unmittelbaren Blickfeld und dieser dunklen, wenn nicht sogar nachtschattenschwarzen Vorahnung im kribbelnden Bauch und diesem gleichwohl paradoxen Vertrauen im weitgeöffneten Herzen, und ich weiß: Gleich werde ich neben mir stehen, und ich werde zu träumen wagen, und ich werde mitansehen können, wie sich die silbrig und golden glänzenden Erinnerungsbilder der letzten beiden Tage wie ein Schutzverband über diesen urplötzlich nachtschattenschwarz gewordenen Vormittag und über die Nachtschattenschwarz tragende Schicksalsfrau legen werden, und ich weiß: Gleich werde ich um mein schönes neues Lotteleben laufen, doch gänzlich ohne Angst und ohne zurückzublicken und ohne jemals den Boden der schaurigschönen Wirklichkeit zu berühren, und ich weiß: Gleich werde ich ihr gehören, egal, ob sie mich täuschen wird oder verarschen, verraten oder verkaufen, mich blenden oder hinters dunkelgelbe Licht führen, und ich weiß: Wir werden ewig Kinder sein, und wenn nicht hier, dann überall, und wenn nicht jetzt, dann immer schon, und ich weiß: schon längst nicht mehr, wo mir der Kindskopf steht, schon längst, woher der Gaukelwind nun weht, denn als habe ich dir diesen sehnlichsten aller deiner Kinderwünsche von deinen schwarzgoldglänzenden Augen abgelesen und als habe ich begriffen, dass ich weder dir noch einem längst besiegelten Schicksal diesen letzten Schliff an meinem Erinnerungsgemälde überlassen sollte, fange ich mit einem Mal an, zu laufen, fange ich mit einem Mal an, tollpatschig und tollkühn auf dich zuzulaufen, quer über die Kreuzung und geradewegs auf dich zu, quer über die Haebangchon-Five-Way-Kreuzung und kreuz und quer und querfeldein über Stock und über Stein und geradewegs auf dich zu, und dir ungelenk und patschert zuzuwinken und meine Lippen zu befeuchten und mit meinem Herzen im Takt des Wiedergeburtstagsliedes zu schlagen und dann so lange um mein schönes neues Lotteleben zu taumeln und zu schaukeln und zu gaukeln, bis ich verdattert vor dir stehe ... mit Wind, mit Gaukelwind in meinem aschblonden Haar und dieser zerstreuten Hoffnung auf die jüngste Vergangenheit in meiner Hühnerbrust und dieser drängenden Frage nach dem Grund für deine kleine Kopfverdrehung auf meinen ungeküssten Lippen.

Tja, und hier stehe ich nun also vor dem Namsan Mountain Tea Room anstatt vor dem Incheon International Airport und warte auf den Schwindelanfall, ja, hier stehe ich nun also vor einem dieser schönen alten koreanischen Teehäuser und zugleich mittendrin im schönen alten Lotteleben, mittendrin im gestern noch honigsüßen, nackten, in meine weitgeöffneten Arme hineingegossenen und heute bereits blumig-orientalisch duftenden, nachtschattenschwarz kostümierten und ebenjenen weitgeöffneten Armen unsanft wieder entrissenen Leben nach dem kleinen Tod und der kleinen Kopfverdrehung, ja, hier stehe ich nun also an der Haebangchon-Five-Way-Kreuzung mit Charlotte Lees blumig-orientalischen Parfümduft in der etwas zu großen Nase und diesem verkrampften Lächeln im wahr gewordenen Vorahnungsgesicht und diesem gleichwohl paradoxen Vertrauen im weitgeöffneten Herzen, und ich weiß: Gleich wird mir schwarz vor Augen, und wenn nicht hier, dann im Uber, und wenn nicht dort, dann spätestens im City of Refuge Café.

»Because we're in public?«

»I'll explain to you later.«

»Later?«

»Yes … at your friends' café.«

Doch seltsam, denn obwohl Charlotte nun also zum Befreiungsschlag ausgeholt hat, obwohl sie meine unsterbliche Hoffnung auf die jüngste Vergangenheit mit einer einzigen kleinen Kopfverdrehung zerstreut und obwohl sie mein schönes neues Lotteweltbild in tausend Silber- und Goldfarbsplitter zertrümmert hat, so zertrümmert es *mich* gleichwohl nicht, noch wird mir schwarz vor Augen, noch verliere ich den Halt, noch wird mir eng ums weitgeöffnete Herz, noch ringe ich um Seelenluft, noch breche ich in Unglückstränen oder gar Gelächter aus.

»Is everything okay?«

Vielleicht, weil ich in der Tiefe meines weitgeöffneten Herzens weiß, dass Charlottes kleine Kopfverdrehung nichts mit dir und mir zu tun hat, nichts mit Honigträumern oder Makgeolligeschwistern, nichts mit Liebestraumtänzern oder Hochzeitsnachtschwärmern, nichts mit Wachtraumpartnern im Sittlichkeitsverbrechern oder Seelensexverwandten.

»Everything's fine … Don't worry.«

Vielleicht aber auch, weil meine Erinnerung an die schöne neue Lottewelt durch das verdrehte Wirken meiner Schicksalsfrau zwar ihre Struktur, nicht aber ihre Schönheit verloren hat, und ich mithin in den überall vor dem Namsan Mountain Tea Room herumliegenden Silber- und Goldfarbsplittern immer noch genau das Gleiche sehe, was ich bereits in der *ungeteilten* Erinnerung an die jüngste Vergangenheit gesehen habe: einen silbrig und golden im Vormittagssonnenschein glänzenden Schatz.

»You sure?«

»Yeah ... Just a bit tired.«

»I know ... But why haven't you been able to sleep?«

»I don't know ... Perhaps something I ate ...?«

»Something you ate?«

»Or drank ...«

»At Il Matrimonio, you mean?«

»No ... at home later ... Some ... herbal tea that turned out to be green tea.«

Ein lauer Vormittag in Haebangchon, dem Dorf des Befreiungsschlages, ein koreanisches Teehaus mit Blick auf die Haebangchon-Five-Way-Kreuzung, eine neuerdings mit überraschend klarer und resoluter Stimme sprechende Schicksalsfrau, ein unlängst aus einer honigsüßen in eine blumig-orientalische Duftwolke gefallener Traummann, eine hoch am Vormittagshimmel stehende Ewigglühende schließlich, die voller Güte auf die beiden gläsern Liebenden und mithin silbrig und golden zu zerbrechen Drohenden herabblickt, eine drängende Frage zuletzt, die einem der beiden gläsern Liebenden schon seit Längerem auf den ungeküssten Lippen brennt.

»That's not Rêve de Miel, is it?«

»My fragrance? No ... This is an actual perfume by Givenchy.«

»Givenchy? Wow ... What's it called?«

»Oh, look! Here's our Uber already ...«

Ein unmittelbar vor dem Yongsan Community Policing Center zum Stehen gekommenes Uber Black, eine dem Fahrer überraschend graziös und anmutig zuwinkende Schicksalsfrau, eine ihr längst besiegeltes Schicksal neuerlich in die eigene Hand nehmende Schicksalsfigur, die ihre Schicksalsfrau kurzerhand bei der Hand nimmt und über die Kreuzung führt, eine wenig überraschende Antwort zwischen Autotür und Angel schließlich, die sich wie die Überschrift eines Romankapitels anhört.

»It's called Ange ou Démon.«

17

Ange ou démon

Haebangchon, Seoul, Korea, 30. Mai 2018

And I will go on to try in vain.
I will go on to try in vain.

Hörst du, wie der erbärmlich Liebende für uns singt? Hörst du den herbsüßen Klang der großen weiten Weltverlorenheit in seiner heiseren Stimme? Hörst du, wie er es bewältigt, ein Scheitern wie einen Sieg klingen zu lassen? Hörst du, wie erschütternd und wie erfüllend es sein kann, einem längst besiegelten Schicksal mit Händen und mit Küssen zu trotzen? Hörst du, welches Triumphgeheul jener irgendwann anzustimmen scheint, der immerzu die Scherben der zu Bruch gegangenen gläsernen Liebesempfindungen seiner Geliebten von den Böden der Tatsachen aufzusammeln gezwungen ist? Von den Waldböden und den Asphaltpflastern? Von den Meeresgründen und den Tanzparketten? Von den tönernen Fußböden, auf denen sie dann vor ihm stehen, diese Geliebten, frischgebadet und spärlich bekleidet mit fahlweißen Herrenoberhemden und nachtblauen Unterhosen? In ihren noch feuchten Haaren der Duft der verlorenen Kinderzeit? Auf ihren kostbaren Lippen das unheimliche, unstillbare, unlautere Verlangen nach dem Todeskuss? In ihren, ach! zwei Seelen in ihren geschwellten Brüsten die bange Hoffnung auf meine Offensive? Und in ihren unheilvollen Herzen diese entsetzliche Angst vor der Liebe und diese entsetzliche Sehnsucht nach Erlösung?

I will go on to try in vain.
I will go on to try in vain.

Hörst du, wie der erbärmlich Liebende für uns singt? Hörst du seine *Wretched Love Songs* aus deinen Lautsprechern schallen? Hörst du seine gläserne und mithin silbrig und golden zu brechen drohende Stimme und wie sie nun segnet deinen Rückfall in die Weite meines weitgeöffneten Herzens? Deine Verwandlung von einer Verzauberten in eine Schlichte und Ergriffene? Deine schrittweise verlaufene und in diesen fassungslosen Augenblicken der halbnackten Wahrheit ihren triumphalen Abschluss findende Rückverwandlung einer vom stechenden Blick und hämischen Wort eines Filmkomponisten Verzauberten in eine Schlichte und neuerlich vom festen Blick und hingebungsvollen Wort eines Liederkomponisten Ergriffene?

I will go on to try in vain.
I will go on to try in vain.

Hörst du, wie der erbärmlich Liebende für uns singt? Und spürst du, wie der absichtslos, richtungslos, bedingungslos, allumfassend Liebende seine Hände auf deine bleichen Wangen legt? Und riechst du den herbsüßen Duft der kleinen Todessehnsucht in der noch feuchten Badezimmerluft? Und siehst du mich vor dir stehen in meinem grenzenlosen Vertrauen in deine Herzensmakellosigkeit? In meinem unerschütterlichen Glauben an deine frühere oder spätere Rückkehr in meine weitgeöffneten Arme? In meiner engelsgleichen Geduld mit dir und mit mir? Und meine Hände um deinen Kopf falten wie zum Gebet und meine Lippen schürzen und mich auf die Suche nach einem unlängst verlorenen Tochterkuss machen?

I will go on to try in vain.
I will go on.

Hörst du, wie der erbärmlich Liebende für uns singt? Hörst du, wie der triumphale Mittelteil seines erbärmlichen Liebesliedes Nummer drei deine Wohnung mit hingebungsvoll gehauchten Worten der Weisheit erschüttert und erfüllt? Mit dem Triumphgeheul eines untröstlichen Getrösteten, der in seiner kleinen behinderten großen Kunst schon längst versöhnt zu sein scheint mit seiner verunreinigten Vergangenheit und seiner verlorenen Liebesmüh und diese künstlerische Harmonie nun wie einen Brautsegen über dich und mich aushaucht? Eines unbeirrbar und unüberhörbar um sein immerzu aus den Angeln geratendes Liebesleben Singenden, in dessen gebetsmühlenartig wiederholte Liedzeilen ich nun schlüpfe wie in ein fahlweißes Festtagskleid, um sie mit meinem unlängst aus den Angeln geratenen und just in dieser Sekunde deines vorsichtigen Erwiderns meines vorsichtigen Kusses wieder ins Lot gekommenen Liebesleben zu füllen?

»I decided that we're just good friends from now on.«

Wir hatten uns gerade erst hingesetzt, und zwar ausgerechnet an jenen Tisch im ersten Stockwerk des City of Refuge Cafés, an dem ich wenige Tage zuvor mit regen.kr gesessen hatte und den ich damals bekanntermaßen viel lieber verlassen hätte, um beispielsweise mit Aaron unter dessen Regenschirm auf dem feuchtglänzenden Trottoir vor dem Café herumzustehen und Spökes zu machen oder mit Mary schäbigschick und vertraut auf rosafarbenen Windsor-Stühlen oder rostbraunen Chaiselongues zu sitzen und ihren Worten der Weisheit zu lauschen.

»You …? What …?«

Ich konnte es einfach nicht glauben.

»… Why …? What happened …?«

Das heißt, ich hatte nach der Szene vor dem Namsan Mountain Tea Room natürlich die ganze Zeit hindurch dunkel, wenn nicht sogar nachtschattenschwarz geahnt, dass Charlotte bloß auf den geeigneten Moment wartete, um ihren Kopf noch ein kleines Stückchen weiterzuverdrehen, in Wort dieses Mal anstatt wie zuvor in Tat, und dennoch klang ebendieses Wort, ebendieser von guter, jedoch platonischer Freundschaft sprechende Satz nun, da die Verzauberte mir auf der Uber-Fahrt von Haebangchon nach Jung-gu trotz oder vielleicht sogar *wegen* ihres Abgelenktseins durch ein beinahe die gesamte Fahrt hindurch andauerndes Telefongespräch mit ihrer neuen Modelagentur erlaubt hatte, ihre Hand zu halten, und ich in meiner Beglückung und Bestürzung darüber neuerlich ins Grübeln gekommen war, ob es sich bei ihrer Kussverweigerung womöglich gar nicht um eine Abfuhr im eigentlichen Sinne gehandelt hatte, sondern bloß um den Ausdruck einer vom hämischen Filmkomponisten in ihr wiederentfachten kulturtypischen Scham, und dennoch also klang ebendieses Wort, ebendieser von guter, jedoch platonischer Freundschaft sprechende Satz nun weitaus schriller in meinen weitgeöffneten Ohren als erwartet.

»I was awake all night ... thinking about you and me ... and the film composer.«

Und dennoch zerfetzte er weder mein Trommelfell noch mein Zwerchfell noch mein weitgeöffnetes Herz.

»The film composer?«

Vielleicht, weil ich in dessen Tiefe wusste, dass Charlottes Befreiungsschlagworte nichts mit dir und mir zu tun hatten, nichts mit Beischlafbrüdern und reitenden Schicksalsschwestern, nichts mit platonischen Freunden bis in den kleinen Tod, nichts mit nah am Wasser Gebauten und himmlischen Mischwesen, nichts mit Windjackenträgern und gefallenen Engelskindern, nichts mit dunkelgelben Lichterfüllten und Gefangenen der Vergangenheit.

»... So it wasn't the green tea that kept you from sleeping, was it?«

Vielleicht aber auch, weil unsere Beziehung durch Charlottes entschlossenes Wirken zwar ihre Bezeichnung, nicht aber ihre Bedeutung verloren hatte und ich in einer Liebesgeschichte ohne kleinen Tod und dennoch mit ewigem Leben immer noch genau das Gleiche sah, was ich bereits in einer Liebesgeschichte mit Kinderbett und daher ohne Angst gesehen hatte: die Erfüllung einer Bestimmung, eines Wachtraumes, eines Kinderwunsches.

»The …? Oh … No … It was the encounter with that guy.«

»Did he contact you again?«

»Yeah … He texted me … right after your bus had left.«

»Oh my …«

»Saying that I shouldn't get involved with foreigners but instead reconsider going out with him.«

Ich stand auf, nahm meinen Stuhl und stellte ihn an die Längsseite des Tisches, sodass ich Charlotte nicht mehr länger gegenübersaß, sondern unmittelbar neben ihr.

»And that's why you just wanna be friends now? Because this guy sent you a sore text message?«

Und ergriff vorsichtig ihre Hand, die dann allerdings regungslos in der meinen liegen blieb.

»No … It's just that … I don't know … that I'm not used to entering love relationships this fast … I need more time, you know?«

»Love?«

Und versuchte vergeblich so zu tun, als sei nichts geschehen … als habe Charlotte mir nicht wieder einmal unbeabsichtigterweise ihre gläserne Liebe erklärt.

Gebannt beobachtete ich durch den Tränenschleier, wie sich die rotgeschminkten Lippen der Verzauberten beim Sprechen auf- und abbewegten, wie sie einander stammelnd berührten, so wie ich sie tags zuvor noch stammelnd berührt hatte, wie sie, die tags zuvor noch vor Erregung gezittert hatten, nun vor Entschlossenheit bebten.

Ich blickte auf von meinen Aufzeichnungen; gerade einmal fünf Minuten waren vergangen, seitdem Charlotte unseren Tisch, gerade einmal sieben, seitdem sie unser Bett verlassen hatte.

Wie sie, die tags zuvor noch schlichte Worte der Ergriffenheit geflüstert hatten, nun ebendiese brachen.

Sieben Minuten, während derer aus buchstäblich heiterem Himmel ein wütender Gewittersturm aufgezogen war, eine

Windsbraut wider Willen sozusagen, die nun Laub, Zeitungspapier und fortgeworfene Pappbecher vor sich her fegte und vorsichtshalber aufgespannte Regenschirme umklappte.

Wie sie, die sich tags zuvor noch um meinen großen weiten Weltschmerz gelegt hatten, sich nun …

»What are you writing?«

Ich hatte Charlotte gar nicht kommen hören, plötzlich stand sie neben mir, frischgeschminkt wie der junge Morgenstern, und beugte sich über meine Aufzeichnungen.

»Oh … um … It's …«

»Gibberish again?«

»Maybe …?«

»And in German again, right?«

»Um … Yeah, unfortunately …«

»Will you translate it for me this time?«

»Um … Sure … I mean …«

Glücklicherweise wurden wir unterbrochen.

»Here you go, guys … Homemade ginger tea with fresh ginger from Gyeongdong Market.«

»Oh … Joseph … Yeah … Wonderful … Thanks.«

»Gee … Look at that sky!«

Und ich weiß noch, wie bestürzt Charlotte damals wirkte, als sie auf Josephs Worte hin aus dem Fenster und in den urplötzlich nachtschattengrau gewordenen Jung-guer Mittagshimmel blickte.

»Oh shit! Shit … I didn't bring my umbrella!«

Und wie leicht ihr dieser Fluch von den rotgeschminkten Lippen ging.

»Your umbrella?«

Und wie schrill er in meinen weitgeöffneten Ohren klang.

»Yeah … I have this meeting with my new model agency in about an hour and need to be in tip-top shape for it.«

Und wie schrill die Ankündigung ihrer Tagesplanung.

»… I wanted to tell you in the cab already … Sorry, I forgot.«

Und wie besonnen ich gleichwohl reagierte.

»Well … It's … business, isn't it?«

Und wie innerlich bewegt ich bei alledem doch war.

»Okay, guys … Enjoy your tea now … I'll have to retract the awning real quick and close the windows downstairs.«

Und wie erschüttert und gleichermaßen erfüllt mit einem Mal von der wahrhaft stürmischen und drängenden Aussicht, auf meinem Rückweg zum Four Points by Sheraton Seoul Josun mit feuchtem Haar, nasser Kleidung und einer kehligen und von Beischlafbrüdern, reitenden Schicksalsschwestern, platonischen Freunden bis in den kleinen Tod, nah am Wasser Gebauten, himmlischen Mischwesen, Windjackenträgern, gefallenen Engelskindern, dunkelgelben Lichterfüllten und Gefangenen der Vergangenheit singenden Stimme im Ohr durch die verregneten Straßen Jung-gus zu ziehen.

»Oh … Sure … Go ahead … Thanks again, Joseph.«

»So you don't mind?«

Ich hatte meinen Stuhl inzwischen wieder auf seine ursprüngliche Position zurückgestellt, saß Charlotte also wieder wie zu Beginn unseres Krisengesprächs frontal gegenüber.

»I *do* mind.«

»You do?«

»Yeah … I mean … kind of …«

Denn war ich im Nachtschatten und im Lichte all dieser unerwarteten Tatsachen nicht höchstwahrscheinlich dazu verdammt, den Rest des Tages allein, zumindest aber ohne meine im wahrsten Sinne des schrillklingenden Wortes neue Freundin zu verbringen?

»… But on the other hand I'm glad that things seem to go well for you.«

Und zwar unbekleidet und ungeschützt auf der Nachtschattenseite meines schönen neuen Lottelebens liegend? Ringend um Fassung anstatt um Fassungslosigkeit? Ringend um Worte anstatt um Ausdruck? Ringend mit der eigenen Geschichte anstatt mit der eigenen Schwester? Ringend mit den Dämonen der Vergangenheit anstatt mit den Engelskindern der Gegenwart?

»We'll see each other tomorrow … I promise.«

Oder nicht doch vielmehr: schulterzuckend? Und auf einem Geheiltenlager liegend? Verschaukelt und dennoch vergnügt? Bewegt und gleichermaßen besonnen? Selbstbewusst und gleichermaßen selbstverloren? Erschüttert und gleichermaßen erfüllt von der ungeteilten Erinnerung an eine silbrig und golden glänzende Zukunft?

»You promise?«

Plötzlich wieder deine kleine Hand auf meiner Schulter.

»Cross my heart.«

»Can I go to Berlin with you?«

»Go to Berlin with me?!«

Ich konnte es einfach nicht glauben.

»… You mean … visit me one day?«

Das heißt, ich hatte nach der Trennungsszene beziehungsweise der platonischen Liebesszene tags zuvor im City of Refuge Café zwar die ganze verlorene Zeit hindurch dunkel, wenn nicht sogar dunkelgelb geahnt, dass die verlorene Tochter bloß auf den geeigneten Moment wartete, um in meine weitgeöffneten Arme zurückzukehren und ihren verlorenen, verdrehten Kopf sodann in die Ausgangsposition zurückzudrehen, in die Vertrauensposition, wenn man so will, und dennoch machte ebendieses Zurückdrehen oder vielmehr Zurückrasten ihres Kopfes, nun, da die verlorene, verdrehte Tochter mir bei der vormittäglichen Begrüßung in Haebangchon noch nicht einmal ihre Wangen hingehalten hatte, geschweige denn ihre Lippen!, und mir überdies auf der Uber-Fahrt von Haebangchon nach Jongno zwar wiederholt ihre Hand auf die Schulter gelegt, das Halten derselben jedoch unter Verweis auf unsere platonische Freundschaft verweigert hatte, und ich im Übrigen den Rest des gestrigen Tages nicht nur tochterseelenallein, sondern obendrein ohne ein einziges Lottelebenszeichen hatte verbringen müssen (wenn auch nicht mit feuchtem Haar und nasser Kleidung durch verregnete Straßen ziehend, dafür jedoch mit immerhin feuchten Augen und tränennasser Nachtrobe auf meinem Geheiltenlager im Four Points by Sheraton Seoul Josun liegend), und dennoch also machte ebendieses Zurückrasten ihres Kopfes nun ein deutlich erschütternderes und erfüllenderes Einrastgeräusch als erwartet.

»No … no … Leave Seoul with you.«

»Leave … Seoul …?«

»Yeah … Take your plane.«

»Oh my …«

»No …?«

»Sure … I mean …«

»And can I stay at your place then?«

»Stay at my place?!«

Mein Suppenlöffel fiel mir in die gerade erst von einer freundlichen Ajumma servierte Miyeokguk-Seetangsuppe, es platschte und klonkte, die Spritzer landeten auf meinem dunkelgrauen T-Shirt und der blütenweißen Bluse der wie verwandelt wirkenden Verzauberten, die sich jedoch nicht etwa über mein Missgeschick und dessen Folgen empörte, sondern sich geradezu erleichtert zeigte über diese neuerliche Verunschönung und Versauung ihrer bereits an unserem Hochzeitstag getragenen, zwischenzeitlich gewaschenen und also sämtlicher Kaffee- und Rotweinflecken beraubten Spitzenbluse.

Er war Lottes Idee gewesen, dieser Ausflug nach Jongno, dieser Spaziergang zunächst im traditionell koreanischen Viertel Bukchon Hanok Village und später dann der Besuch des Eojileoun, eines innerhalb des pittoresken Hanok-Dörfchens liegenden traditionellen koreanischen Restaurants, in dem wir nun seit zirka einer halben Stunde vor Makgeolli und Banchan, also den in Korea üblicherweise vor dem eigentlichen Gericht servierten Gemüsebeilagen, und seit Kurzem auch vor besagter aus Muschelbrühe, Braunalgen, Sardellen, Rindfleisch, Sojasauce, Sesamöl, Knoblauch, Winterzwiebeln und gerösteten Sesamsamen zubereiteten Seetangsuppe saßen.

»I don't belong here anymore ... I mean, I never really belonged here anyway ... Or maybe I did ... as a child at least ... You know ... before he left us.«

»Your ... father ...?«

Ich war immer noch wie vor den Kopf geschlagen.

»I wanna escape, you know?«

Und zugleich so wunderstill beglückt, und nicht zuletzt über Lottes wiedergefundene kehlige und träge Stimme und den rührenden Klang ihres feinen Lispelns beim Emporheben und wieder Fallenlassen solch schlichter und umso ergreifenderer Wörter wie »stay« oder »escape«.

»... Escape my fatherland.«

Und ergriff vorsichtig ihre Hand, die dann allerdings in gänzlich unromantischer Art und Weise mitsamt ihrem nach wie vor fest umklammert gehaltenen Suppenlöffel in der meinen lag.

»Well ... Of course you're more than welcome to come with me on Friday.«

Und versuchte erst gar nicht, so zu tun, als sei nichts geschehen ... als habe Lotte mir nicht wieder einmal unbeabsichtigterweise ihre Gaukelliebe erklärt.

»... And to stay at my place, too ... of course.«

»Really? I could?«

»Yeah ... I mean ... If you really wanna do this ...«

Und ich weiß noch, wie sich ihre Wangen nun abermals mit dem natürlichen Rouge der Scham bedeckten.

»No ... I ... I'd love to ... visit Berlin, I mean ... After all, it's a historic site, isn't it? A symbol of reunification ... an inspiring place to be ... especially for a Korean ...«

Und der Lust.

»... And apart from that it's supposed to be this city of ... of vices ... and desires.«

Und der Schuld.

»… However, I might only stay for a few days, you know?«

Und der Gier.

»… And … nights, of course.«

Und der Gewissensnot.

»… I mean … nights in … in separate rooms.«

Und wie sich ihre Stimme indes mal klar und resolut, dann wieder kehlig und träge anhörte, je nach Drehsinn ihres Kopfes sozusagen.

»Why separate rooms?«

Und wie sich ihr Blick indes mal hob, dann wieder senkte, mal weitete und schließlich verengte.

»Because we'd still be just good friends.«

Und wie sie, die im wahrsten Sinne des mal klar und resolut, mal kehlig und träge klingenden Wortes Zweideutige, die allerdings eindeutig zu ahnen schien, dass sie mit ihrer Koketterie mit einer Lotteweltflucht nach Berlin einen Schritt zu weit getaumelt und geschaukelt war, nun mit einem Mal ihre Hand aus der meinen löste, ihren Suppenlöffel neben sich auf den Tisch legte, ein Haargummi aus ihrer Henkeltasche hervorholte und anfing, sich einen Pferdeschwanz zu binden, ohne Eile, etwas umständlich indes, mit leicht nach hinten gebeugtem Oberkörper und seitwärts geneigtem, geradezu verdrehtem Kopf.

»… Good friends who might eventually become best friends … if you know what I mean.«

Doch seltsam, denn je öfter Lotte nun also ihren Blickwinkel änderte, je öfter sie ihren Kopf hin- und herdrehte und her und wieder hin, schwindeligdrehte geradezu, bis sich schließlich alles in ihr und um sie herum drehen musste wie nach einer Fahrt im Swing Tree in Kyukho Shins Lotte World, desto klarer wurde ich in meinem eigenen, gleichwohl immer noch leicht vom Schlag oder vielmehr Umschlag der Krisenstimmung in eine Aufbruchsstimmung dröhnenden Kopf.

»… Or how about being brother and sister instead?«

Und desto reiner mein von absichtsloser, richtungsloser, bedingungsloser, allumfassender Liebe gänzlich ununterscheidbares Gefühl des Mitleids mit der verlorenen, verdrehten Tochter, die da vor mir auf dem Holzboden saß und sich buchstäblich zu zügeln versuchte.

»... Saviour siblings even.«

»Oh, Charlotte«, seufzte ich, wischte mir die Tränen aus den lachenden und den weinenden Augen, erhob mich aus meiner Schneidersitzposition, schlängelte mich an dem schmuckvoll verzierten Esstischchen vorbei, das zwischen mir und der verängstigt und zugleich erwartungsfroh dreinblickenden und also offensichtlich fortwährend mit ihrer Verzauberung hadernden Verzauberten stand, setzte mich neben diese auf den Holzboden und fing an, ihr mit der Hand über den schwindeliggedrehten Kopf zu streicheln.

»... Makgeolli siblings ...«

»Makgeolli siblings«, wiederholte sie flüsternd.

»After all you're my Makgeolli sister, aren't you?«

»I am?«

»Isn't that how you called yourself on the night we met?«

»I did?«

»You don't remember?«

»I remember being pretty drunk.«

»Yeah ... Punch-drunk is what we were.«

»Punch-drunk?«

»You know ... reeling.«

»Oh ... Speaking of ... Could you pour us some more, please?«

»More ... water?«

»Well ...«

Während ich mich nun also meiner längst besiegelten oder vielmehr besoffenen Schicksalsgefährtin fügte und den letzten in der weißen Plastikflasche verbliebenen Rest Makgeolli auf unsere Keramikschälchen verteilte, löste diese ihr Haar aus der Zügelung, schüttelte es, wenn auch nicht unbedingt wie noch wenige Tage zuvor um meinetwillen, und fixierte es umgehend wieder mit ihrem Haargummi.

»Good friends with benefits … How does that sound?«

»건배!«

»Oh yeah … Cheers, Charlotte!«

»Good friends with … what?«

»With benefits.«

»I don't know … Like one of your puns?«

»One of my puns?«

»No …?«

»Well … Yeah … Of course … To some extent anyway …«

»Why do you ask?«

»I don't know … Because … You know … I just think that it's going to be extremely difficult to remain ›good friends‹ when … when sharing the same bed.«

»Who spoke of sharing the same bed? As I said before …«

»I know … But I only have one bed … one mattress, to be exact.«

»Only one mattress?!«

»One … large mattress, though.«

»In that case I better stay at a hotel.«

»A hotel?«

»Well … a hotel nearby.«

»Oh, Charlotte.«

»No …?«

»No … no … on the contrary.«

»You think?«

»Yeah … I mean … Let's … you know … take things slowly.«

»But what if I get lonely at night?«

Doch war Lotte wirklich derart hilflos ihren inneren Stimmen ausgeliefert? Derart hilflos hin- und hergerissen zwischen Sinn und Verstand? Zwischen Unsinn und Sinnesstörung? Zwischen der Stimme ihres Herzens und den Stimmen der Ungewissen?

»You can always ring my door bell, you know? Day and night.«

Oder aber spielte sie am Ende einfach bloß Katz und Maus mit mir? Fortstoßen und Ziehen, um genau zu sein? Mildang mit anderen Worten? Besagtes heißkaltes koreanisches Liebesspiel also, bestritten im Allgemeinen als eine Art Licht- und Schattenboxkampf, als eine Art Angriffs- und Rückzugskampf der Geschlechter, bei dem sich die umeinander werbenden Kontrahenten auf Trab zu halten und zugleich ihren Marktwert in die Höhe zu schrauben versuchen, indem sie im Verlauf, im Verstolper vielmehr ihrer dementsprechend holprigen Annäherungsversuche fortwährend widersprüchliches, mal inniges, mal distanziertes Verhalten an den Tag legen?

»However … I don't know if my agency would allow me to go on a holiday just now.«

»Oh, Charlotte«, seufzte ich zum wiederholten Male.

»I mean … Now that I've just moved back to Korea and only yesterday signed a contract with them.«

Und nahm die verlorene, verdrehte Tochter in den Arm.

»I suppose one could say that … well … as you had put it yourself before … that time will solve this problem.«

Und sie nahm zurück.

»Yeah … Guess you're right.«

Und legte ihren verlorenen, verdrehten Kopf auf meine schmale Schulter und schloss ihre verlorenen, verdrehten Augen.

»… So will you send me your flight details then?«

Und überließ sich für einen wiedergefundenen und sogleich wieder verlorenen, verdrehten Augenblick diesem merkwürdigen Einverständnis, das zwischen uns herrschte, diesem beglückenden und bestürzenden Gefühl des Eingeweihtseins.

»So you're really accompanying me to Berlin then?«

»I wish I could … I really do.«

»Oh, Charlotte …«

Nein, ich glaubte ihr gar nichts mehr … kein einziges ihrer schlichten und ergreifenden und wieder fortstoßenden Wörter.

»Okay … Let me think about it.«

Und hielt doch alles, was sie sagte, hielt doch sämtliche ihrer richtungswechselnden Satzgefüge, die einmal die Farbe ihrer Bluse, dann wieder die ihrer Jeans trugen, für tiefgründige Weisheiten.

»... Anyway ... I'm afraid I have to leave now.«

Für phantastische, mal helle, mal dunkle Geheimnisse, die einzig und allein für mich, einzig und allein für meine weitgeöffneten Ohren bestimmt waren.

»... My shoot starts in about two hours.«

»Your shoot?«

»Yeah ... I have this photo shoot in Namsan Park at six.«

»In Namsan Park?!«

»I hope you don't mind ...«

»Well ... No ... I mean ... We can still meet up once you're done, can't we?«

»I'm afraid not ... The editor invited me to some ... you know ... birthday party following the shoot.«

»A birthday party?!«

Ich konnte es einfach nicht glauben.

»Well ... A tiny birthday party.«

Das heißt, ich hatte natürlich die ganze wiedergefundene und sogleich wieder verlorene Zeit hindurch mal hell, mal dunkel geahnt, dass ich auch *diese* Nacht wieder allein, zumindest aber ohne meine fortwährend davonflatternde, von Geistesblüte zu Geistesblüte gaukelnde und gleichwohl stets auf meine schmale Schulter zurückkehrende und gleichwohl stets wieder davonflatternde neue Freundin verbringen würde (wenn auch nicht unbedingt mit feuchten Augen auf einem Geheiltenlager liegend, dafür jedoch, so wie es mittlerweile aussah, mit feuchter Kehle neben einer Minibar auf einem samtweichen Teppichboden), und doch hatte ich gleichwohl felsenfest damit gerechnet, dass ich wenigstens noch den Abend dieses wiedergefundenen und sogleich wieder verlorenen Tages mit ihr verbringen würde.

»... I'm sorry I didn't tell you earlier.«

»Well … It's … business, isn't it?«, stammelte ich traditionsgemäß, befreite mich aus der im wahrsten Sinne des Wortes unfreundschaftlichen Umarmung, kramte mein Portemonnaie aus meinem Rucksack hervor, richtete mich auf, streichelte der wiedergefundenen und sogleich wieder verlorenen Tochter noch einmal übers Haar und stakste dann los auf meinen Socken, quer durchs Eojileoun und geradewegs auf den Tresen und die freundliche Ajumma zu.

»What are you going to do now?«

Lotte und ich standen inzwischen, jeder auf bloß einem Bein, in der Diele des Restaurants und versuchten trotz mehrerer im Verlauf des Nachmittags getrunkener Flaschen Makgeolli, uns einigermaßen elegant die Schuhe wieder anzuziehen.

»Oh … um … Hang out at City of Refuge Café, I suppose.«

»What about tomorrow?«

»Tomorrow …?«

»Cause I'd like to ask you for a favour … actually.«

»Oh?«

»Yeah … I'm going to need someone who helps me fix my new venetian blinds.«

»Your new venetian blinds?«

»Ooh la la … Ooh la la …«

Und ich weiß noch, wie heiter und wie vergnügt und wie leichtblütig Lotte bei diesen Ausrufeworten um ihr buchstäblich aus dem Gleichgewicht geratenes Lotterleben kicherte und wie verzweifelt und wie vergeblich sie versuchte, ihre Angst vor dem freien Fall und ihre Sehnsucht nach dem Sturz vornüber in die ausgelatschten Schuhe der anderen Restaurantbesucher hinter diesem heiteren und vergnügten und leichtblütigen Kichern zu verstecken, und wie verzweifelt und wie vergeblich *ich* wiederum versuchte, die heiter, vergnügt und leichtblütig Kichernde, deren kleine Hand mich auf deren Suche nach dem verlorenen

Halt mit einem Mal an der Schulter berührte und mich zuerst ins Taumeln und Schaukeln und schließlich zu Fall brachte, wie verzweifelt und wie vergeblich *ich* also wiederum versuchte, Lotte und mich noch im Fallen wieder aufzufangen.

»Oops … I'm … so sorry.«

»No … no … Don't be.«

»You alright?«

»Perfectly … In fact, I feel even better than before.«

»You're funny.«

»And *you* are a bit tipsy, Charlotte Lee.«

»Tipsy?«

»Come on now.«

»Whatever happened to reeling?«

»Let's get up.«

Ich befreite mich also aus der unfreiwilligen Umarmung, erhob mich unter gespieltem Ächzen und Stöhnen, reckte und streckte mich noch einmal und reichte dann der unlängst wiedergefundenen und sogleich wieder verlorenen Tochter, die da vor mir auf dem Kachelboden zwischen allerlei Stiefeln, High Heels, Sneakern und Lederschuhen lag und gleichwohl immer noch heiter, vergnügt und leichtblütig vor sich hin kicherte, und reichte also der unlängst wiedergefundenen und sogleich wieder verlorenen Tochter die Hand, der unlängst wiederauferstandenen und sogleich wieder gefallenen Tochter doch eigentlich, die mir also, kaum dass sie wieder festen Kachelboden unter den tönernen Füßen spürte, um den Hals fiel und einen unlängst wiederauferstandenen und sogleich wieder gefallenen Engelskinderkuss auf die Wange drückte.

»So … What about tomorrow?«

»Oh yeah … Sure … Let's fix your venetian blinds.«

»You won't regret it.«

»Ooh la la … How come?«

»I'll make toast.«

»Toast?!«

Vier Stunden zuvor, da wusste ich noch gar nichts von selbstzubereiteten Toasts und neuen Jalousien, von unfreiwilligen Umarmungen und gefallenen Engelskinderküssen, vier Stunden zuvor, da saß ich noch tief versunken in Paul Buchanans Traum vom wahren Land am Fuße einer kleinen Haebangchoner Hauseingangstreppe, die Augen geschlossen, die von meinen Kopfhörern umschlossenen Ohren hingegen weit geöffnet, die Brust indes erfüllt von Buchanans unsterblicher Hoffnung auf die Vergangenheit in einem Land ohne Vergangenheit, in einem ungezügelten, wilden und freien Land namens *My True Country*, in dem die Liebe Buchanans Tränen von dessen Augen abwischte, während der Sänger ungezügelt, wild und frei an dessen Abgrundrand entlangtanzte, die Brust also erfüllt von diesem kühnen und mithin ständig zu zerplatzen drohenden Traum von einem wahren Land, als mich plötzlich eine klare und resolute Stimme aus ebendiesem riss und mich zurück ins schöne neue alte Lotteleben holte.

»Maximilian?«

In die schöne neue alte Lottewelt doch eigentlich, in eine ungezügelte oder beschämte, wilde oder wildentschlossene, freie oder befangene Zwischenwelt also, in der eine wiedergefundene oder verlorene Tochter in weißer Bluse und schwarzen Jeans, mit offenem, allerdings streng gescheiteltem Haar, ungeschminkten, allerdings fest zusammengepressten Lippen und einem wider Erwarten *nicht* blumig-orientalischen Duft mir, als ich mich schließlich von meiner Treppe erhob, um sie in meine weitgeöffneten Arme zu schließen und ihre ungeschminkten, allerdings erröteten Wangen zu küssen, in der diese wiedergefundene oder verlorene Tochter mir also zuvorkam mit ihrer zur förmlichen Begrüßung ausgestreckten Hand und meinen kühnen Traum von einer verlorenen und sogleich wiedergefundenen Liebesmüh mit einem Schlag oder vielmehr Handschlag zum Platzen brachte.

»Rêve de Miel?«

»You're quite observant.«

»I just love that scent, you know?«
»What are you doing here?«
»What do you mean?«
»Why are you waiting here instead of at the policing center?«
»Oh … I don't know … Just felt like coming your way.«
»That's nice …«
»So how was yesterday?«
»Ugh … I think I'm still drunk.«
»Drunk?!«

»Rough night, in other words?«

Wir hatten inzwischen unser Uber Richtung Jongno bestiegen und saßen nun also aus unterschiedlichen Gründen beduselt – Lotte, weil ihr Vertragsabschluss mit ihrer neuen Modelagentur mit mehreren Flaschen Champagner begossen worden war, ich hingegen, weil mich ihr honigsüßer Duft, der innerhalb weniger Sekunden das gesamte Innere des Wagens ausgefüllt hatte, neuerlich ins Träumen oder vielmehr Honigträumen gebracht und also neuerlich mit der süßen Hoffnung auf die jüngste Vergangenheit erfüllt hatte – und saßen nun also aus unterschiedlichen Gründen beduselt auf der Rückbank dieser nachtschattenschwarzen Luxuskarosse namens Uber Black und versuchten aller Gefühlsduselei zum Trotz, uns einigermaßen zusammenzunehmen.

»Ugh … You could say that.«

»What exactly happened?«

»You know … the usual … People getting sloshed … people dancing on tables …«

»On tables?!«

»Okay … not really … No … When the champagne was empty, we left the office and went for a flying visit to Y1975.«

»Sounds cool to me.«

»I don't know …«

»Well …«

»But how about you?«

»Me?«

»Yeah … Did you … go out yesterday?«

»No … not at all … No … I had dinner at the hotel restaurant and then skyped with my parents for about two hours.«

»Two hours?«

»Yes … It was my sister's thirty-third anniversary of her … of her death yesterday, and I wanted to …«

»Her death?!«

Und ich weiß noch, wie entgeistert dein Blick mit einem Mal wurde, wie geistvoll, um doch genau zu sein, wie mitleidsvoll überdies, wie erinnerungsvoll zugleich, wie unheilvoll aber vor allen Dingen.

»… Why …? What happened …?«

Und wie engelsgleich und wie dämonisch deine Stimme plötzlich klang.

»She … she died of pneumonia … at the age of five.«

Und wie unheimlich und wie still und wie leidvoll du um dein scheußliches, an einem seidenen Schicksalsfaden hängendes, meine Welt aus den Angeln hebendes, mich und meinen großen Bruder der ungeteilten Aufmerksamkeit unserer Eltern und diese ihrer Lebensgeister beraubendes Leben nach dem klinischen Tod lächeltest, während du nun unheimliche, stille und leidvolle Zeugin davon wurdest, wie ich mit hingebungsvollen Worten unser beider verlorene, verdrehte Vergangenheit wiederbelebte.

Ein warmer Nachmittag im Bukchon Hanok Village, dem Dorf der wiederbelebten koreanischen Vergangenheit, ein verwinkeltes Gässchen unweit der Bukchon Hanok Hall, eine unlängst wiedergefundene und sogleich wieder verlorene oder wiedergefundene Tochter in weißer Bluse und schwarzen Jeans, ein honigtraumverlorener Sohn in einem dunkelgrauen T-Shirt, eine hoch am Nachmittagshimmel stehende Ewigglühende schließlich, die voller Güte auf die beiden platonisch Liebenden und gleichwohl oder gerade deshalb ewig Glühenden herabblickt.

»I'm so sorry to hear what happened to your sister.«

»I'm glad you listened to my story.«

»Do you miss her?«

»No.«

»No?!!«

»Lotte is still with me, Charlotte.«

»I don't understand …«

»She's my demon … But she's my angel, too.«

»That's beautiful.«

»A scatterbrained butterfly … sitting on my shoulder and watching over me.«

Am nächsten Vormittag stand ich, zwar durchaus mit beiden Beinen, jedoch nicht unbedingt *fest* auf der Erde, genauer gesagt auf dem Linoleumboden einer innerhalb der Seoul Station gelegenen Buchhandlung der Kyobo-Handelskette, und studierte die Buchrücken der koreanischen Ausgaben großer Werke westlicher Literatur, hatte ich mir doch in den schweren, nach meinem nächtlichen Hotelzimmerbesäufnis überdies unangenehm brummenden Kopf gesetzt, Lotte die eigene Geschichte zum Geburtstag zu schenken beziehungsweise die verlorene, verdrehte Tochter am nächsten Tag mit der koreanischen Übersetzung von *Die Leiden des jungen Werthers* zu beglücken und womöglich: zu bestürzen.

Ich nahm eine der in braun und weiß gehaltenen und mit Jean Honoré Fragonards Gemälde *Der heimliche Kuss* aufgemachten *Werther*-Ausgaben aus dem Regal, schlug eine beliebige Seite des Büchleins auf, aktivierte die Word-Lens-Übersetzungsfunktion meiner Google-Translate-App und richtete mein Telefon auf die koreanischen Schriftzeichen: *Ach, mein Freund*, wie also zu lesen war, *wie viel Hoffnung wurde zerstört und wie viele Pläne wurden gebrochen! Was Sie vor sich sehen können, sind die Namsan-Berge, die in der Vergangenheit viele Wünsche gemacht haben.*

Stand da tatsächlich *Namsan-Berge*? Ich rieb mir verwundert die offenbar nicht rechtsehenden Augen, schüttelte ungläubig den schweren Kopf, schlackerte verdutzt mit den weitgeöffneten Ohren und hätte bestimmt auch noch irgendwas mit der etwas zu großen Nase gemacht, hätte nicht mit einem Mal das Banner einer KakaoTalk-Nachricht über Werthers in der Übersetzung verlorengegangenen oder vielmehr verdrehten Worten aufgeleuchtet und mich zurück ins schöne neue alte Lotteleben geholt: *Good morning!* wie es also in der Nachricht hieß, *How about going for a coffee before fixing my blinds? There's this nice little café at Shinheung Art Market called Orang Orang. Let's meet at the market's main entrance around noon, shall we? xxo! Charlotte.*

Ich bezahlte, ließ das Büchlein in Geschenkpapier einwickeln, trank noch zwei Fläschchen Mineralwasser in einer direkt an die Buchhandlung angrenzenden Filiale der Kaffeehauskette Angel-in-us und lief dann los, kreuz und quer und querfeldein über Stock und über Stein und geradewegs auf den Hauptausgang des Bahnhofsgebäudes zu, kreuz und quer und querfeldein und ohne mich noch einmal umzudrehen nach den letzten beiden verlorenen, verdrehten Tagen des Wunderns und des Staunens über die verlorene, verdrehte Tochter, kreuz und quer und querfeldein über die Hangang-daero und schlingerndwegs über Stock und über Stein und über alle Berge und über alle Hänge Huam-dongs und geradewegs auf den Gipfel des Namsan-Berges zu, kreuz und quer und querfeldein und so lange über Stock und über Stein, bis ich schließlich irgendwo zwischen der Seoul Huam Elementary School und dem Yongsan Community Policing Center mitten auf der Straße stehenblieb, mitten auf der parallel zur Sowol-ro verlaufenden Sinheung-ro 20-gil, um dann irgendwo zwischen einer verlorenen, verdrehten Vergangenheit und einer silbrig und golden glänzenden Zukunft für einen verloren und golden glänzenden Augenblick der Wahrheit innezuhalten und auf die zu meinen tönernen Füßen liegende Sanftleuchtende, Wohlgeformte, Gedämpftklingende, Herbsüßduftende und unentwegt zum Wachtraumtanz Auffordernde zu blicken, innezuhalten und schließlich, einen verloren und golden glänzenden Augenblick später, ihr verlockendes Angebot anzunehmen und ungezügelt, wild und frei an ihrem bodenlosen Abgrundrand entlangzutanzen.

»I can barely see your face under that hat.«

Ich hatte gerade erst den Shinheung Art Market erreicht, eine verwinkelte und verlotterte Ladenpassage unweit der Haebangchon-Five-Way-Kreuzung, die, wie ich bald erfuhr, zu Blütezeiten der Haebangchoner Strickwarenindustrie den ortsansässigen Textilwarenhändlern als Verkaufsstelle ihrer Ware gedient hatte, bevor sie sich Mitte der 2010er-Jahre als schäbigschicke Herberge extravaganter Cafés, Bistros, Galerien und Buchhandlungen neu erfunden hatte, und stand nun also ein wenig atemlos, zugleich aber auch ein wenig ratlos vor der wiedergefundenen oder verlorenen Tochter mit der kehligen und merkwürdig trägen Stimme und dem wider Erwarten *nicht* honigsüßen Duft, mit dem dunkelgelben Blümchenkleid, den schmutzigweißen Chuck-Taylor-Turnschuhen und dem nachtschattenschwarzen Sonnenhut, den die zugegebenermaßen eher verloren als wiedergefunden wirkende Tochter sich allerdings so tief in ihr engel- oder dämonschönes Kindergesicht gezogen hatte, dass ich schlicht und ergreifend nicht zu entziffern imstande war, was ihr in ebendieses geschrieben stand.

»I look like shit.«

»Oh, come on.«

»No, really.«

»Why would you look like shit?«

»You know …«
»Rough night again?«
»You could say that …«
»So the birthday party was …«
»Not so tiny after all …«
»Oh my … What happened?«
»Ugh … The whole night is a blur.«
»A blur even?«
»Let's just go, shall we?«
»Alright … alright … If … you take off your hat off for just a second and let me see your beautiful face.«
»But I'm blinded by the sun!«
»Please, Charlotte.«
Widerwillig nahm die Unsanftbeleuchtete, Wohlgeformte, Kehligklingende, Blumigorientalischduftende und seit zwei Tagen unentwegt zum Ringeltanz ohne Anfassen Auffordernde also ihren überdimensionalen Sonnenhut ab, schüttelte ihr noch feuchtes Haar für mich, nahm mit gespielter Gravität die vierte Ballettposition ein (von wegen Ringeltanz!) und hielt mir dann, so als wollte sie sagen: So lies schon! So nimm schon! So küss schon!, ihr ungeschliffenes und gleichwohl silbrig und golden im Mittagssonnenschein glänzendes Rohdiamantengesicht hin, ihr schuldsengelschönes und hier in der gläsern überdachten Ladenpassage also zumindest von der Haebangchoner Mittagssonne wütend geküsstes Kindergesicht.
»And …?«
»It's … beautiful … as ever.«
»But …?«
»No ›but‹ … You have the face of an angel, Charlotte.«
»Yeah … a fallen angel.«
»A fallen angel child … if anything.«
»Whatever …«
»So … Orang Orang?«
»Yeah … Okay … But let's check out the other stores first, shall we? I've never really explored the area myself.«

»He's a TV host … a celebrity, in fact … and apparently also a bookstore owner recently … But more importantly … he's my ex-boyfriend's best friend.«

Lotte und ich saßen inzwischen, beide noch ein wenig außer Atem vom Laufen oder eigentlich doch: Davonlaufen über Stock und über Stein, vom Davonrasen kreuz und quer und querfeldein, vom verzweifelten und vor allem vergeblichen Versuch also, der eigenen Geschichte zu entkommen, in der ersten Etage des Orang Orang, eines schäbigschicken, beinahe berlinerisch anmutenden Specialty-Coffee-Cafés mit gläserner Front und ungeputzten Wänden, und nippten, während Lotte nun also berichtete, vor wem genau sie vorhin Reißaus genommen hatte, an unseren doppelten Espressos, nachdem wir die letzte halbe Stunde damit verbracht hatten, den Shinheung Art Market zu erkunden, das heißt, von Ladenzeile zu Ladenzeile zu schlendern und ab und zu unsere etwas zu großen beziehungsweise Stupsnasen an den Schaufenstern plattzudrücken, bis Lotte mit einem Mal, und zwar unmittelbar nach unserer Passage einer Buchhandlung, die vor allem durch die auf dem Dach des buchstäblich bezaubernden Ladens prangende Büste eines schallend lachenden Männerkopfes aufgefallen war, bis Lotte also mit einem Mal zu laufen angefangen hatte, quer über den Shinheung Art Market und geradewegs aufs Orang Orang zu, quer über den verwinkelten und verlotterten Kunstmarkt und kreuz und quer und querfeldein über Stock und über Stein und geradewegs auf das Specialty-Coffee-Café zu, um mir einen kurzen, wenn nicht sogar flüchtigen Augenblick später von dort aus ungelenk und patschert zuzuwinken und ihr verzweifeltes Lächeln der Scham, der Schuld und der Gewissensnot zu lächeln.

»Your ex-boyfriend? You mean the one you left before going to New York?«

»Well … That's the thing … I didn't leave him, actually … He left *me*.«

»He left *you*?«

»Yeah … and for another actress … a rising star in fact … Can you believe that?«

»Oh dear … What happened?«

»Ugh … I forgot.«

»You … forgot?«

»I don't wanna talk about it, okay?«

»Damn it … But I think you should, you know?!«

Und ich weiß noch, wie entgeistert du mich damals angucktest, wie geistvoll, um doch genau zu sein, wie vorwurfsvoll überdies, wie angstvoll zugleich, wie unheilvoll aber vor allen Dingen.

»Excuse me?!«

Und wie engelsgleich und wie dämonisch deine Stimme plötzlich wieder klang.

»Yeah … I mean … Perhaps you should eventually … I don't know … release your ghost … spit it out, you know? Literally …«

Und wie unheimlich und wie still und wie leidvoll du um dein Jahre und Jahrzehnte zuvor aus den Angeln geratenes Liebesleben lächeltest, während du nun voller zögerlicher, im Laufe der wiederbelebten Zeit jedoch geradezu schonungsloser Hingabe an die eigene Geschichte von deinem Exfreund sprachst, von diesem Herzensbrecher, Lotterlebemann, Durchreisenden, von diesem »pompous television director at KBS«, der dich zunächst genötigt hatte, das Angebot für eine prestigevolle und auf mehrere Jahre angelegte Hauptrolle in der Fernsehserie eines Konkurrenzunternehmens auszuschlagen, »in order to become his wife and to bring up our children … Can you believe that?!«, um die an einem seidenen Faden hängende Verlobung dann allerdings bereits nach wenigen Monaten wieder aufzulösen und zusammen mit einem »notorious playgirl« die Flucht vor der innerhalb kürzester Zeit zur Belastung gewordenen vorehelichen Verantwortung anzutreten.

Ein warmer Nachmittag in Haebangchon, dem Dorf der geistigen Befreiung, ein berlinerisch anmutendes Café unweit einer buchstäblich bezaubernden Buchhandlung, eine wie befreit wirkende Gefangene ihrer eigenen Vergangenheit in einem dunkelgelben Blümchenkleid, ein wie vom Schlag ihres Schicksals getroffener Mitgefangener in einem olivgrünen T-Shirt, eine hoch am Nachmittagshimmel stehende Ewigglühende schließlich, die voller Mitleid auf die beiden befangen Liebenden und mithin ständig auszubrechen Versuchenden herabblickt.

»I'm so sorry to hear how he treated you.«

»I'm glad you listened to my story.«

»Did you ever have contact after that?«

»No ... Never ... I mean, I know that he's married now and all ...«

»The playgirl?«

»No ... The playgirl committed suicide.«

»Jesus ... Really ...?«

»Anyway ... I took it as a sign of fate ... our separation, I mean ... a golden opportunity to leave it all behind.«

»That's beautiful.«

»My troubled Cheongdam fairy tale life ... my troubled father figures ... my troubled fatherland ... Leave it all behind and set out for the free world.«

Eine wiedergefundene Tochter, ein liebestraumverlorener Sohn, eine herzgeheilte Unglückssträne, die über ein engelschönes Kindergesicht rollt und schließlich zu Boden fällt, ungefähr dorthin, wo der unlängst verlorene Tochterkuss, den es nun eigentlich bloß noch aufzuheben gilt, zwischen Kuchenkrümeln und silbrig und golden im Nachmittagssonnenschein glänzenden Glasscherben im Staub liegt.

18

Gebrannte Kinder

Gimpo International Airport, Seoul, Korea, 1. Juni 2018

Und hier stehe ich nun vor dem Gimpo International Airport und halte dich, mein Kind, ja, hier stehe ich nun also vor einer dieser sich im Kreise drehenden Karusselltüren der Abfertigungshalle des Gimpoer Flughafens und zugleich irgendwo am Ende einer dieser sich im Kreise drehenden und mithin ständig wiederholenden Liebesgeschichten, ach, so verdreht und so versonnen, so selbstaufopfernd und gleichermaßen selbstverloren, so selbsterinnernd überdies und darüber beinahe vergessend, wie unbeirrbar ich doch war vor gar nicht allzu langer Zeit und wie bereit, die schöne neue Lottewelt nie wieder zu verlassen und heimzukehren in dein wahres Land und dein Befreiungsdorf und heimzukehren in dein unheilvolles Schwesterherz, wie unbeirrbar ich doch war und wie bereit, als du mich plötzlich trafst ins unheilvolle Bruderherz mit deinem Wunsch, die Stadt gemeinsam zu verlassen, zumindest aber mir zu folgen irgendwann, wie unbeirrbar ich doch bin seither und wie bereit, die schöne neue Lottewelt einstweilen zu verlassen, zurückzukehren in mein Heimatland und meine Wahlheimat Berlin, zurückzukehren in den Hafen der Zurückgezogenheit.

»That was a lovely birthday picnic yesterday.«

»Yeah … I thought so, too.«

»Thank you for staying in Seoul longer than planned.«

»I'm so glad I did.«

Und hier stehe ich nun also vor dem Gimpo International Airport und halte dich, mein Kind, ja, hier stehe ich nun also irgendwo am Ende, und nicht bloß fraglicher Liebesgeschichte, und zugleich irgendwo an der Schwelle eines Lebens aus dem Vorwurfsvollen, Angstvollen, Unheilvollen, eines Lebens in Saus und aus die Maus und in den Himmelfahrtstag hinein und von der feuchten Hand in den offenstehenden Mund, ja, hier stehe ich nun also am Flughafen Gimpo mit diesem blumig-orientalisch konnotierten Kerosingeruch der Freiheit in der etwas zu großen Nase und diesem schrillen Klang der startenden und landenden Flugzeuge in den weitgeöffneten Ohren und diesem eigentümlichen Rumoren der kreuz und quer durch meine Eingeweide sausenden Flugzeuge im leeren Bauch und diesem paradoxen Vertrauen im weitgeöffneten Herzen und dieser zuletzt gestorbenen und sogleich wiederbelebten unsterblichen Hoffnung in der Hühnerbrust und diesem rauen Frühlingswind schließlich, diesem rauen und schon seit den frühen Morgenstunden über die koreanische Halbinsel hinwegfegenden und schwarze und aschblonde Haarschöpfe zerzausenden und nachtblaue Volantkleider zum Flatterleben erweckenden Frühlingswind im aschblonden Haar, und ich weiß: Gleich wirst du vor mir stehen, doch nicht mehr länger Kopf an Kopf, und du wirst deinen vorwurfsvollen, angstvollen, unheilvollen Blick aufsetzen, und du wirst dich um Kopf und Kragen reden, und wieder ohne Richtung und ohne Absicht ohne Rücksicht auf Verluste, und ich weiß: Gleich wirst du um dein Liebesleben flattern, doch ohne dieses Mal zurückzukehren auf meine schmale Schulter, und ich weiß: Gleich werden wir der Vergangenheit angehören, egal, ob wir uns getäuscht oder geküsst, verraten oder vernascht, geblendet oder ins dunkelgelbe Licht geführt haben, und ich weiß: Wir werden ewig Kinder sein, und wenn nicht hier, dann überall, und wenn nicht jetzt, dann immer schon, und ich weiß: schon längst nicht mehr, wo mir der Kindskopf steht, schon längst, woher der Frühlingswind nun weht.

»But I always knew that you would leave me eventually.«

Tja, und hier stehe ich nun also vor dem Gimpo International Airport und halte den Atem an, ja, hier stehe ich nun also irgendwo zwischen einer verlorenen, verdrehten Vergangenheit und einer verlorenen, verdrehten Zukunft und zugleich irgendwo zwischen den letzten Zeilen einer viel zu früh verendeten und sogleich wiederbelebten unendlichen Geschichte und kann förmlich dabei zusehen, wie sich mein Lottekind Befreiungsschlagwort um Befreiungsschlagwort aus ebendieser herauszuwinden versucht.

»Leave me like everyone else has always left me.«

»Leave you, Charlotte?!«

Ich kann es einfach nicht glauben.

»... But I don't leave you ... on the contrary ... I'm just going where you'll go, too ... I mean ... in a few weeks, right?«

Das heißt, ich habe nach der Szene heute Morgen im Four Points by Sheraton Seoul Josun, als die halbnackte, bloß mit einer nachtschattenschwarzen Unterhose und einem hautfarbenen Büstenhalter bekleidete und kerzengerade in meinem Boxspringbett aufsitzende Lotte mit kehliger und träger Stimme von meinem Musikerdasein gesprochen hat, von meinem daher unvermeidbaren Lotterleben und Herzensbrechertum, von kostspieligen Interkontinentalflügen überdies, zermürbenden Videotelefonaten und notorischem Trennungsschmerz, ich habe also nach dieser im wahrsten Sinne des Wortes Boxspringbettszene natürlich die ganze Zeit hindurch dunkel, wenn nicht sogar schwarzmagisch geahnt, dass die fortwährend davonflatternde, von Geistesblüte zu Geistesblüte, von Schwindelgeist zu Schwindelgeist und von schwarzem Magier zu schwarzem Magier gaukelnde und gleichwohl stets auf meine schmale Schulter zurückkehrende und gleichwohl stets wieder davonflatternde Liebesgauklerin bloß auf den geeigneten Moment wartet, um abermals davonzugaukeln, abermals davonzuliebesgaukeln, um doch genau zu sein, und dennoch produziert das plötzliche Aufklappen ihrer Engels- oder Dämonflügel nun, nach all der Honigträumerei und Geschwisterliebelei der letzten vierundvierzig Stunden, nach all der Geburtstagskussküsserei und Sittlichkeitsverbrecherei, nach all der Flugbuchungsportalbesucherei und Zukunftsplanschmiederei und nicht zuletzt nach all der Abschiedskusskü̈sserei der hundertacht auf der Uber-Fahrt von Yongsan nach Gimpo geküssten Abschiedsküsse ein deutlich erschütternderes und erfüllenderes Zischgeräusch als erwartet.

»I can't go to Berlin.«

»But we've already been choosing flights together!«

»I know ... But I had this weird dream last night ... this nightmare actually ... about you and me ... and Albert.«

»Albert?!«

Albert?!

»Yeah ... And we were somewhere in Berlin ... at this grim bar with all these frightening party people.«

Dieser schwarzgeflügelte Blödmann von Welt?

»... And he said all these ... all these things about you.«

Dieser sich gutstellende schäbigschicke Schwindelgeist?

»What did he say?«

Dieser laut und verwaschen flüsternde Einflüsterer?

»I don't know ... More or less the same the real Albert had said to me Saturday night ... I mean, at Craft Union ... and later after you'd left.«

Dieser eindringlich vor Herzensbrechern, Lotterlebemännern und Durchreisenden warnende Herzensbrecher, Lotterlebemann und Durchreisende?

»And what you then repeated this morning, right? While I packed my suitcase.«

Dieser überall und jederzeit aus heiterem Morgensternenhimmel auftauchende Teufelskerl?

»Could be ...«

Dieser seine Opfer in deren paradoxen Schlaf überraschende und sich in deren Alpträumen breitmachende Nachtschwärmer?

»And that's why you can't go to Berlin now? Because you had a stupid nightmare about a stupid double-dealer who told you nothing but lies?«

Dieser zuletzt lachende Dritte schließlich? Der es also am Ende doch noch geschafft zu haben scheint, sein heimtückisches Doppelspiel für sich zu entscheiden?

»Ugh … No … I … I can't go to Berlin because … Because I don't trust you.«

Tja, und hier stehe ich nun also vor dem Gimpo International Airport und halte meine etwas zu große Nase in den rauen Wind, ja, hier stehe ich nun also auf der Windschattenseite meines schönen neuen Lottelebens und zugleich mittendrin im schönen alten Lotteleben, mittendrin im gestern Nacht noch paradox miteinander schlafenden, inzwischen jedoch immer paradoxer einander misstrauenden, bis heute Morgen noch honigsüßen, nackten, in meine weitgeöffneten Arme hineingegossenen, seit Lottes frühmorgendlichem Duschen im Four Points by Sheraton Seoul Josun, ihrem anschließenden Auftragen ihres engelhaften oder dämonischen Parfüms, ihrem Überstreifen ihres nachtblauen Volantkleids und ihrem Aufklappen ihrer Engels- oder Dämonflügel jedoch abermals blumig-orientalisch duftenden, nachtblau bekleideten und ebenjenen weitgeöffneten Armen unsanft wieder entrissenen Leben nach dem multiplen kleinen Tod und der multiplen kleinen Kopfverdrehung.

»I mean … I don't trust you … yet.«

»I know you don't …«

»You do?«

»Yeah … And that's why I thought it was a brilliant idea for you to visit Berlin … to spend more time with me … to get to know me … for real, you know?«

»But I just signed this contract with Esteem … And they would never let me go … Not now anyway.«

»Okay, Charlotte … So I'll just stay then … My ticket is one of these flexible ones anyway …«

»No, no … You should take your flight … Definitely.«

»You sure?«

»Oh yeah … Didn't you say yourself that you cannot wait to go home after … How long has it been? Six weeks of being on the road? Seven even?«

»I did, yes … Because I was under the impression that … I don't know … that both of us would go home, so to speak.«

»And maybe I *will* go to Berlin after all.«

»Oh, Charlotte.«

»And then we'll do all the things that we spoke about yesterday.«

»Oh, Charlotte.«

»No, really … I'm serious.«

»I know you are.«

»You don't trust me, do you?«

»I know you, Charlotte.«

Und hier stehe ich nun vor dem Gimpo International Airport und weine um dich, mein Kind, ja, hier stehe ich nun also wieder ganz am Anfang, und nicht bloß fraglicher unendlicher Geschichte, und zugleich ganz am Ende eines schönen neuen Lebens aus dem Unheilvollen, eines schönen neuen Lebens am verlorenen, verdrehten Faden und auf kalten Füßen und im Hier und Einst, ja, hier stehe ich nun also am Ende meines schönen neuen Lottelebens, und plötzlich bist du weg, Lotte, plötzlich bloß noch ein kleiner Punkt am Gimpoer Horizont, plötzlich für immer verdreht und für immer verloren und mit dir dein noch feuchtes Haar und dein engelschönes Kindergesicht und deine schwarzgoldfunkelnden Augen und deine zur Hälfte vom Morgenstern beschienene Stupsnase und deine kostbaren Lippen und deine Engels- oder Dämonflügel und deine kleinen Hände und dein nachtblaues Volantkleid und deine schmutzigweißen Chuck-Taylor-Turnschuhe, und ich weiß: Wir werden ewig gebrannte Kinder sein, und wenn nicht hier, dann überall, und wenn nicht jetzt, dann immer schon, und ich weiß: schon längst nicht mehr, wo mir der Kindskopf steht, schon längst, woher der Gaukelwind nun weht, denn als habest du mir diesen sehnlichsten aller meiner Kinderwünsche von meinen verheulten Augen abgelesen und als habest du begriffen, dass ich dich und mich niemals wieder so lieben würde wie in diesen verheulten Augenblicken deines Wiederauffahrens in den Sternenkinderhimmel, fängst mit einem Mal an, mit deinen Flügeln zu schlagen, fängst du mit einem Mal an, tollpatschig und tollkühn mit deinen Engels- oder Dämonflügeln zu schlagen und dich in die engelhaft oder dämonisch nach Kerosin riechenden Seelenlüfte zu erheben und taumelnd und schaukelnd durch diese zu gaukeln sodann … mit Wind, mit Gaukelwind in deinem schwarzen Haar und dieser entsetzlichen Angst vor der Liebe und dieser entsetzlichen Sehnsucht nach Erlösung in deinem unheilvollen Schwesterherz.

EPILOG

Schmetterlingskindergeburtstag

Namsan Park, Seoul, Korea, 31. Mai 2018

Hörst du, wie die Vögel für uns singen? Riechst du den herbsüßen Duft der Bäume? Und den honigsüßen der luziden Träume? Und den zuckersüßen unseres Marmorkuchens? Und den süßsauren unseres Apfelsafts? Und spürst du die wärmende Hand der Spätnachmittagssonne auf unseren schmalen Schultern und wie sie nun segnet unser selbstvergessenes Kauen und Trinken? Diesen friedseligen Genuss deines Geburtstagskuchens und Geburtstagsapfelsafts? Dieses genussvolle Schmatzen und Schlürfen, von dem wir doch bloß dann und wann kurz ablassen, um unsere rosigen Wangen in des anderen Haar zu halten oder in dessen Nacken abzulegen? Oder um von dessen klebrigen Lippen zu kosten? Oder um die ersten Worte seit einer selbstvergessenen Viertelstunde der Friedseligkeit aneinander zu richten? Worte, die uns schon seit Längerem auf den klebrigen Lippen brennen? Worte, die wir uns bereits beim Recherchieren von Last-minute-Flügen und beim Abgleichen unserer Terminkalender zurechtgelegt haben?

»So will we go swimming in one of the famous lakes when I'm in Berlin?«

»Oh … Definitely.«

»And visit your Pilates class together?«

»I'd love that.«

»And go dancing at Berghain?«

»Well …«

»And take a stroll at the industrial area you mentioned?«

»Gewerbegebiet Nord?«

»And travel to … What was it called again? Silence of the forest?«

»Waldesruh!«

»And listen to your childhood radio plays?«

»The Three Investigators, you mean?«

»And play miniature golf?«

»Oh yeah … at Schäfersee in Reinickendorf.«

Sie ist meine Idee gewesen, diese kulinarische Wanderung durch den Namsan Park, diese Rückkehr also in den Prolog meiner unlängst beendeten und sogleich wiederaufgenommenen unendlichen Geschichte, diese Suche alsdann nach unserem umgefallenen Baumstamm, diese Suche also nach einem heimeligen, stillen und leisen Ort für unser Geburtstagspicknick, diese Suche aber vor allen Dingen nach der heimeligen, stillstehenden und leisen Zeit, die uns gleichwohl davonzulaufen scheint an diesem spät erwachten Tag nach engumschlungener Nacht, an diesem spät erwachten Tag des Engumschlungenliegenbleibens, des ungezählten Wiegens hin und her und Hin- und Hergewogenwerdens, an diesem spät erwachten Wiegentag der Glut und auch des Glanzes, des Taumels und des Wachtraumtanzes, der Wunder und des Staunens nicht zuletzt, des Staunens hier im tiefen, tiefen Wald, des Staunens über dich und mich, mein Lotkind – und Albert! –, des Staunens über diesen wundersamen Zufall der Gleichzeitigkeit.

»Crazy, huh?«

»What is, Charlotte?«

»That there is a Charlotte and an Albert in this book.«

»And a Maximilian, too …«

»A young Werther, to be exact.«

»Well … a middle-aged one.«

»So what happens with the two?«

»With Charlotte and Werther?«

»With Charlotte and … anyone.«

Ich blicke hilfesuchend zu Boden, auf die Wörter, die mir unentwegt vor die tönernen Füße purzeln, auf meine eigenen Wörter im Besonderen, die mir ausgerechnet in diesem Augenblick der Dichtung und der Wahrheit nicht über die klebrigen Lippen gehen wollen.

Mehr von Maximilian Hecker

INFINITE LOVE SONGS

CD/LP, Kitty-Yo Int., 2001

»Eine der hinreißendsten, heimeligsten, ehrlichsten, gefühlvollsten, tollsten Tränen-Pop-Platten des Jahres. Irgendwie zu fabelhaft, um sie mit irgendwas zu vergleichen.«

(Musikexpress, Markus Kavka, Oktober 2001)

Maximilian Hecker: INFINITE LOVE SONGS
Release: 28.9.2001
Genre: Singer-Songwriter, Pop

THE RISE AND FALL OF MAXIMILIAN HECKER

Autobiographie, Schwarzkopf & Schwarzkopf, 2012

The Rise and Fall of Maximilian Hecker: Die autobiographischen Aufzeichnungen des melancholischen Pop-Poeten sind ein intimes Dokument einer Selbstfindung.

»Ich komme aus Bünde, und genauso fühle ich mich auch. Ich habe einen Stock im Arsch. Meine Musik ist das exakte Gegenteil von Bünde; Enge wird zu Weite, Depression zu Größenwahn«, sagt Maximilian Hecker, Singer-Songwriter und Autor dieses offenen und kompromisslosen Werkes, das sich beinahe wie ein Entwicklungsroman liest.

Jedoch – das Buch ist kein Roman, Heckers Geschichte ist absolut wahr. In Asien ein Popstar, in Deutschland mit seiner traditionellen Auffassung von Romantik eher ein Einzelgänger, befindet sich Hecker in einem ständigen Ungleichgewicht: auf der einen Seite die ihn vergötternden asiatischen Fans, auf der anderen Seite eine kühle deutsche Öffentlichkeit, mittendrin Hecker, liebessehnsüchtig und getrieben.

»Was aus den Aufzeichnungen vor allem zu lernen ist: Der allzu oft als Heulboje oder Jammerlappen geschmähte Hecker meint das alles ernst, die Todessehnsucht, die Suche nach der großen Liebe, das Leiden an seiner, wie er es nennt, ›Behinderung‹, seiner ›ständig zu zerbröckeln drohenden Imitation eines Selbstbewusstseins‹. Die Ängste, der Schmerz, der Gefühlsnotstand, das ist alles echt – nicht etwa, wie ihm hierzulande gern mal unterstellt wurde, ironisch gebrochen.«

(taz, Thomas Winkler, Juli 2012)

Maximilian Hecker: THE RISE AND FALL OF MAXIMILIAN HECKER
Release: 1.8.2012
ISBN: 978-3-86265-176-4
256 Seiten | 12,95 EUR (D)

WRETCHED LOVE SONGS

CD, Blue Soldier Records, 2018

»Mit weidwundem, immer wieder dem Falsett nahem Gesang wirkt Hecker auf seinem neunten Album dabei ganz bei sich: Bei all der Innigkeit in diesen vielen wunderschönen Pop-Momenten ist wirklich kaum zu glauben, dass dieser Mann nicht richtig lieben kann. Dass Hecker es zudem schafft, trotz der schmachtenden Romantik in *Wretched Love Songs* kein kitschtriefendes Rote-Rosen-Werk vorzulegen, ist vielleicht seine größte Leistung.«

(Intro, Kristof Beuthner, Mai 2018)

Maximilian Hecker: WRETCHED LOVE SONGS
Release: 18.5.2018
Genre: Singer-Songwriter, Pop

NEVERHEART

Stream/MP3, Blue Soldier Records, 2023

Der Titel von Maximilian Heckers zehntem Studioalbum spielt zwar auf J. M. Barries Neverland an, auf die Insel also, auf der Peter Pan ewige Jugend beschert ist, allerdings ist Heckers Neverheart nicht, so wie Barries Neverland, positiv besetzt, muss die augenzwinkernde Wortschöpfung doch letztendlich wie ein Wilhelm Hauffsches kaltes beziehungsweise steinernes Herz verstanden werden – *das* steinerne Herz, mit dem der Protagonist von *Neverheart* in den zehn erbärmlichen, genauer gesagt: zweifarbigen Liebesliedern fortwährend konfrontiert ist. Sei es das eigene Nimmerherz, das »Zuwendung« schreit und Abwendung lebt, oder jenes der jeweiligen besungenen Gespielen, die im Sinne einer Spiegelung von Heckers Gefühlsambivalenz »weiß« sagen und schwarz handeln, die den flüsternd Flehenden »alleine lassen, um die ganze Nacht mit ihm zu verbringen« *(Fall in Love, Fall Apart)*, die ihn »verscheuchen und in ihr Herz ziehen« *(Two-toned Love, part I)*, die sich »verlieben und zerbrechen« *(Fall in Love, Fall Apart)*, während der Falsettsänger »in deren Schatten erblüht und in deren Licht verwelkt«, »in ihren Ängsten atmet und in ihren Hoffnungen ertrinkt« *(Fall in Love, Fall Apart)* und dabei beständig »seine Hände ausstreckt, um emporzusteigen und dennoch zu fallen« *(Neverheart)*.

Maximilian Hecker: NEVERHEART
Release: 10.11.2023
Genre: Singer-Songwriter, Pop